Philippa L. Andersson

# TEASE & PLEASE

Wut und Glut

## *Über das Buch*

Peach Stone, die rechte Hand des Klubbesitzers Reece Randall, ist nicht nur zuverlässig, sondern auch belastbar. Was sie anpackt, gelingt. Als sie Quinn McPherson, Top-Masseur des Klubs, bei der Suche nach einem weiteren Mitarbeiter unterstützen soll, ist sie jedoch wenig angetan. Denn zwischen ihr und dem sexy Kerl fliegen regelmäßig die Fetzen. Bis eine Fußmassage alles verändert …

## *Über Philippa L. Andersson*

Nach ihrem Studium in Bamberg sowie Stationen in Spanien, Hamburg und Berlin veröffentlichte Philippa L. Andersson 2012 ihre erste Kurzgeschichte. 2013 folgte ihr erster Roman „In deinen Armen". 2017 erschien ihr erstes Hörbuch zu ihrem Roman „Romance Love – Vollkommen dir ergeben". Im gleichen Jahr war sie mit „You Can't Escape Love – Begehren . Vertrauen . Lieben" erstmals in der BILD-Bestsellerliste.

*www.philippalandersson.de*
*www.facebook.com/PhilippaLAndersson*
*philippa@philippalandersson.de*

Philippa L. Andersson

# TEASE & PLEASE

WUT UND GLUT

Originalausgabe
März 2019

Tease & Please - Wut und Glut
Philippa L. Andersson


Umschlagfotos: © iStock.com/BlackJack3D
Umschlaggestaltung: Philippa L. Andersson
Lektorat: Mona Gabriel, Leipzig, Deutschland
Korrektorat: Laura Gosemann, Berlin, Deutschland

Philippa L. Andersson vertreten durch:
Sowade, Plantagenstraße 13, 13347 Berlin, Deutschland
philippa@philippalandersson.de
www.facebook.com/PhilippaLAndersson
www.philippalandersson.de

ISBN: 978-3-96443-974-1

Bestellung und Vertrieb: Nova MD GmbH, Vachendorf, Deutschland
Druck: Sowa Sp. z o.o., ul. Raszynska 13, 05-500 Piaseczno, Polska

WAS SICH NECKT, DAS KRIEGT SICH.
FRÜHER ODER SPÄTER ...

# Prolog

VOR EINEM JAHR

## PEACH

»Hallo! Ich bin Peach Stone«, stelle ich mich vor, reiche meine Hand zur Begrüßung und blende aus, dass der Mann vor mir nur ein Handtuch um seine Hüfte geschlungen hat, während ich High Heels, einen engen schwarzen Rock und eine smaragdgrüne Bluse in der Farbe meiner Augen trage. »Wir haben einen Termin.«

»Das glaube ich nicht«, sagt er, taxiert mich mit seinen strahlend blauen Augen von Kopf bis Fuß, ignoriert dann sowohl meine Hand als auch mich und geht zum Sofa, auf dem seine Sachen liegen. »Wenn Sie mich jetzt entschuldigen wurden … Ich muss mich auf meinen nächsten Kunden vorbereiten.«

*Glaubt er, mit der Nummer wird er mich los?*

Verärgert starre ich Löcher in seinen Rücken, weil ich seit Wochen versuche, einen Termin mit Quinn McPherson, dem Masseur des Tease & Please, zu vereinbaren, und der seit Wochen jeden Vorschlag, den ich ihm schicke, ablehnt. Was es mir verdammt erschwert, den Job, den ich erst seit Kurzem habe, gut zu machen. Denn ich muss über alle Prozesse des Klubs Bescheid wissen, und nur sein Bereich fehlt noch.

»Sie gehen nicht?«, stellt er fest, weil ich mich nicht einen Zentimeter bewegt habe.

»Auf keinen Fall.«

»Na, dann genießen Sie die Show!« Bevor ich verstehe, was er meint, löst er das Handtuch, zeigt mir seinen knackigen Hintern und zieht sich seine Sachen an.

*Sexy!*, denke ich mir. *Feuchter-Traum-mäßig sexy!* Aber wenn er glaubt, ein bisschen Haut bringt mich aus dem Konzept, hat er sich getäuscht. Ich bin mit vier Brüdern aufgewachsen und weiß seit meiner Kindheit, wie ein nackter Mann aussieht.

»Hier, für Sie«, sage ich, als er fertig angezogen ist, und stecke ihm eine Dollarnote in die Unterhose, so als würde ich einen Stripper bezahlen.

»Haben Sie mir gerade echt Geld in die Hose gesteckt?!«

»Die Show war gut. Wenn Sie meinen Schein allerdings nicht wollen, hole ich ihn mir gerne zurück.« Ich klimpere mit den Wimpern und bin ein bisschen aufgeregt bei der Vorstellung, ihm wieder an die Wäsche zu gehen. »Soll ich ihn mir zurückholen?«

»Wehe«, knurrt er, nur ein Wort. Und ich bin klug genug, einen Gang runterzuschalten.

»Vielleicht fangen wir noch mal von vorne an?«, schlage ich vor und reiche ihm erneut die Hand. »Hallo, ich bin Peach Stone, die neue Assistentin von Mr Randall, und ich freue mich, Sie kennenzulernen.«

Wieder ignoriert er meine Hand. *Klasse!* »Und ich bin Quinn McPherson, und ich freue mich nicht.« Er nimmt seine Handtücher, verlässt den mit Sofas und dicken Teppichen elegant eingerichteten Aufenthaltsraum, der ihm zur

Verfügung steht, und wechselt in das Massagestudio des Tease & Please. »Wenn Sie mich jetzt entschuldigen würden? Ich habe zu arbeiten.«

Tue ich nicht. *Logisch.* Ich folge ihm.

»Was wollen Sie denn noch?«, fährt er mich an.

*Na, was wohl?* »Ich versuche, ein Gespräch mit Ihnen zu führen. So wie mit jedem anderen Mitarbeiter des Klubs auch.« Was bisher immer deutlich einfacher verlief. Eine Sub hatte sogar Kekse für mich. Ich meine: Kekse! Das ist das komplette Gegenteil von dem Treffen hier, bei dem jedes Wort und jeder Blick ein Rausschmiss sind.

»Versuchen Sie es ein anderes Mal. Ich hab jetzt keine Zeit für Sie.«

»Sie haben nie Zeit«, beschwere ich mich, denn alle Termine, die ich ihm einstelle, hat er bisher abgelehnt, und neue Vorschläge bleiben aus.

»Das ist ja nicht meine Schuld.« McPherson spannt ein frisches Laken über die Massageliege, dreht den Thermostat der Lounge nach oben und zündet Duftkerzen an, die ein angenehmes Aroma im Raum verteilen, um sich auf den nächsten Kunden vorzubereiten. Was ich genauestens verfolge, weil mir das endlich einen Einblick in seine Arbeit gibt. Außerdem zeigt es mir, dass er sich für seine Gäste sehr wohl Zeit nimmt, nur nicht für mich. Warum auch immer. *Wie frustrierend!*

Er will eindeutig, dass ich nun gehe. Doch ich bleibe. Eigentlich hatte ich gehofft, wenn ich persönlich auftauche, kann er mich nicht länger ignorieren. Aber er lässt mir keine andere Wahl. Ich greife auf Plan B zurück.

*Los, trau dich, Peach!*

Gespielt ruhig beginne ich, meine Bluse Knopf für Knopf zu öffnen.

»Was zum Henker tun Sie da?«, blafft er mich an, wirft mir jedoch obendrein einen unglaublich hungrigen Blick zu, der mich unerwartet heiß durchfährt. Weil McPherson mich nicht nur als Störfaktor, sondern durchaus als weibliches Wesen wahrgenommen hat.

»Ich ziehe mich aus«, sage ich trocken, streife mir die Bluse ab, entdecke eine Garderobe und hänge sie auf einen Bügel, damit sie keine Falten bekommt.

»Sie sind mein nächster Termin?«, schlussfolgert er bissig.

»Richtig«, flöte ich stolz über diesen Kunstgriff und schlüpfe nun auch noch aus dem Rock, sodass ich in Unterwäsche vor ihm stehe – schlichter schwarzer, nahtloser Unterwäsche. »Und zum dritten Mal: Ich bin Peach Stone, die neue Assistentin von Reece Randall. Und ich lasse mich nicht einfach so abwimmeln.«

## QUINN

Okay, Peach Stone ist anders als ihre Vorgängerinnen. Ganz anders. Sie hat es tatsächlich schon vier Wochen in der Nähe von Randall ausgehalten, ohne in Tränen auszubrechen. Sie riecht aus irgendeinem Grund nach Zuckerguss und Zitronenkuchen. Und sie zeigt Eier, hier mit dieser Masche aufzukreuzen. Das muss ich ihr lassen. Außerdem ist sie nicht der frigide Hausdrachen, für den ich sie gehalten habe, sondern hat eine sinnliche Figur, dunkelbraune, seidig schimmernde Haare, volle Lippen und verführerisch grüne Augen.

Trotzdem bin ich genervt.

»Was für eine Massage soll es denn sein?«, frage ich und mustere sie eingehend von Kopf bis Fuß. Mir gefällt ihr femininer Körper, ihre Kurven und dass sie sich kein bisschen von mir unterkriegen lässt.

»Eigentlich keine. Ich will einfach nur mit Ihnen reden.« Sie räuspert sich. »Über Ihren Job. Damit ich verstehe, was Sie tun.«

»Nun, rein zufällig versteht man Dinge am besten, wenn man sie ausprobiert. Also?« Keine Ahnung, was ich hier tue. Ich sollte sie stehen lassen und mich freuen, eine Pause bis zum nächsten richtigen Kunden zu haben. Stattdessen deute ich auf die Liege. »Machen Sie sich frei, legen Sie sich hin, und dann sehen wir weiter.«

»Wirklich?«, fragt sie nach. Als würde sie eine Falle wittern.

»Ja, wirklich«, sage ich, ringe mit mir, sie weiter aus der Reserve zu locken, aber gebe mir schließlich einen Ruck und halte ihr ein Laken hin, sodass sie sich mehr oder weniger diskret ausziehen kann. *Beziehungsweise ausziehen muss.*

»Machen Sie das bei jedem Kunden?«, will sie wissen, während sie die letzten Kleidungsstücke ablegt.

»In der Regel schon«, sage ich.

»Warum?«, fragt sie und geht ausgezogen zur Liege, so als würde sie ständig Meetings nackt absolvieren und nichts an der Situation wäre ungewöhnlich. »Wie soll ich mich hinlegen?«

»Auf den Bauch, das Gesicht auf die Polsterung«, antworte ich ernst und lege ihr ein Handtuch über die Beine und den Po, wie ich es auch bei anderen Kunden tue. Nur dass ich ihre Kurven dabei ziemlich unseriös mustere – und den Impuls unterdrücken muss, ihr für diese Aktion einen Klaps auf den Hintern zu geben. *Du steckst in Schwierigkeiten, McPherson. Echten Schwierigkeiten.*

»Warum tun Sie so diskret?«, fragt sie wieder, was verständlich ist, schließlich sind die Klubmitglieder alles andere als prüde.

»Weil ich hier als Masseur arbeite, nicht als Spielpartner«, sage ich ruhig, entscheide mich bei ihrer Haut für ein sehr hochwertiges Mandelöl, das frei von Duftstoffen ist, und träufele eine kleine Menge in meine Handflächen.

»Sie geben nur normale Massagen?«, fragt sie.

Ich lege meine Hände auf ihre Schultern, schmale Schultern mit samtweicher Haut, und sie zuckt bei dem Kontakt zusammen. Was mich ärgert.

»Richtig, ganz normale Massagen«, bestätige ich und reibe mit den Daumen über zwei neuralgische Punkte, damit sie sich entspannt.

Was nicht passiert, denn sie dreht den Kopf, um mich anzusehen. »Ohne Ausnahme?«

»Schauen Sie wieder nach unten!«, fahre ich sie an.

»Antworten Sie mir!«

*Himmel, selbst auf der Liege kann sie sich nicht zurücknehmen!* »Ja, ohne Ausnahme. Oder soll ich bei Ihnen eine machen?« Ich grinse. »Es ist nicht so, dass ich das nicht könnte.« *Und eine intime Yoni-Massage würde diese Frau bestimmt binnen Minuten von einer aufdringlichen Kratzbürste in ein williges, zahmes Kätzchen verwandeln.*

»Nicht nötig!« Schnell legt sie ihr Gesicht zurück auf die Polsterung. Allerdings nicht schnell genug, denn ich bemerke einen Anflug von Rot auf ihren Wangen. *Sieh an, Ms Stone gefällt der Gedanke einer Sonderbehandlung!*

*Und dir gefällt, dass sie nicht länger so cool ist. Bist du verrückt geworden, McPherson? Sie ist deine Kollegin, nicht deine Sub.*

»Weitere Fragen?«, nehme ich unsere Unterhaltung wieder auf, während ich mehr Öl verteile, die kreisenden Bewegungen ausweite und über ihre Wirbelsäule streiche, mich mit ihrem Körper vertraut mache.

»Warum arbeiten Sie im Tease & Please? Sie könnten überall auf der Welt einen Job finden.«

»Wollen Sie etwa, dass ich kündige?«

»Wäre nicht das Schlechteste. Ich bin mir sicher, ein neuer Masseur wäre netter zu mir.«

*Frech!*, denke ich mir. »Das würde Randall nicht gefallen.«

»Kommt drauf an, wer Ihr Ersatz ist!«

»Sie kennen meine Referenzen, oder? Glauben Sie, es gibt jemand Besseren?«

»Gibt es immer«, sagt sie und atmet tief durch. »Aber nein, ich will nicht, dass Sie kündigen. Ich wollte eigentlich nur wissen, warum Sie sich für das Tease & Please entschieden haben.«

»Randall bezahlt gut«, sage ich.

»Das ist doch nicht alles!«

Ich muss lächeln, weil sie sich nicht so leicht abspeisen lässt. »Ich schätze, dann arbeite ich hier aus dem gleichen Grund, aus dem alle hier arbeiten.«

»Und der wäre?«

*Ist das nicht offensichtlich?*, denke ich, als ich mit den Händen über ihre Haut gleite. »Ich mag die Boni.«

Wieder wendet sie sich mir zu, und wieder sage ich ihr, dass sie sich zurücklegen soll.

»Welche Boni?«, fragt sie beharrlich, dreht sich allerdings, weil ich sie missbilligend anschaue, mit dem Gesicht zum Polster. *Braves Mädchen!*

»In meinem Fall den Pool von Subs, mit dem ich spielen kann, wann immer mir danach ist.« Ich variiere den Druck meiner Finger, bin aber nach wie vor vorsichtig. »Warum arbeiten Sie denn für Randall?«

»Er zahlt gut«, wiederholt sie nun, was ich gerade gesagt habe.

»Aber das ist doch nicht alles«, gebe ich so wie sie zurück.

»Stimmt«, sagt sie. »Bei mir ist es der Job an sich.«

»Assistentin zu sein?«

»Nein, das meine ich nicht«, sagt sie, ohne hinzuzufügen, was sie meint.

Bevor ich sie weiter bedränge, bearbeite ich ihre Schulter fester, massiere sie zielgerichteter und muss grinsen, als ihr ein leises Stöhnen entschlüpft. Was ihr so unangenehm ist, dass sie sich sofort wieder unter meinen Händen versteift.

»Kommen Sie schon, Ms Stone! Ich hab Ihnen Rede und Antwort gestanden. Erzählen Sie mir auch etwas!«, bearbeite ich sie weiter und nehme einen gleichmäßigen Knetrhythmus auf, der mich an Sex erinnert. Heißen, quälenden Sex, bei dem Subs anfangen zu betteln.

»Es ist ganz einfach«, sagt sie wohlig seufzend. »Als rechte Hand von Reece Randall muss ich sowohl Befehle ausführen als auch Befehle geben.«

»Das nennt man mittleres Management«, antworte ich irritiert. »Und ich kenne keinen, der das mag. Entweder man ist der Chef und hat das Sagen, oder man ist das kleine Rädchen im Getriebe.«

»Oder man ist Switcherin«, sagt sie. »Und findet genau das großartig.«

»Sie sind Switcherin!« Das überrascht mich. Auf mich wirkt sie devot.

»Bin ich«, bestätigt sie, und ich höre ihrer Stimme an, dass sie lächelt. »Und Sie haben Glück, dass wir Kollegen sind.«

»Wieso?«

»Sie ahnen ja nicht, wie gerne ich Sie dafür bestrafen möchte, dass Sie sämtliche Terminvorschläge abgeblockt haben.« Sie lacht leise. »Und wie großartig ich es finden würde, wenn Sie mich dafür bestrafen, dass ich mich so frech durchgesetzt habe.«

*Oh doch!*, denke ich mir. Ich hab da so eine Ahnung. Zumindest, was den einen Teil angeht. Denn auch ich will ihr Manieren beibringen. Stattdessen manipuliere ich sie weiter mit meinen Händen und mache sie mit meinen Berührungen gefügig. »Noch mehr Fragen, Ms Stone?«

»Wie viel Zeit bleibt mir?«

Ich sehe auf die Uhr. »Zwanzig Minuten.«

»Schaffen Sie es in der Zeit, dass das Ziehen in meinem Nacken verschwindet?«

Die Frage überrascht mich, doch sofort fahre ich mit den Händen zu der Stelle, die ich schon gespürt, aber bisher vernachlässigt habe. »Hier?«

»Gott, ja!«, murmelt sie und zieht scharf die Luft ein.

»Sagen Sie Bitte!« Die Worte rutschen mir spielerisch raus, bevor ich ganz verstehe, wie das sein kann. Peach Stone ist eine Kratzbürste. Eine *sexy* Kratzbürste, dennoch nicht mein Beuteschema. Ich mag brave Subs, die mich anhimmeln. Keine Nervensägen, die mir umgekehrt den Hintern versohlen möchten.

»Ernsthaft?«, gibt sie, wie zu erwarten, zurück und will aufstehen.

Ich bringe sie dazu, liegen zu bleiben. »Und wenn wir fertig sind, sagen Sie Danke«, setze ich noch einen drauf. »Das ist doch eigentlich nicht zu viel verlangt.«

Gekonnt reibe ich mit den Daumen die Stelle, die sie meint. Wie ein Versprechen auf Erlösung. Und es wirkt.

»Karussell«, sagt sie da, völlig aus dem Zusammenhang gerissen.

»Ich fürchte, ich verstehe nicht.«

»Das ist mein Safeword.«

Hitze schießt durch mich hindurch, dabei sollte sie das nicht. Das ist eine Massage, keine Session. »Angst?«

»Ein wenig«, gesteht sie, was mich noch heftiger kickt.

»Brauchen Sie nicht zu haben.«

Sie ringt wieder mit sich. Dann dreht sie erneut den Kopf, und dieses Mal sage ich nichts, sondern genieße ihren Blick, der sich mit meinem verbindet. Und darin liegt so viel mehr. Dinge, die mir gefallen. Und Dinge, die ich lieber nicht ergründen will.

»Massieren Sie mich!«, sagt sie schließlich. »Bitte, Sir.«

»Es wird ein bisschen wehtun«, warne ich sie vor, nicht nur als Masseur, sondern auch als Dom, der will, dass es ihr gut geht. Manche Eigenarten kann man selbst für die größte Nervensäge auf Erden nicht ablegen.

»Das ist okay«, sagt sie.

»Dann legen Sie sich wieder hin!«

»So?«, fragt sie und drückt ihr Gesicht zurück ins Polster.

»Genau so«, sage ich ruhig, träufele neues Öl in meine Hände und lege sie auf ihren Rücken. »Bereit?«

»Bereit«, sagt sie.

Ich knete ihren Nacken. Doch es ist nicht so wie eben. Und es ist auch nicht so wie mit meinen üblichen Kunden. Unsere Körper sind im Einklang. Sie sagt mir, was sie braucht, und ich gebe es ihr. Ich sage ihr, was ich brauche, und sie gibt es mir. *Es ist nur ihre Haut*, beruhige ich mich. Peach Stone hat unglaublich weiche, helle Alabasterhaut. Doch ich mache mir was vor. *Da ist mehr. Viel mehr. Unter anderem diese eine Stelle an ihrer Halswirbelsäule, bei der die kleinste Berührung meiner Finger dazu führt, dass dieser Frau ein leises Stöhnen entweicht.*

Ich ringe mit mir, spiele ernsthaft mit dem Gedanken, mich auf das hier einzulassen. Wenn sie mal keine Nervensäge ist, ist Peach Stone eine verdammt sinnliche Frau. Aber wo soll das hinführen? Sie legt Männern gerne Halsbänder an! Ich wiederum sehe mich nicht auf allen vieren vor ihr knien. *Niemals.*

Ich fälle eine Entscheidung und ziehe meine Hände zurück, obwohl ich längst nicht fertig bin. »Mehr kann ich für heute nicht tun«, lüge ich.

Peach kommt erst langsam zu sich. Für meinen Geschmack zu langsam, denn ich will sie hier weghaben, bevor ich doch noch schwach werde.

Ich gehe zum Lichtregler und drehe die Helligkeit der Deckenbeleuchtung auf Maximum, bin ziemlich grob. Gröber als sonst. »Hey, wach werden! Unser Kennenlernen ist beendet.«

»Dürfen Kunden normalerweise nicht noch fünf Minuten entspannen?«, knurrt sie, als sie sich aufrichtet, und schlingt einen Handtuchzipfel um sich. Allerdings nicht schnell genug, denn ich erhasche einen Blick auf perfekte runde Brüste mit kleinen harten, erregten Nippeln, die mich an Kirschkerne erinnern.

»Ja, *Kunden*«, antworte ich kühler als nötig. »Keine Mitarbeiter.«

»Charmant, charmant.«

»So bin ich«, sage ich und ziehe bereits die Liege ab, um sie für den Nächsten vorzubereiten.

»Also sind wir hier fertig?«, fragt sie und sieht in das Handtuch gewickelt wirklich bezaubernd aus. So bezaubernd, dass es mich alles kostet, nicht doch zurückzurudern.

»Eine Sache fehlt noch«, rutscht mir raus. »Wir hatten eine Vereinbarung.«

Sie fährt sich über das Gesicht und wird wacher und aufgeweckter. »Wenn ich mich recht erinnere, so basierte die darauf, dass meine Verspannung weg ist.«

»Ich habe getan, was ich konnte«, lüge ich, damit sie nicht auf die Idee kommt, noch mal bei mir vorbeizuschauen. Damit sich unsere Wege in Zukunft möglichst selten kreuzen. Damit ich vergesse, wie gut sich ihre Haut unter meinen Händen angefühlt hat.

»Dann danke, Sir! Danke für gar nichts«, zischt sie.

»Gern geschehen«, antworte ich gespielt galant, sammele ihre Sachen zusammen und halte ihr die Tür auf. Ein dezenter Hinweis, dass sie sich nebenan anziehen soll. Und grinsend stecke ich ihr die Dollarnote, die sie mir vorhin gegeben hat, nun in den Handtuch-Ausschnitt. »Bis zum nächsten Mal.«

»Bis zum nächsten Mal«, sagt sie ebenfalls. Aber wir wissen beide, dass es kein nächstes Mal geben wird.

*Was besser ist*, sage ich mir. *Ja, McPherson, das Beste für alle!*

# 1. Kapitel

HEUTE

## PEACH

*Das ist kein Problem*, habe ich zu Reece gesagt. *Geh ruhig zu Audrey. Ich übernehme deine Termine für den Rest des Tages.*

Genau für solche Sätze werde ich bezahlt. Genau deshalb bin ich nach wie vor die Assistentin von Reece Randall, Chef des Tease & Please, des exklusivsten BDSM-Klubs der Stadt. Und genau dafür schätzt er mich und meine Arbeit.

Weil ich ihn nicht nur im Tagesgeschäft unterstütze, sondern jederzeit für ihn einspringen kann. Er weiß, er kann sich auf mich verlassen, und er vertraut darauf, dass ich die richtigen Entscheidungen treffe. Immer.

Bei den bisherigen Terminen klappte das wunderbar. Ob mir das gleich gelingt, bezweifele ich jedoch, denn in Reeces Kalender steht als Nächstes nur ein Name. *Quinn McPherson.* Der einzige Mensch auf Erden, mit dem ich nicht klarkomme. Und garantiert der Grund, warum ich frühzeitig ergraue.

Schon drei Mal habe ich Reece auf dem Handy angerufen, um herauszukriegen, worum es bei dem Termin geht. Doch es hat sich nur seine Mailbox gemeldet. Was verständlich ist, mich aber gerade unglaublich wütend macht. Seine Freundin Audrey ist schwanger, und seit einer Woche ist sie krank. Erst war es nur eine harmlose Erkältung, dann Husten, und jetzt liegt sie mit Fieber flach. Reece setzt entsprechend seine Prioritäten und ist für sie da. Was im Klub passiert, ist nicht mehr wichtig. *Schön für sie, scheiße für mich.*

Verzweifelt wähle ich die Nummer von Ian, Reeces Bruder und Firmenanwalt des Klubs.

»Hi, Peach, das Gutachten, das du angefordert hast, ist in Arbeit«, meldet er sich gut gelaunt wie eh und je.

»Deshalb rufe ich nicht an«, sage ich.

»Sondern wegen Audrey? Geht es ihr schlechter? Soll ich vorbeikommen? Ist –«

»Nein«, unterbreche ich ihn, teils amüsiert, dass auch er sich so um Audrey sorgt, teils eine Spur neidisch. *Verdammt noch mal, es dreht sich nicht immer alles nur um sie!* »Ich ruf an wegen Reeces Zwanzig-Uhr-Termin.«

»Der mit Quinn?«

»Genau.« *Der mit Oberkotzbrocken Quinn McPherson.* »Weißt du, worum es geht? Reece hat keine Notizen dazu gemacht.«

»Sag bloß, du hast Schiss, ins kalte Wasser zu springen?«, zieht er mich auf. *Typisch Ian.*

»Ich mag es eben dreißig Grad warm«, entgegne ich amüsiert. »Was ist falsch daran? Also: Weißt du was?«

»Bedauere. Falls Reece was erwähnt hat, kann ich mich nicht erinnern.«

»Gedächtnislücken! In deinem Alter?«, witzele ich. »Moment, die Ginkgo-Bestellung ist schon unterwegs.«

»Reizend, Peach!«, sagt er lachend. »Wirklich reizend.«

»So bin ich. Immer dafür da zu wissen, was ihr alle braucht, noch bevor ihr es selbst wisst.«

»Nur was Quinn will, weißt du nicht.«

»Ich bin gut, aber keine Hellseherin!«, entrüste ich mich.

Er räuspert sich. »Spaß beiseite. Tut mir leid, dass ich dir nicht weiterhelfen kann. Sonst kommst du klar?«

Ich sitze an Reeces Schreibtisch und lasse meinen Blick über die darauf ordentlich sortierten Unterlagen schweifen. Bisher habe ich mich um drei besondere Kundenwünsche gekümmert und den jährlichen Check-up mit der Lebensmittelaufsicht vereinbart. Ich habe alles im Griff. »Ja, ich glaube, sonst komme ich klar.«

»Ich könnte zum Termin dazustoßen«, bietet er an.

*Ich will Ja sagen, wirklich, aber das wäre dumm. Ich würde Ian nur von seiner Arbeit abhalten. Und warum? Weil Quinn und ich uns sonst zerfleischen? Wie albern ist das denn!* »Nicht nötig«, sage ich. »Ich schaff das.«

»Sicher?«

»Ja. Aber falls doch was ist, rufe ich dich dazu.«

»Tu das. Ich bin noch fast eine Stunde hier.«

*Gut zu wissen.* »Und dann bist du ebenfalls nicht mehr ansprechbar?«, rate ich.

»Sagen wir es mal so: Ich bin dann mit einer anderen Dame beschäftigt. Und es wäre gut, wenn uns niemand stört.«

»Verstanden, Ian«, sage ich und lege auf.

Er meint seine Freundin Catherine, und ich bin neidisch. Jeder in diesem Klub bandelt mit jedem an. Nur ich bin die, die nach Feierabend kein Privatleben hat, niemanden, der so wichtig ist, dass ich mal nicht erreichbar bin. Gut, ich könnte mich mit meinen Brüdern treffen – was ich tatsächlich ab und zu tue –, doch das ist nicht das Gleiche. Und für Muffins, die ich als Ausgleich nach Feierabend backe und zum Großteil am nächsten Tag in der Firma verteile, kann man auch nicht alles stehen und liegen lassen. *Aber es ist, wie es ist!*

Noch mal versuche ich, Reece auf seinem Handy zu erreichen. Ein letztes Mal.

*Bitte, bitte, bitte …*

Leider springt wieder nur die Mailbox an.

»Klasse«, murmele ich und beschließe, stur seinen Posteingang abzuarbeiten, bis Quinn auftaucht. »Wirklich klasse!«

***

»Wow! Reece! Stehst du neuerdings darauf, als Frau herumzulaufen?«, begrüßt mich Quinn lautstark mit dem miesesten Spruch aller Zeiten und betritt das Büro. Er trägt, anders als im Klub, wenn er arbeitet, eine Anzughose und ein Hemd, so als wäre ihm der Termin hier wichtig. Was das ungute Gefühl in meinem Magen verstärkt.

»Ein paar Östrogene würden dir auch stehen«, pariere ich. »Du mit Brüsten? Du wärst die Attraktion im Klub!« Damit haben wir unser Begrüßungsgeplänkel erledigt, und die Fronten sind wie üblich verhärtet. *Penner! Sexy Penner!*

»Verschiebt sich der Termin?«, fragt er.

»Nein, wieso?«

»Wo ist Reece?«, ruft er laut.

»Ich fürchte, du musst mit mir vorliebnehmen«, zische ich.

Da ich schon etliche Meetings allein absolviert habe, gebe ich mir einen Ruck, zeige einladend auf den Besprechungstisch, schnappe mir mein Tablet und einen Schreibblock und wechsele meinen Platz in dem Glauben, dass Quinn sich zu mir setzt und wir das hier hinter uns bringen. Tut er aber nicht.

»Mir wäre lieber, ich könnte die Sache mit Reece besprechen«, donnert er.

»Wieso? Angst, unser ach so herzliches Verhältnis könnte mein Urteil trüben?« Er zögert. *Echt?* Ich bin gekränkt. *Als könnte ich nicht professionell sein!* »Sobald Reece wieder da ist, muss ich berichten, wie das Meeting lief. Keine Sorge, ich werde ganz in seinem Sinne beziehungsweise im Sinne des Klubs entscheiden. Du hast die Wahl. Entweder du wartest auf einen neuen Termin, der wer weiß wann klappt, oder du redest mit mir.«

Es enttäuscht mich, dass Quinn zur Tür geht.

»Schisser«, zische ich. Doch zu meiner Überraschung verlässt er gar nicht das Büro, sondern schließt die Tür, dreht sich um und mustert mich nachdenklich. »Na gut, kein Schisser«, korrigiere ich mich. »Worum geht es also?«

Quinn rührt sich keinen Zentimeter, sondern sieht mich an, als würde er sich in Gedanken jede Menge Antworten überlegen und wieder verwerfen.

»Was ist? Ist deine vorformulierte Rede, die du Reece halten wolltest, etwa zu nett für mich?«

»Erwischt«, meint er.

»Und wie lange soll ich warten, bis du die biestige Version fertig hast?«

»Fünf Minuten.«

*Ernsthaft?*, denke ich mir, aber nicke, zeige keine Schwäche. »Meinetwegen. Ich geb dir auch gerne zehn, damit jedes Wort treffsicher sitzt.«

»Das war ein Scherz«, sagt er in dem Augenblick, als ich gerade aufstehen und mich wieder an Reeces Schreibtisch setzen will.

»Ha, ha«, mache ich nur und bin erleichtert, als er sich endlich zu mir setzt. »Was wolltest du also mit Reece besprechen?«

Quinn holt eine kleine Ledermappe heraus, und ich bereite mich im Stillen darauf vor, worum es gehen könnte. *Mehr*

*Geld?* Quinn gehört schon zu den Topverdienern des Klubs. *Neues Equipment?* Er hat erst vor drei Monaten eine weitere Massageausstattung bekommen. *Oder will er kündigen?*

Mir wird ganz schlecht bei der Vorstellung. Nicht dass ich es nicht toll fände, wenn dieser Vollidiot aus meinem Umfeld verschwindet. Aber ich weiß genauso gut wie er, dass es unglaublich schwer ist, jemanden wie ihn zu ersetzen.

Angespannt schlage ich die Mappe auf und ziehe überrascht die Luft ein, als ich das Schreiben lese. »Du willst, dass wir einen zweiten Masseur einstellen?!«

Quinn nickt, rückt näher, sodass sein männlicher Duft zu mir wirbelt, und zeigt mir eine stark zusammengefasste Jahresübersicht seiner Sitzungen. »Wie du sehen kannst, war mein Arbeitsvolumen immer recht konstant. Doch seit der Eröffnung des Freeze & Please letzten Winter und den daraus resultierenden zahlreichen Neukunden hat sich die Zahl meiner Massagen fast verdoppelt.«

»Das geht allen so«, sage ich. Wir kommen mit den Neuanstellungen von Doms, Subs und weiterem Personal kaum hinterher. Ich könnte ihm ja auch mal meinen Stundenzettel zeigen!

»Heißt das, du lehnst die Personalanforderung ab?«, fragt er bemüht freundlich, aber wirkt so, als würde er mir am liebsten den Hals umdrehen. *Als wäre das was Persönliches!*

»Das heißt, ich muss darüber nachdenken. Das kann ich nicht in fünf Minuten entscheiden.« *Wirklich nicht.* Das gilt für Quinn genauso wie für jeden anderen.

»Was, wenn ich ganz lieb Bitte sage?«

Das kommt unerwartet. *Total unerwartet.* Wärme schießt durch mich hindurch. Heftige, sinnliche, völlig unangebrachte Wärme.

*Wie kann er nur?!*

»Ich finde, du solltest nicht –«, beginne ich, höflich abzulehnen.

»Bitte«, sagt er da, beugt sich vor zu mir, fährt mir durch die Haare und stellt irgendwas mit seinen Fingerspitzen an, was für eine wohlige Gänsehaut sorgt, die sich über meinen Nacken und meine Schultern ausbreitet. »Bitte, genehmige es!«

*Verdammt, manipuliert er mich?* Falls dem so ist, dann kann er sich an einer Hand abzählen, dass ich zwar meine devote Seite recht leicht ausleben kann, es jedoch ungleich schwerer ist, meine dominante Ader zu befriedigen. *Und dass ich solchen Einladungen nur schwer widerstehen kann.*

»Bitte, Ma'am.«

*Oh Gott! Ja, er manipuliert mich!*

Ich sollte Quinn McPherson zum Teufel schicken – wobei selbst das noch zu gut für ihn wäre. Ich sollte seine Bitte zurückweisen. Ohne mit der Wimper zu zucken. Aber ich kann nicht. Weil ich wie ein trockener Alkoholiker bin, dem man soeben einen erstklassigen Tropfen Wein eingeflößt hat. Es ist eine Ewigkeit her, dass mich jemand mit ›Ma'am‹ angesprochen hat. Und die Tatsache, dass es ausgerechnet dieser unglaublich attraktive Mann getan hat, der sonst nie um etwas bittet, sondern es sich nimmt, macht die Sache noch heikler. Denn jetzt will ich mehr. *Mieser Schachzug von ihm.*

## QUINN

»Tu das nicht«, sagt sie leise, und ihr süßer Duft, heute nach Schokolade und Mandeln, steigt mir in die Nase.

»Was? Dich bitten, mir zu helfen?« Ich kräusele amüsiert die Lippen und genieße es viel zu sehr, in ihrer Nähe zu sein, so wie zuletzt vor einem Jahr. »Genau deshalb bin ich hier.«

»Mich zu manipulieren.«

»Mache ich das denn?«

»Du kennst die Antwort.«

*Stimmt, tue ich.* Für Reece habe ich mir eine flammende Rede zurechtgelegt, dass ein zweiter Mitarbeiter wichtig ist, um den Qualitätsanspruch des Klubs aufrechtzuerhalten. Aber damit käme ich bei Peach nicht weit. Sie lässt sich mit etwas ganz anderem locken: die Oberhand über mich zu haben – oder zumindest ihr die Illusion zu geben, sie hätte sie. Daher beschließe ich, sie weiter zu bedrängen. Schließlich weiß ich, was umgekehrt mich als Dom weich werden lassen würde. Und genau dieses Wissen kommt mir jetzt zugute.

»Bitte, Ma'am! Ich tue auch alles, was du willst«, sage ich.

»Alles?«, wiederholt sie schwer atmend und schnappt nach meinem Köder.

»Alles«, bestätige ich. Ich bin etwas nervös, weil das sehr viel umfasst, vertraue ihr jedoch, dass sie das nicht ausnutzen wird. Das passt, nach allem, was ich bisher über sie gehört habe, nicht zu ihr.

»Mir hat schon lange niemand mehr die Füße geküsst …«

*Wie bitte?!* Widerstand regt sich in mir. Aber wenn sie glaubt, dass ich zurückrudere, hat sie sich getäuscht. Dafür ist mir die Sache zu wichtig.

»Soll ich dir denn die Füße küssen?«, frage ich zurück und warte auf ihren eindeutigen Befehl. Dann strecke ich grinsend die Hände nach vorne aus, so als wären sie zusammengebunden. »Oder fessele mich und tu mit mir, was du willst.«

Sie beleckt sich die Lippen und denkt darüber nach. »Nicht nötig«, sagt sie schließlich heiser. »Wenn du mir die Füße küsst, kümmere ich mich um deinen Mitarbeiter.«

»Dann zieh die Schuhe aus«, sage ich ruhig und spüre, wie mir das Blut schneller durch die Adern rauscht. Weil ich gewonnen habe. Und weil sich das, was ich gleich machen muss, irgendwie verboten anfühlt. *Verboten und sexy.*

»Du bist hier wohl kaum in der Position, mir Befehle zu erteilen!«, schnaubt sie empört.

»Mein Fehler, Ma'am«, sage ich mit einem entschuldigenden Lächeln, dabei bin ich es, der die Situation unter Kontrolle hat. »Was soll ich tun?«

Sie dreht sich zu mir, schlüpft aus einem ihrer High Heels und streckt mir ihr Bein entgegen. »Fang einfach an, bevor ich es mir anders überlege!«

*Garstig wie eh und je!* Ich bücke mich, umfasse ihren Knöchel und lege mir ihren Fuß auf die Oberschenkel.

»Was wird das?«, zischt sie, rührt sich jedoch nicht.

*Fast ein Footjob*, denke ich mir. Das heißt, eine Massage von meinem Schwanz mit ihrem Fuß, aber ich verkneife mir den Kommentar wohlweislich. *Total unpassend, McPherson!*

Langsam fahre ich mit der Hand über ihre Wade, erst höher, dann wieder tiefer, spüre ihre Haut, die sich noch geschmeidiger anfühlt, als ich sie in Erinnerung hatte, und wie sich ihre Muskeln unter meinen Fingern lockern. »Soll ich aufhören?«

»Ja«, sagt sie, während ihre Körpersprache eindeutig Nein sagt.

»Dann befiehl es mir.«

»Quinn!«, schnappt sie empört nach Luft.

»Das war kein Befehl«, weise ich sie höflich darauf hin und lasse meine Finger über ihre Haut tanzen. *Magische Finger*, wie mir Kunden schon des Öfteren bescheinigt haben.

»Wenn du versuchst, mich reinzulegen, kannst du was erle–«

»Tu ich nicht«, schneide ich ihr das Wort ab, gleite mit meinen Händen zu ihrem schlanken Fuß mit den rot lackierten Zehennägeln und massiere sanft die Punkte, an denen die Belastung in ihren Schuhen am stärksten sein muss. »Gib mir nur etwas Zeit, um mich an meine Aufgabe zu gewöhnen. Ich küsse nicht jeden Tag Füße.« Ich räuspere mich. »Genau genommen ist das mein erstes Mal.«

»Willst du ein Safeword?«, fragt sie mich todernst.

Fast lache ich laut los. *Sie weiß schon, dass ich ein Dom bin? Ich brauche kein Safeword!* Dann wird mir klar, dass es gar nicht so abwegig ist – und wie anders, wie fair sie sich plötzlich benimmt. Geradezu *nett.* Wir mögen uns sonst bekriegen, wann immer wir uns im Klub oder im Randall Tower begegnen, aber sie nimmt ihre Pflichten als Dom ernst und achtet darauf, dass es mir gut geht. *Wie angenehm!*

»Kein Safeword«, sage ich ruhig und massiere nun ihre Fußsohlen – ihre bretthartenFußsohlen, die mir verraten, dass sie heute zu viele Meter in ihren Schuhen zurückgelegt hat.

»Bist du dir sicher?«, forscht sie nach und rutscht auf ihrem Platz etwas tiefer, weil ihr die Massage gefällt.

»Bin ich«, sage ich.

»Und sonst fühlst du dich gut?« Sie hat den Kopf in den Nacken gelegt und die Augen halb geschlossen. Es fällt ihr schwer, konzentriert zu bleiben, dennoch spüre ich ihren Blick auf mir.

»Ja, noch geht es mir gut«, sage ich. *Besser, als es mir bei der Aufgabe und in der Gegenwart meiner Staatsfeindin Nummer eins gehen sollte.*

»Sag mir, falls sich das ändert!«

»Angst, dass mir schlecht wird und ich dir auf die Füße kotze?«, kann ich mir nicht verkneifen, sie zu necken.

Zu meiner Überraschung lacht sie leise und versteht das als Witz. »Eher keine Lust darauf, Collins oder sonst jemandem zu erklären, wie es dazu gekommen ist.«

»Wäre dir das peinlich?«

»Ein wenig«, gesteht sie. »Arbeit und Spiel vermische ich in der Regel nicht.«

»Dann ist das also auch dein erstes Mal?«, frage ich sie.

»Ist es«, sagt sie. »Auch das mit dem Fuß.«

»Kein Fetisch?«

»Nicht dass ich wüsste.« Sie grinst. »Ich dachte mir nur, das ist so fies, dass du dich nie im Leben darauf einlässt. Aber so kann man sich täuschen.«

*Cleveres Miststück!* »Und ist es gut?«

Ein Lächeln legt sich auf ihre vollen Lippen. »Sollte ich hier nicht die Fragen stellen?«

»Entschuldigung, Ma'am«, murmele ich gespielt ergeben.

»Ja, es ist gut«, sagt sie und antwortet mir nun doch.

»Ja?« Ich bin überrascht.

»Ja.«

»Und jetzt?« Ich hauche ihr einen Kuss auf den Fußrücken.

»Fuck!«, keucht sie, und ich kann durch den Stoff ihrer dünnen Bluse ihre harten Nippel sehen. Und an ihrem Gesicht ablesen, dass sie mehr will. Viel mehr. »Noch mal«, befiehlt sie streng.

»Ich fürchte, ich bin mit dem Fuß fertig.«

Schwer atmend sieht sie mich an, weiß, dass ich nun sie in der Hand habe. Und das gefällt ihr nicht. »Vergiss den anderen Fuß! Mach es dafür noch mal«, verlangt sie. »Mit einem richtigen Kuss!« Sie fährt sich über das Gesicht, ringt mit sich. »Und sieh mich dabei an!«

*Kleiner Finger, ganze Hand*, denke ich mir. Und es reizt mich, mit ihr zu spielen. *Obwohl wir laut unseren Neigungen nicht zusammenpassen*, erinnere ich mich.

»Wie du willst«, sage ich, beuge mich wieder vor und setze zu einem zweiten Kuss an, einem, der sie bereuen lassen wird, mir diese Aufgabe gestellt zu haben. *Ja, es war eine spannende Abwechslung, mal die Seiten zu tauschen. Aber wenn, dann muss sie mir gehorchen, nicht umgekehrt.*

Ich presse meine Lippen auf ihren Fußrücken und knabbere, lecke und sauge an ihrer Haut, arbeite mich zu ihrem Knöchel hoch und widme mich dann ihrer Fußsohle. Mit aller Zeit der Welt.

Sie will mir ihren Fuß entziehen. Doch ich halte ihn fest, verwöhne die Stellen, an denen sie besonders sensibel ist, und werde, während sie schwerer atmet, plötzlich hart. *Du Perversling, McPherson*, denke ich amüsiert über mich selbst, weil mich das hier eigentlich nicht erregen sollte. Aber so bin ich nun mal: Die Lust in den Augen meiner Partnerin zu sehen kickt mich. *Peach Stone kickt mich. Mehr als sie sollte.* Schließlich will ich nur einen zweiten Masseur, keine Beziehung mit einer Frau, die mir den Hintern versohlen will!

»Quinn!«, keucht sie warnend, weil sie will, dass ich aufhöre. »Verdammt, was soll das?« Ihre Hände krallen sich in das Polster, so fest, dass ihre Fingerknöchel weiß hervortreten, als würde es sie alles kosten, die Beherrschung nicht zu verlieren.

*Doch das wirst du*, denke ich mir. *In drei, zwei –*

»Mehr!«, ruft sie plötzlich. »Bitte, mehr!«

*Bingo!* Genau in dem Moment rücke ich von ihr ab. »Ich denke, hiermit habe ich meinen Teil der Vereinbarung erfüllt. Jetzt bist du dran!« Und mit den Worten verlasse ich das Büro.

# 2. Kapitel

## PEACH

*›Kein Problem, geh ruhig zu Audrey‹, habe ich zu Reece gesagt.*

*Kein Problem? Pah! Wie falsch ich doch lag!*

Ich starre auf die Tür, durch die Quinn McPherson soeben verschwunden ist, und kann immer noch nicht glauben, was gerade passiert ist. Der Mann, mit dem ich mich von Minute eins an bekriegt habe, hat meine Füße beziehungsweise meinen Fuß geküsst. *Richtig sinnlich geküsst!* Damit ich ihm einen Kollegen besorge.

*Reece wird mich lynchen, wenn er davon erfährt!*

Na gut, wird er nicht. Dafür ist er zu korrekt. Doch er wird definitiv sauer sein. Ich mag eine exzellente Assistentin sein, aber das gibt mir noch lange nicht das Recht, meine Kompetenzen zu überschreiten. Und das habe ich, denn Personalentscheidungen trifft Reece. Kein kleines Licht wie ich.

Schockiert reibe ich mir über das Gesicht. Doch jetzt zu Verstand zu kommen ist reichlich spät.

Und das ist nicht mal alles, was mich beunruhigt. Viel verstörender ist, dass sich jede Minute mit Quinn unverwüstlich in mein Gedächtnis eingebrannt hat. Dieses Mal allerdings nicht in der Ecke mit den unschönen Erinnerungen. Sondern in der mit den besten Momenten meines Lebens. Zu denen gehört, als Achtjährige zusammen mit Granny meine erste eigene Schokotorte zu backen … Mit Nick Cumberlain in den Sommerferien in einem Cabrio durch Kalifornien zu düsen … Mit Billy Meyers meinen Collegeabschluss zu ›feiern‹ … Als Zwanzigjährige das erste Mal eine Gerte in der Hand zu halten … Und mir von meinem ersten Gehaltsscheck in der Boutique eines Schuhdesigners ein Paar High Heels zu holen …

Und jetzt reiht sich Quinn McPherson dort ein. *Mist! Warum musste er mir auch dieses verlockende Angebot unterbreiten, für die Stellenausschreibung alles zu tun, was ich will? Wie soll Frau da widerstehen?*

Das mit dem Füßeküssen war mein Versuch, ihn zu verscheuchen. *Mal ehrlich, welcher Kerl steht denn darauf? Noch dazu Quinn! Ein Dom!*

Von allen Dingen auf der Welt hätte ich niemals damit gerechnet, dass er mitspielt. Jemand wie er kniet doch nicht vor einer Frau! Der gibt nicht nach! Der lässt nicht mit sich spielen! Genau das sagt die Gerüchteküche des Klubs – neben Dingen wie, dass er ein Massagegott ist, Yoga praktiziert und sich ausschließlich vegetarisch ernährt.

Aber ich habe mich getäuscht. *Gewaltig!*

Noch nach Kuss eins habe ich kurz mit dem Gedanken gespielt, den Deal platzen zu lassen. Schließlich hat er sich zurückgehalten. Und dann hat er sich um tausend Prozent gesteigert, und ich war verloren. *Absolut verloren!*

So habe ich mich zuletzt gefühlt, als … Nein, so habe ich mich bisher überhaupt noch nie gefühlt. Weder in meiner letzten Beziehung noch in Sessions, die aber auch schon ewig zurückliegen.

Quinn hat meinen Befehl so gut befolgt, dass letztlich nicht er mir gehorcht hat, sondern ich Wachs in seinen Händen war. *Unglaublich!*

Ein erneuter Schauer durchrieselt mich heiß, und ich wünschte, ich wäre standhafter gewesen. Aber jetzt ist es zu spät. *Viel zu spät.*

Da Deal Deal ist, mache ich die Personalanforderung offiziell fertig, schicke sie mit einem flauen Gefühl ab und arbeite weiter, um meinem Titel als beste Assistentin der Welt doch noch einigermaßen gerecht zu werden und Reece keinen weiteren Kündigungsgrund zu liefern.

Als Ian ins Büro kommt, bin ich so angespannt, dass ich regelrecht zusammenzucke. »Alles in Ordnung?«, fragt er. »Ich bin's nur, der freundliche Anwalt von nebenan.«

»Natürlich«, antworte ich, aber spüre, wie meine Wangen verräterisch rot werden. Was sie normalerweise nie tun.

»Sicher, dass du mir nichts erzählen willst?«, fragt Ian und lässt sich auf den Platz fallen, auf dem vorhin Quinn gesessen hat. *Statt einfach wieder zu gehen!* »Ich hab dich und McPherson anfangs bis auf den Gang gehört, und dann war es plötzlich ruhig.« Er grinst. »Verdächtig ruhig.«

Ich zucke mit den Schultern, als wäre nichts dabei. »Und?«

»Du hast ihn nicht ermordet und seine Leiche weggeschafft?«

»Das ist doch gar nicht meine Art«, entrüste ich mich.

»Stimmt, du würdest den armen Kerl knebeln, irgendwo gefangen halten und ihm Manieren beibringen.«

»Keine so üble Vorstellung«, murmele ich.

»Peach!« Ian klingt alarmiert.

»Nur ein Scherz«, beeile ich mich zu sagen. »Du kannst ja Quinn anrufen und dich selbst davon überzeugen, dass es ihm gut geht, wenn du mir nicht glaubst.«

»Er lebt also noch?«

»Richtig. Ohne auch nur ein gekrümmtes Haar zu haben.«

»Und was wollte er nun?«

Mir wird schlecht, als ich mich wieder an das Meeting erinnere. Ich will der Frage ausweichen, aber ich weiß, dass Ian es früher oder später sowieso erfährt. *Warum dann nicht jetzt?* »Er hat darum gebeten, dass wir einen zweiten Masseur einstellen.«

Ian lacht laut los, als wäre das der beste Witz des Tages. *Nicht komisch!*

»Und ich habe die Anforderung genehmigt«, füge ich ruhig hinzu.

»Du hast was?!«

Die Reaktion war so was von klar. »Ich habe ihm das genehmigt«, wiederhole ich.

Augenblicklich wird Ian ernst und sieht mich an, als wäre mir ein zweiter Kopf gewachsen. »Und Reece hat das erlaubt?«

»Reece hat mir die Verantwortung übertragen«, antworte ich ausweichend. *Also hat er das ja quasi irgendwie, richtig?*

»Mach es rückgängig!«

»Das geht nicht.« Nicht nur, weil Quinn und ich diesen Deal haben, von dem niemand erfahren darf – denn wer die Regeln des Klubs missachtet und als Mitarbeiter Sex hat, statt seinen Job zu erledigen, fliegt –, sondern auch, weil ich ihn im Grunde verstehe. Das Tease & Please wächst wahnsinnig schnell. Wir haben zahlreiche neue Subs und Doms eingestellt, um der steigenden Nachfrage gerecht zu werden. Collins arbeitet seit Neuestem nur noch als Exklusivarzt für uns und hat seine Praxis in der Stadt ganz aufgegeben. Das Sicherheitspersonal wurde nahezu verdoppelt.

Aber an Quinn hat keiner gedacht. Dabei war er schon vor der großen Neukundenwelle gut ausgelastet. Es ist richtig, dass er Hilfe bekommt.

»Das geht nicht?«, wiederholt Ian meine Worte und sieht mich sehr lange, sehr nachdenklich an. »Will ich wissen, warum?«, fragt er schließlich.

»Quinn braucht Unterstützung«, sage ich.

Er seufzt. »Okay, anders formuliert: Will ich den wirklichen Grund wissen?«

»Das ist der wirkliche Grund«, beharre ich.

»Falsch, das ist der offizielle Grund. Was ist mit dem wahren?«

*Also dem Anwalt des Klubs beichten, dass ich von einem Kollegen sexuelle Gefälligkeiten angenommen habe?* »Den willst du nicht wissen«, sage ich. »Aber es ist trotz allem die richtige Entscheidung.«

»Es fällt mir ziemlich schwer, das zu glauben.«

»Zweifelst du an mir? Ich bin dafür bekannt, umsichtig zu sein.«

»Bist du«, sagt er. »Aber es ist auch bekannt, dass du und Quinn McPherson nicht im gleichen Raum sein könnt, ohne euch zu zerfleischen. Es sei denn, etwas hat sich geändert.«

Wieder spüre ich, wie ich rot werde. »Es ist alles wie immer.«

Ian grinst. »Mir war gar nicht klar, dass du eine so schlech te Lügnerin bist.«

*Mir schon.* Ertappt laufe ich noch röter an. »Tja … könnte daran liegen, dass ich nie lüge.« Ein Umstand, den ich jetzt bereue, denn ›schuldig‹ prangt in Großbuchstaben auf meiner Stirn.

»Was ist los, Peach? Du bist die Schweiz, wenn es um kluge Entscheidungen geht: neutral, unvoreingenommen, verhandlungsstark, uneinnehmbar.« Ian beugt sich vor und stützt sich auf seinen Knien auf. »Womit hat er dich umgestimmt? Ich hab da so eine Ahnung. Soll ich erst raten oder verrätst du es mir?«

»Das ändert doch nichts«, sage ich und gebe damit zu, dass das eben mehr als ein normaler Termin war.

»Erzähl es mir trotzdem. Vielleicht kann ich dir helfen.«

»Indem du mir eine Empfehlung für ein anderes Unternehmen schreibst?« Mir wird ganz schlecht bei dem Gedanken, meine Sachen zu packen und diesen – mal von Quinn abgesehen – Traumjob zu verlieren.

»Es wäre also ein Kündigungsgrund?«

»Verdammt!«, fluche ich.

»Peach?«

*Ian und seine dämliche vertrauensvolle Anwaltsmasche!* »Ja!«, rufe ich aufgebrachter, als er es verdient hat, denn im Grunde bin ich nicht sauer auf ihn, sondern auf mich. »Ja, es wäre ein Kündigungsgrund.«

»Was, wenn ich dir verspreche, dir zu helfen, damit du bleibst? Egal was es ist. Immerhin hast du ihn ja nicht ermordet.«

»Warum solltest du das tun?«

»Weil du die beste Assistentin bist, die mein Bruder je hatte. Ich möchte nicht, dass du deinen Job verlierst.«

*Wow, das ist unglaublich lieb von ihm!* Ich sehe Ian lange an und überlege hin und her. Schließlich treffe ich eine Entscheidung. Ich sage die Wahrheit. *Die halbe Wahrheit.* »Quinn hat mir etwas angeboten, womit ich nie im Leben gerechnet hätte.«

»Dass du mit ihm machen kannst, was du willst?«, rät Ian grinsend.

»Ist es so offensichtlich?«

»Bei Quinn und dir schon. So viel hat er ja nicht zu bieten, was dich sonst interessieren könnte.« Ian lächelt. »Was hast du verlangt?«

*Ist das Verhör noch nicht beendet?* Ich zögere.

»Peach?«

»Es ist nicht so leicht«, sage ich.

»Sehe ich. Und?«

Ian ist ein netter Typ und ein toller Anwalt. Er ist fair, und er ist ein Freund. Außerdem steht er zwar zu seinem Bruder, allerdings nicht immer und nicht automatisch. Wenn ich ihn für mich gewinne, wird alles gut, oder?

»Lach nicht!«, warne ich ihn vor und hole tief Luft. »Ich hab verlangt, dass er mir die Füße küsst.«

»Deine Füße ...?«, wiederholt Ian. Seine Mundwinkel zucken bereits. Ich muss ihm zugutehalten, dass er versucht, ernst zu bleiben. Aber schließlich bricht er in schallendes Gelächter aus. »Verdammt schade, dass es hier keine Kameras im Büro gibt. Das hätte ich zu gerne gesehen.«

»Ha, ha!« Ich werfe einen Kugelschreiber nach ihm. »Das ist nicht lustig. Außerdem hatte ich ›lach nicht‹ gesagt.« *Warum tue ich das wohl?*

»Doch, ist es!« Er wischt sich Lachtränen aus den Augenwinkeln. »Wie hat er sich gemacht?«

»Gut«, sage ich knapp, spüre dabei jedoch, wie meine Wangen erneut glühen. Was verrät, dass es nicht nur gut, sondern phänomenal war.

»Okay, das solltest du Reece definitiv verschweigen. Er mag schon keine Spielchen unter Kollegen. Aber Spielchen, die andere Leute in *seinem Büro* spielen, wird er auf keinen Fall dulden.«

»Du sagst es ihm also nicht?«, frage ich hoffnungsvoll nach.

»Erst mal nicht.«

*Oh, Gott sei Dank!* »Und was soll ich jetzt tun? Ich kann das nicht ungeschehen machen.«

»Bearbeite Reece, dass es für den hohen Qualitätsanspruch des Klubs die richtige Entscheidung war. Egal was er sagt, beharre darauf. Er hat nur gerade keinen Kopf für weitere Neueinstellungen. Aber das müsste ihn überzeugen.«

Erleichterung durchflutet mich. »Danke, Ian. Danke, danke, danke.«

»Wenn ich dir allerdings noch einen Rat geben darf?«, beginnt er und steht auf. »Lass dich nie wieder auf solche Spielchen ein.«

»Hab ich nicht vor.« *Definitiv nicht.*

***

*Nur warum fantasiere ich, sobald ich die Augen schließe, von der Begegnung mit Quinn mit immer neuem Ausgang?*, frage ich mich, als Ian gegangen ist.

*Quinn, wie er meinen zweiten Fuß ebenfalls verwöhnt …*

*Quinn, wie er an meinen Zehen lutscht …*

*Quinn, wie er sich mein Bein hinaufküsst, höher und höher, an der Kniekehle vorbei, weiter über meinen Innenschenkel bis zu meiner Mitte …*

*Quinn, wie er mir umgekehrt befiehlt, ihm die Füße zu küssen …*

*Quinn, wie er mich überwältigt, mir den eng sitzenden Rock grob hochschiebt, seinen Schwanz aus der Anzughose befreit und mich nimmt …*

Ich schüttele mich, um die Gedanken loszuwerden.

*Was stimmt nicht mit mir?* Ja, es könnte sein, dass Quinn McPherson seit unserer ersten Begegnung ab und zu mal einen Gastauftritt in meiner Fantasie hatte. *Aber doch nicht so heftig, so plastisch – und nicht so, dass ich sein Spielzeug bin!*

Ich brauche Hilfe von jemandem, der mich kennt – und der Ahnung von Beziehungen hat, weil er selbst erfolgreich eine führt. Mein Bruder Ben.

»Mein kleines perverses Schwesterherz!«, meldet der sich lachend, als ich ihn anrufe. »Was verschafft mir die Ehre?«

»Hab dich auch lieb«, nuschele ich. »Kannst du bitte endlich damit aufhören, mich so zu nennen?« *Ich steh auf BDSM-Spiele, nicht auf Sex mit Gemüse!*

Er lacht schallend, als würde das nie passieren.

*Vielleicht war das doch keine so gute Idee*, denke ich mir und lege wieder auf. Ben ist Familie, da kann man so formlos sein.

Eine volle Minute später – er muss echt lange gelacht haben, bis er gemerkt hat, dass ich nicht mehr dran bin – ruft mich Ben zurück. »Sorry, Peachy, ich konnte es mir nicht verkneifen.«

»Gib mir eine Stunde mit dir und meiner Gerte, und ich wette, du nennst mich nie wieder so.«

Erneut lacht er, wenn auch weniger laut.

*Familie!*, denke ich und rolle mit den Augen. »Dich darf ich nie anrufen, wenn es um Leben und Tod geht«, knurre ich. »Bis du mit deinen Witzen durch bist, bin ich erledigt.«

»Sorry«, sagt er und räuspert sich. »Was ist denn los?«

»Ich fürchte, ich brauche deine Hilfe.«

»Du weißt, dass ich für dich keine Jungs mehr verprügele, seit ich erwachsen bin?« *Genauer, seit er Vater geworden ist und für seine Tochter Amy ein Vorbild sein will.*

»Als hätte ich das je von dir verlangt!«, sage ich.

»Ich verprügele für dich auch keine Männer«, stellt er klar.

*Witzbold!* »Keine Sorge, du musst dir nicht die Hände schmutzig machen. Ich will nur einen Rat.«

»Schieß los!«

*Am Telefon?* Eine kleine schaurige Schockwelle durchfährt mich. »Nein, ich komme lieber vorbei, wenn das in Ordnung ist.« Bevor irgendjemand im Büro was von dem Inhalt des Gesprächs mitbekommt. »Geht das? Ich hab auch Muffins.« Von meiner gestrigen Backorgie.

»Klar. Und bring umgekehrt Hunger mit. Wir haben Lasagne vom Abendessen übrig.«

Das ist Ben. Wie jeder meiner Brüder versteht er es, mich auf die Palme zu bringen, aber im Grunde ist er superlieb und immer für mich da. »Danke, ich bin in einer halben Stunde bei dir.«

***

Als ich mit einer Tupperdose voll Muffins, einem Sixpack Bier für meinen Bruder und einer Flasche alkoholfrei für mich, weil ich mit dem Auto unterwegs bin, das gemütlich eingerichtete Einfamilienhaus betrete, in dem Ben mit seiner Familie wohnt, schlägt mir ein leckerer Geruch von überbackenem Käse entgegen – und sofort breitet sich ein Gefühl von Wohlbehagen in mir aus.

»Verdammt, du siehst beschissen aus!«, begrüßt mich Ben und wirbelt mich lachend herum, als hätten wir uns Jahre nicht gesehen. Dabei waren es höchstens vier Wochen.

»Danke«, gebe ich trocken zurück, als wäre das ein echtes Kompliment. »Der Look hat Stunden im Bad gedauert. Vor allem die Augenringe waren knifflig.«

»Dumme Nuss!«, meint er nur, weil er sich Sorgen macht.

»Charmebolzen!«, kontere ich und drücke ihm das Bier in die Hand. »Hier, damit kannst du mich schöntrinken.«

»Okay, ich korrigiere mich: clevere dumme Nuss!«

Ben nimmt das Bier und stellt es in den Kühlschrank, und ich begrüße Elaine, die gerade die aufgewärmten Lasagnereste aus dem Ofen holt.

»Alles für mich?«, frage ich hungrig, als ich die Riesenportion sehe.

»Klar, wenn du willst!«

*Megagut!* Ich schlage mir richtig den Bauch voll, sodass mein Rock unglaublich kneift. Aber das ist jeden Bissen wert, denn Elaine kocht so gut wie der beste Italiener der Stadt.

Nach dem Essen bleiben Ben und ich in der Küche, um Elaine nicht im Wohnzimmer zu stören, wo sie sich eine Kochshow ansieht und Notizen macht. Wir hoffen auf weitere kulinarische Leckerbissen.

»Also, was ist los?«, fragt mich Ben und räumt die Spülmaschine ein.

»Ich hab heute Mist gebaut«, sage ich. »Die Sache ist wirklich schlimm.«

»Was genau ist passiert?« Er stellt die Maschine an, nimmt sich aus dem Kühlschrank eine Flasche Bier, öffnet sie und setzt sich an den Küchentisch.

Während ich die verkrustete Backform bearbeite, erzähle ich Ben alles. Sobald die Form wieder glänzt, nehme ich mir mein alkoholfreies Bier und setze mich zu ihm.

»Das ist wirklich schlimm, oder?«, frage ich.

»Das ist definitiv das Idiotischste, was du je gemacht hast, Peachy.«

»Vielleicht fehlt mir der Sex«, denke ich laut nach. *Würde das nicht mein merkwürdiges Verhalten erklären?*

»Die Männer stehen doch Schlange bei dir!«

»Schlange stehen und rankommen sind zwei Paar Schuhe«, sage ich und bemerke Bens irritierten Blick. »Seit Luke hatte ich keinen Sex mehr, okay?« *Das war meine letzte Beziehung.*

»Auch keine Sessions?«

»Nur ein paar. Ebenfalls vor einer Ewigkeit.«

»Warum?«

Ich zucke mit den Schultern. »Irgendwie hatte ich keine Lust.«

»Aber heute bei Finn –«

»Quinn«, korrigiere ich ihn automatisch.

»Also gut, heute bei Quinn, da hattest du Lust?«

Sofort zieht es in meinem Unterleib. »Möglich«, sage ich ausweichend und nehme einen Schluck.

»Dann ist doch alles klar!«, sagt Ben locker. »Du magst ihn.«

»Was?!« Ich verschlucke mich am Bier und huste heftig. *Wie kommt mein Bruder auf so einen Schwachsinn?* »Hast du mir nicht richtig zugehört? Wir zoffen uns bei jeder sich bietenden Gelegenheit. Er hat mich erpresst! Wer tut denn so was? Nur ein Mistkerl, und ich stehe nicht auf Mistkerle.«

»Schon gut!«, meint Ben und hebt abwehrend die Hände. »Vielleicht mag er dich?«

»Gott, nein!«, rufe ich. *Noch absurder!*

»Aber deine Füße hat er so gut geküsst, dass dein Höschen feucht geworden ist?«

»Was soll das denn beweisen? Wenn er das gewusst hätte, hätte er bestimmt gleich zwei neue Mitarbeiter gefordert«, sage ich trocken. »Weitere Ideen, warum ich mich so dämlich benehme?«

Ben grinst. »Vielleicht hast du nur Mist gebaut, um dich bei deinem Lieblingsbruder auszuheulen und Lasagne zu futtern. Ich finde, das klingt sehr zielstrebig.«

*Süß von ihm!* »Stimmt. Das war wirklich clever. Die beste Erklärung des Abends.«

Es ist seltsam, aber obwohl mir mein Bruder keinen richtigen Rat gibt, fühle ich mich besser. Es hilft mir zu wissen, dass da jemand ist, dem ich wichtig bin. Und der nett zu mir ist, ohne eine Gegenleistung dafür zu verlangen. So wie es sein sollte.

»Du kommst jetzt klar?«, fragt er, als es Zeit wird zu gehen.

»Wie immer«, sage ich.

»Dann pass auf dich auf«, sagt er noch mal großer-weiser-Bruder-mäßig zum Abschied. »Schließlich wissen wir beide, dass du nicht wegen der Lasagne hier warst.«

»Ich geb mein Bestes.«

## QUINN

Ich sollte gute Laune haben und das reinste Sonnenscheinchen sein. *Immerhin bekomme ich, was ich will*, denke ich, als ich auf dem Mitarbeiterparkplatz des Klubs parke. Aber ich habe keine gute Laune. *Seltsam.*

Mir bleibt fast eine Stunde, bis mein erster Kunde kommt, und ich nutze die Zeit, ziehe mir die Anzughose und das Hemd aus und bequeme Baumwollkleidung an, bringe die Klangschale zum Schwingen, konzentriere mich zuerst auf meinen Atem und gehe dann von der Meditation zu meinen fünf täglichen Yogaübungen über, die mir helfen, den körperlich anstrengenden Job entspannt zu überstehen.

Erst kurz vor zehn beende ich mein Training und begrüße Mrs Salinger, die mir lächelnd in einem Kimono und Wellness-Pantoffeln entgegenschlappt.

»Sie kommen direkt von einer Session?«, frage ich, führe sie in die Lounge, nehme ihr den Seidenmantel ab und gebe ihr ein Zeichen, dass sie sich auf die Liege legen kann.

»Quasi«, sagt sie. »Ich hab mich bis eben um einen Ihrer Subs gekümmert.« Sie fasst sich in den Nacken und grinst.

»Er war dieses Mal sehr, sehr ungehorsam, und ich musste ihn oft bestrafen. Kümmern Sie sich deshalb vor allem um meine Schultern! Der Bereich ist ziemlich verspannt. So viel Action bin ich nicht mehr gewohnt.«

Mein Mitleid hält sich in Grenzen. Ich bin auch Dom, aber ich schone meine Kräfte. Schließlich kann ich nicht für die Sub da sein, wenn ich selbst Hilfe brauche.

»Natürlich«, sage ich dennoch höflich. Ich warte, bis sie liegt, und decke ihre Beine und ihren unteren Rücken mit einem Handtuch ab. Und plötzlich frage ich mich, ob Peach Stone auch so mit einem Mann spielen würde, dass ihr danach der Rücken wehtut. Ja, sie hat einen zackigen Ton drauf, doch sie wirkt nicht wie jemand, der eine Session mit einem Sport-Work-out verwechselt.

Ich schüttele den Kopf. *Konzentrier dich, McPherson! An diese Frau solltest du jetzt nicht denken!*

Überhaupt: Ich habe Peach Stone ein Jahr lang relativ erfolgreich ignoriert – und sie wirklich nur sehr selten als kleine nächtliche Fantasie missbraucht. Damit bin ich gut gefahren. Kein Grund, das nun zu ändern.

Routiniert verteile ich Arganöl auf meinen Handflächen und fahre prüfend von Mrs Salingers Nacken über ihre Schultern, der Wirbelsäule folgend nach unten und dann wieder hoch.

»Fester!«, seufzt sie, ganz die Frau, die es gewohnt ist, Befehle zu geben.

»Gleich«, sage ich, weil ich wie jedes Mal erst nach einer Bestandsaufnahme entscheide, wo und wie ich beginne.

»Sofort!«, murmelt sie.

Kunde hin oder her, ich bin genervt. »Mrs Salinger, in diesem Raum habe ich das Sagen«, entgegne ich so höflich wie möglich.

»Und ich bezahle Sie«, schleudert sie zurück.

»Ja, dafür, dass ich Ihre Verspannung löse, nicht dafür, mir Befehle zu erteilen.« Kunden des Tease & Please scheinen das auf ihrer Wolke sieben schwebend gerne mal zu vergessen.

»Touché«, sagt sie und seufzt, als ich über die Verhärtung reibe, die sie quält. »Ja, genau da!«

Ich muss lächeln. *Erst so vorlaut und plötzlich so nett. Geht doch!*

Mit zunehmendem Druck bearbeite ich die Stelle, und Mrs Salinger entspannt sich allmählich. Das mag ich an meinem Job, ich erlöse die Leute von ihrem Leid. Nach meinen Regeln. Denn in meinen Job lasse ich mir nicht reinreden. Egal wer vor mir liegt.

»Halten Sie noch etwas mehr aus?«, frage ich.

»Wie viel mehr?«, ist ihre Gegenfrage. *Typisch Domina! Andere quälen, selbst jedoch panische Angst vor Schmerzen haben.*

Ich greife fester zu, um ihr zu demonstrieren, was ich meine.

»Autsch!« Sie atmet tief durch. »Es geht. Aber sagen Sie mal, Quinn, gibt es Subs, die das hier genießen?« Sie dreht sich zu mir.

»Nein, Subs mögen diesen Teil genauso wenig wie Doms.« So wie Subs natürlich jeden normalen Schmerz auch als Schmerz wahrnehmen. »Und jetzt schauen Sie wieder nach unten!«

»Befehle ziehen bei mir nicht«, kontert sie.

Ich gebe ihr einen Klaps auf den Hintern. *Ausnahmsweise.* »Und bei mir kein Ungehorsam. Also?«

»Zufrieden?«, fragt sie und legt sich endlich richtig hin. »Ich wusste gar nicht, dass Sie dominant sind.« *Woher auch? Es geht sie nichts an.*

»Macht das für Sie einen Unterschied?«, frage ich.

»Es wundert mich nur.«

»Wieso?«

»Sie sind immer so zuvorkommend. Tun alles, damit ich mich gut fühle.«

»Und deshalb haben Sie angenommen, ich wäre devot?«

»Ehrlich gesagt, ja.«

*Witzig. Als gäbe es da einen Zusammenhang!* »Sie wären überrascht, wie selten Neigung und Job zusammenfallen. Gerade die härtesten Jungs mit den härtesten Jobs lieben es, sich im Klub so richtig verhauen zu lassen.« *Zumindest sind erstaunlich viele Top-Manager, Polizisten und Politiker unter den Kunden.*

»Interessant«, murmelt sie.

»Und nur zu Ihrer Information.« Ich kann mir die kleine Lektion nicht verkneifen. »Ja, ich knete Sie hier durch. Aber im Grunde machen Sie gerade, was ich will. Nicht umgekehrt.«

»Oh Gott, Sie haben recht!«, meint sie überrascht. »Und es gefällt mir. Vielleicht bin ich ja Switcherin?«

*Nie im Leben!* Ich bearbeite sie wieder sanfter, weil der Knoten fast weg ist. »Oder vielleicht mögen Sie einfach nur wie jeder andere Mensch auf der Welt eine gute Massage.«

»Stimmt, stimmt! Das wird es sein.«

Mrs Salinger lässt sich immer weiter fallen. Meine Gedanken schweifen dagegen erneut ab zu Peach und dem Termin, den ich mit ihr hatte.

*Was, wenn ich auch eine devote Seite habe?*

*Blödsinn!* Obwohl ich vor ihr gekniet habe, habe ich mich ihr nicht unterworfen. Ich hatte die Macht über sie. Definitiv. Und es war ein verdammt berauschendes, verdammt sinnliches Gefühl. Dabei hätte ich nichts dergleichen empfinden sollen. Es hätte sein müssen wie jetzt bei Mrs Salinger. Peach hat ihren kleinen Triumph bekommen, ich meine Unterstützung. *Aber es hat sich was verändert.*

Ich kann nicht vergessen, wie sich Peachs Haut angefühlt hat. Noch besser, als ich es von unserer allerersten Begegnung vor einem Jahr in Erinnerung hatte. Und ich kann noch weniger vergessen, dass sie mehr haben und kommen wollte. Durch mich. *Ausgerechnet durch mich!*

Ich weiß, dass Leute, die sich bei einer Massage entspannen, Erregung verspüren können. Ich erlebe das ständig bei der Arbeit, und es ist okay. Berührungen sind Berührungen, und der Körper reagiert auf den Kontakt. Das ist natürlich. Nichts, in das man zu viel hineininterpretieren sollte.

Doch bei Peach war der Moment anders – heißer, sinnlicher, bedürftiger, richtiger. Und für eine Sekunde war ich drauf und dran, ihr diesen Genuss zu schenken.

*Fuck!*

»Wie geht es Ihnen jetzt?«, frage ich Mrs Salinger, als ich fertig bin.

»Gut, wirklich gut«, murmelt sie erschöpft.

»Lassen Sie sich Zeit. Wenn Sie bereit sind, können Sie einfach gehen.«

»Danke, Quinn.«

*Keine Widerworte? Kein Befehl? Keine Forderung?* Ich muss lächeln. *Gut gemacht, McPherson! Job mal wieder erledigt.*

Ich decke sie zu, wasche mir die Hände, programmiere mir einen Timer, damit ich spätestens in dreißig Minuten noch mal nach ihr sehe, dimme das Licht und verlasse den Massagebereich.

Im Aufenthaltsraum stelle ich mich so wie nach jeder Sitzung unter die Dusche. Und ich muss erneut an Peach denken. Wie sie in Randalls Büro gesessen und mich mit ihren funkelnden grünen Augen um mehr angebettelt hat! Und wie ich ihr verweigert habe, was sie so dringend haben wollte.

Das Verlangen nach dieser Frau macht mich hart. Doch plötzliche Sorge überlagert das Gefühl.

Ja, Peach Stone hat mir befohlen, ihr die Füße zu küssen. Aber ich habe bestimmt, was passiert, nicht sie. Sie war mein Spielzeug, nicht ich ihres. Und am Ende bin ich gegangen und habe sie allein gelassen.

Ich stelle das Wasser ab, wickele mich in ein Handtuch, verlasse das Bad und trinke einen Smoothie, um meine Energiespeicher aufzufüllen. Doch selbst als ich mir frische Kleidung anziehe, werde ich Peach Stone nicht los.

Was ich eben zu Mrs Salinger gesagt habe, meinte ich ernst. Ein Job ist ein Job, und Neigungen sind Neigungen. Es sollte mir egal sein, wie es Peach geht. Aber die Dom-Seite in mir ist besorgt. Denn unter anderen Umständen hätte ich meine Partnerin nie einfach so zurückgelassen.

*Es ist nichts, McPherson*, rede ich mir ein. *Peach ist ein großes Mädchen mit einer noch größeren Klappe. Es geht ihr garantiert gut.*

Ich pflege die digitale Akte zu Mrs Salinger nach, ein Dokument, in dem für jeden Kunden erfasst wird, welche Leistungen er in Anspruch genommen hat. Neben der durchgeführten Behandlung mache ich einen Vermerk, dass ich mir ihre Schulter das nächste Mal erneut ansehen werde, und als es Zeit wird, gehe ich zurück zum Massagebereich, wo sie noch liegt, und wecke sie auf.

»Bin ich eingeschlafen?«, fragt sie irritiert.

»Sind Sie, kommen Sie!«

Es passiert nicht oft, aber Massagen können einen ganz schön ausknocken. So geht es gerade Mrs Salinger. Ich begleite sie daher zu einer der Suiten, wo sie sich weiter ausruhen kann, und reinige den Raum. Als ich damit fertig bin, folgt sofort der nächste Kunde und darauf der nächste und darauf noch einer, bis ich ganz in meiner Arbeitsroutine drinstecke.

Peach Stone spukt mir dabei jedoch weiterhin penetrant durch den Kopf. Und – egal wie sehr wir uns sonst zoffen – mir wird eines klar: Ich hätte sie nicht allein lassen sollen. Nicht nachdem ich so mit ihr gespielt habe. Das ist überhaupt nicht meine Art.

*Fällt dir ja echt früh ein, McPherson!*

Beunruhigt rufe ich sie nach meinem letzten Kunden im Büro an, doch es klingelt nur, bis der Anruf auf ihre Mailbox weitergeleitet wird: »Hallo, hier ist das Büro von Reece Randall. Sie rufen außerhalb der Geschäftszeiten an. Bitte hinterlassen Sie eine Nachricht. Wir melden uns umgehend bei Ihnen zurück.«

Ich zögere. Es ist fünf Uhr früh. Aber das ungute Gefühl in meinem Magen wird stärker. *Scheiß drauf! Benimm dich mal wie der anständige Kerl, der du bist!* »Hallo, Peach, hier ist Quinn. Quinn McPherson«, spreche ich ihr auf den Anrufbeantworter. »Ruf mich zurück. Es ist wichtig.«

Ich lege auf, warte, ob sie zurückruft – oder ob sich noch spontan jemand aus dem Klub massieren lassen will, denn für heute bin ich durch. Doch als es ruhig bleibt, schließe ich den Massageraum und meine Aufenthaltslounge ab und verabschiede mich von Paul, der heute an der Bar ist, und von Eric am Gäste-Counter. Als ich gerade in meinen Wagen steige, um nach Hause zu fahren, brummt mein Handy.

»Ja?«, melde ich mich.

»Was ist so dringend, Quinn? Brauchst du noch mehr? Besseres Massageöl, flauschigere Handtücher, einen zweiten Massagebereich?« Sie lacht leise. »Du weißt ja, was mein Preis dafür ist.«

»Hi, Peach, danke für den Rückruf«, sage ich und bin erleichtert, dass sie genauso kratzbürstig klingt wie eh und je. »Keine Sorge, ich will nichts dergleichen.«

»Worum geht es dann?«

»Ich wollte nur hören, ob du in Ordnung bist.«

»Ob ich …?« Sie stockt. »Sag mal, willst du mich verarschen?«, ruft sie wütend, und die Leitung ist tot, weil sie aufgelegt hat. *Erwachsen, Peach! Sehr erwachsen!*

Noch gestern hätte ich das hingenommen. Denn sie hätte recht gehabt. So ein Anruf mitten in der Nacht wäre ein Streich gewesen. Aber nicht heute. Unbeeindruckt wähle ich erneut ihre Nummer und habe sie sofort wieder am Telefon.

»Verdammt, was soll das, Quinn?«, giftet sie mich mit ihrem liebevollen Temperament an, das mir langsam gefällt.

»Beantworte einfach meine Frage!«

»Ich soll dir sagen, ob es mir gut geht?«

»Ganz genau.« Ich höre, wie sie am anderen Ende der Leitung tief durchatmet. Eine Bettfeder knarzt, und mir wird klar, dass sie schon geschlafen und ich sie geweckt haben muss. Die Leute im Randall Tower haben andere Arbeitszeiten als wir im Klub. Dennoch bereue ich meinen Anruf nicht.

»Ja, mir geht's gut«, sagt sie schließlich vorsichtig. »Zufrieden? Oder willst du das noch mal ändern?«

»Dir war nach unserem Termin nicht komisch?«, hake ich nach.

»Nein, ich wollte dich erwürgen, wie ich es immer tun will, wenn sich unsere Wege kreuzen«, entgegnet sie trocken, schluckt dann aber. »War dir denn komisch?«

Völlig unerwartet steigt Verlangen in mir auf. Verlangen, das ich vorhin unter der Dusche, als ich hart geworden bin, nicht gestillt habe. Verlangen, das ich neuerdings immer verspüre, wenn ich mit Peach Stone zu tun habe. »Warum sollte mir komisch gewesen sein?«, frage ich.

»Weil du meinen Fuß geküsst hast.«

»Und jetzt sollte ich Brechreiz haben?«, locke ich sie aus der Reserve.

»Wäre ja möglich. So schnell, wie du das Büro verlassen hast.«

Ich muss grinsen. »Mir geht es auch gut«, sage ich und schweige dann, lege aber nicht auf, und sie schweigt ebenfalls und legt nicht auf. Und plötzlich wünsche ich mir, ich wäre bei ihr. Obwohl sie gesagt hat, dass sie in Ordnung ist, glaube ich ihr kein Wort. Schließlich bin ich der letzte Mensch auf Erden, zu dem sie ehrlich sein würde.

Ich würde ihr zu gerne in die Augen schauen und sehen, was die Wahrheit ist. Und ich würde sie jetzt zu gerne noch mal berühren, an mich ziehen, ihre unglaublich weiche Haut spüren und ihren Duft einatmen, der es mir angetan hat.

»Dann gute Nacht, Peach«, sage ich schließlich. »Bis bald. Ich freu mich schon.«

Sie schluckt und räuspert sich. »Danke, dir auch süße Albträume.«

»Werde ich haben«, murmele ich leise vor mich hin. »Zumindest so ähnlich.« Denn die kleinen schmutzigen Fantasien, die mir durch den Kopf schießen, sehen vor, dass Peach Stone sich für ihr freches Mundwerk bei mir revanchiert – und mich anbettelt, alles zu tun, was ich will. Damit ich ihr verzeihe. Und bei mir kommt sie nicht damit davon, mir die Füße zu küssen …

# 3. Kapitel

## PEACH

Obwohl ich mir pausenlos sage, das Richtige getan zu haben, habe ich Schiss, mich am nächsten Tag meinem Boss zu stellen.

Als wäre mein schlechtes Gewissen nicht genug, habe ich außerdem schrecklich geschlafen und bin immer wieder aus erotischen Träumen und zerwühlten Laken hochgeschreckt. Aus Träumen, in denen Quinn mir nicht nur die Füße geküsst, sondern mir seine Lippen auf ganz andere Körperstellen gedrückt hat – mal, weil ich es ihm befohlen habe, und mal, weil er es so wollte und ich gehorchen musste. Was mir beides extrem gut gefallen hat. *Klasse! Liebes Unterbewusstsein, fantasier das nächste Mal von einem dieser sexy Schauspieler – irgendwas Utopisches, aber Unverfängliches. Nicht von so Vollidioten wie Quinn McPherson.*

»Klopf, klopf«, mache ich und betrete das Penthouse von meinem Boss, das im obersten Stockwerk des Randall Towers liegt, um ihn auf den neuesten Stand zu bringen.

»Wir sind im Wohnzimmer«, ruft Reece, und ich, die ich gerade ins Arbeitszimmer gehen will, ändere die Richtung und entdecke ihn und seine Freundin auf dem Sofa sitzend beziehungsweise liegend – Audrey hochschwanger mit roter Nase und einer Teetasse in den Händen und Reece an ihrer Seite, einen Arm um sie geschlungen, die andere Hand auf ihrem nicht mehr zu übersehenden Bauch. »Und? Läuft alles?«, fragt er entspannt.

»Natürlich«, sage ich, weiß jedoch, dass das nur auf neunundneunzig Prozent der Arbeit zutrifft. »Muffins?«

»Du backst in letzter Zeit viel«, meint er, aber bedient sich. »Wir werden noch dick.«

»Also mir gefällt das«, sagt Audrey. »Und Mini-Reece auch.« Sie nimmt sich gleich zwei.

Ich setze mich, reiche Reece Dokumente, die er unterschreiben muss, und gehe mit ihm die Termine durch, die ich gestern für ihn übernommen habe.

»Wohin hast du den mit Quinn verschoben?«, fragt er, als wir fast durch sind, und sofort durchfährt mich ein heißer Schauer.

»Gar nicht«, sage ich bemüht locker. »Ich konnte ihm helfen.«

»Und was wollte er?« Ich sehe, wie Reece den Stapel mit den Materialanforderungen prüft, als wäre Quinn deswegen gekommen. Doch da ist keine für den Massagebereich dabei. Auch an der Urlaubsliste hat sich nichts geändert. Quinn war zuletzt zum Jahreswechsel weg und plant erst im Sommer eine dreiwöchige Auszeit. Reece schaut deshalb auf und wartet auf eine Erklärung. »Peach?«

»Er hat um einen weiteren Mitarbeiter gebeten«, sage ich möglichst unbefangen. »Und …« Ich halte inne.

»Und du hast ihm gesagt, dass wir darüber nachdenken, richtig?«

*Versucht! Ja, das habe ich. Allerdings nur mit mäßigem Erfolg.* Ich wünschte, mir fiele irgendein tolles Ablenkungsmanöver ein, damit Reece das Thema fallen lässt. Aber dem ist nicht so.

»Peach? Du hast ihm doch gesagt, dass wir darüber nachdenken?«, bohrt er nach.

»Er hatte gute Argumente«, sage ich. *Und meinen Fuß in der Hand*, was ich natürlich verschweige.

»Peach, verdammt noch mal!« Reece wird so laut, dass Audrey sich stöhnend an die Stirn fasst, vermutlich weil sich ihre Kopfschmerzen gerade verschlimmern. »Sorry, Kleines, wir gehen in mein Arbeitszimmer.« Er springt vom Sofa auf und rennt los. »Komm schon, Peach!«

*Das kann ja heiter werden!* Weit weniger schwungvoll stehe ich ebenfalls auf und folge ihm beklommen. Dabei zermartere ich mir mein Hirn, wie ich mich retten kann. Doch da ist nur gähnende Leere. Oder der nicht sehr hilfreiche Gedanke, dass Quinns Kuss den Ärger hier wert war.

»Schließ die Tür hinter dir!«, dröhnt Reece, sobald ich das helle Arbeitszimmer betrete, das deutlich kleiner ist als sein Büro, dafür aber persönlicher.

Tief durchatmend mache ich, was er sagt, bleibe jedoch an der Tür stehen. *Kann ja nie schaden, in der Nähe des Fluchtwegs zu sein.*

»Seit wann entscheidest du in Personalfragen?«, blafft er mich an. »Das ist nicht dein Klub, sondern meiner. Ich trage für alles, was dort passiert, die Verantwortung. *Nicht* du. Unsere Kunden vertrauen mir, *nicht* dir. Ich dachte, das wäre klar.«

*War es! Bis Quinn McPherson mir ein Angebot gemacht hat, das ich nicht ausschlagen konnte …*

»Ich hab schon oft Personalgespräche übernommen«, verteidige ich mich mit dem bisschen, das ich habe.

»Das ist nicht das Gleiche.«

»Aber –«

»Und demnächst beschließt du auch, dass wir den Klub vergrößern, oder was?«

»Nein, natürlich nicht, ich –«

»Und warum nicht gleich mehr Urlaubstage für alle genehmigen?!«, regt er sich weiter auf.

»Das würde ich nie ma–«

»Was soll das dann?«, bellt er mich an und lässt mich nicht ein Mal zu Wort kommen, was mich zunehmend frustriert.

»Ich –«, beginne ich erneut.

»Na was, Pea–«

»Wenn du mich mal ausreden lassen würdest, dann könnte ich dir das Ganze erklären!«, feuere ich zurück. Ohne den Punkt zu erwähnen, dass Quinn mir die Füße geküsst hat, versteht sich. »Du weißt, dass ich immer so handele, wie es für den Klub am besten ist. Ja, offiziell darf ich niemanden einstellen, aber inoffiziell habe ich dich schon in ähnlichen Fällen vertreten.« *Das ist Fakt.* »Und es war okay. Das ist dieses Mal nicht anders. Quinn braucht einen neuen Mitarbeiter. So wie alle ist er überlastet und kommt nicht hinterher. Er hat teilweise Terminanfragen für drei Monate im Voraus! Das ist der Wahnsinn und nie im Leben im Interesse der Kunden.«

Reece holt tief Luft, um was zu sagen, doch jetzt bin ich dran. Er hat mich eingestellt, weil ich mich von ihm nicht einschüchtern lasse, und genau dem werde ich nun gerecht.

»Wir sind der exklusivste Klub der Stadt mit den exklusivsten Mitgliedern«, fahre ich fort. »Wenn das Tease & Please wächst, darf das nicht auf Kosten der Mitarbeiter geschehen, sonst leidet die Qualität, und das ist nicht in deinem Interesse. Quinn braucht einen zweiten Masseur, und er kriegt einen. Punkt!«

Stille folgt auf meine flammende Rede.

Stille, in der Reece mit dem Kiefer mahlt und mich streng anschaut.

*Ich hab gesagt, was ich sagen musste. Aber vielleicht hätte ich etwas einschmeichelnder sein sollen? Es schadet ja bekanntlich nicht, nett zu sein.*

»Sag was«, bitte ich ihn leise, als ich die Stille nicht länger aushalte.

Seine Miene bleibt finster, und er holt bereits Luft, als ein Niesen direkt hinter der Tür des Arbeitszimmers zu hören ist.

Reece verdreht die Augen, doch ein Lächeln umspielt gleichzeitig seine Lippen. So ist das immer bei seiner Freundin. Ihre Fehler sind niedlich, meine sind Katastrophen.

»Komm rein, Audrey!«, ruft er und wartet. »Na los! Oder soll ich dich holen?«

Die Tür schwingt langsam auf, und Audrey steckt erst ihren Kopf rein und kommt dann hereingeschlichen. Na gut, nicht unbedingt geschlichen, sondern eher mit ihrem dicken Bauch hereingewatschelt, aber sie kommt.

»Peach hat recht«, sagt sie.

»Aus dir spricht die Krankheit«, meint Reece nur schroff, breitet jedoch gleichzeitig den Arm aus, sodass sie sich an ihn schmiegen kann, was sie tut – und ihn in die Seite boxt. Weil sein Spruch echt gemein war.

»Ich hab keine Viren, die mein Gehirn anfressen«, zischt sie. »Da oben funktioniert alles tadellos. Peach hat recht. Ich hab von anderen auch schon gehört, dass sie überarbeitet sind.«

»Hast du das?«

»Ja, Sir.«

Er drückt sie enger an sich und küsst ihren Scheitel, sieht dann jedoch wieder mich an. Finster. Dabei habe ich genau das Gleiche gesagt wie Audrey! »Quinn braucht also wirklich Hilfe?«

Ich nicke. »Tut er.«

»Der Quinn, dem du sonst immer an die Gurgel springst?«

»Mir springt er auch an die Gurgel!«, wende ich sofort ein, doch Reece lächelt nicht, sondern seine Miene bleibt hart. »Ja, der Quinn«, sage ich. *Es gibt ja nur diesen einen.*

»Du machst das nicht, damit er netter zu dir ist?«

»Was? Nein!«, rufe ich. Dabei trifft das irgendwie zu, denn eine gewisse Nettigkeit hat mich in den Schlamassel gebracht. »Ja, Quinn musste mich erst überzeugen. Ich hab genauso reagiert wie du. Schließlich weiß ich, dass wir nicht leichtfertig Personal aufstocken. Doch nun stehe ich hinter der Entscheidung. Wir alle brauchen mehr Unterstützung.«

»Und das kann nicht warten?« Lauernd sieht er mich an. »Noch einen Monat, zwei, drei? Es ist ja nicht so, dass wir nicht Leute suchen. Aber dabei kommen die Doms und Subs an erster Stelle.«

Ich schüttele den Kopf. »Nein. Er braucht jetzt jemanden.«

»Du weißt, wie viel Arbeit die Suche macht?«, fragt er und spielt mit Audreys Haaren. Ich wette, weil er daran denkt, dass er sie genau bei so einer Suche kennengelernt hat.

Wieder nicke ich. Es gibt für solche speziellen Positionen kein Heer von Bewerbern. Und die wenigen, die infrage kommen, müssen außerdem umfangreiche Hintergrundüberprüfungen bestehen. Sodass nur die besten Leute am Ende mit den hochkarätigen Kunden zu tun haben – und die Kunden wiederum sicher sind.

»Denise kann das nicht auch noch übernehmen«, redet Reece nun ruhiger weiter, weil ihm etwas durch den Kopf geht. So gut kenne ich ihn mittlerweile. »Wie du ja gerade selbst gesagt hast: Jeder ist bereits an seinem Limit. Und sie hat momentan genug mit den neuen Doms zu tun.«

»Dann vielleicht Janet?«, wende ich ein. Janet ist die zweite Mitarbeiterin in der Personalabteilung, die, soweit ich weiß, noch Kapazitäten hat.

»Nein«, sagt Reece zu meiner Überraschung.

»Nein?«, echoe ich.

»Du machst das.«

»Ich?«, quieke ich. *Das muss ein Scherz sein.* »Das hab ich bisher nie.«

»Dann lernst du es jetzt. Schließlich scheint es ja deine Spezialität zu sein, Jobs zu übernehmen, die nicht deine sind.«

*Was?! Wie unfair von ihm!* Denn ja, genau das ist meine Spezialität, deshalb habe ich den Job damals bekommen. Weil ich mir und der Firma zu helfen weiß. Bis ich begreife … »Ist das eine Art Strafe?«, frage ich nach.

»Richtig. Ich kann dich ja schlecht feuern. Dafür bist du zu gut. Ich kann dir das allerdings auch nicht einfach durchgehen lassen.«

Widerstand und Erleichterung kämpfen in mir. Diesen Job noch on top zu übernehmen bedeutet mehr Überstunden. Und das für einen Kerl, der mich zur Weißglut treibt. Aber ich verstehe Reece, und wenn ich damit das Vertrauen zwischen uns wiederherstellen kann, ist das eine gute Sache. Meine Erleichterung gewinnt.

»Danke«, sage ich nur und will gehen, um mich an die Arbeit zu machen.

»Und Peach?«, hält mich Reece auf.

»Ja?« Sofort schnellt mein Puls wieder in die Höhe. *Jetzt noch ein Spanking? Ein Mal knicksen? Oder eine Woche lang auf mein Gehalt verzichten?*

»Gib mir deine Schlüsselkarte. Bis auf Weiteres hast du keinen Zutritt zu meinem Büro.« Auffordernd streckt er eine Hand aus.

»Dann kann ich nicht mehr –«

»Ganz genau«, schneidet er mir das Wort ab. »Du kannst dich nur noch um deine Sachen kümmern, nicht um meine.«

Hilfe suchend schaue ich zu Audrey, die so wie ich total überrascht ist. *Vielleicht kann sie ihn noch umstimmen?*

»Aber wenn Peach dich nicht entlastet, sehe ich dich weniger«, sagt sie. So ziemlich das einzige Argument, das sie hat.

Reece sieht sie sanft an. »Ich arbeite hier oben. Keine Sorge, ich kümmere mich schon um dich …« Er legt seine Hand auf die Wölbung ihres Bauches. »Um euch.« Dann blickt er wieder mich an, und sofort wirkt sein Gesicht kantiger und entschlossener. »Die Karte, Peach!«

*Mist! Er meint es wirklich ernst …*

Mit zittrigen Fingern löse ich das Plastikkärtchen von meinem Schlüsselbund, reiche es ihm und sehe, wie er den Schlüssel umkodiert, mit dem gleichen Computersystem, das auch Hotels für Zimmerkarten einsetzen. »Wenn ich sonst noch was tun kann?«, biete ich an.

»Deinen Job«, sagt er und gibt mir die Schlüsselkarte zurück. »*Nur* deinen Job. Verstanden?«

»Verstanden.« *Bin ja nicht taub.*

Als ich gehe, bin ich ziemlich geknickt. Das ist das erste Mal, dass mich Reece zusammengestaucht hat, und es ist kein schönes Gefühl. Gleichzeitig erfasst mich neuer Kampfgeist, denn ich bin niemand, der sich so schnell unterkriegen lässt. Ich werde mir das Vertrauen von Reece zurückerarbeiten. Ich werde meinen Job besser erledigen als je zuvor, und ich werde für Quinn jemanden zur Unterstützung suchen.

Zurück an meinem Platz bereite ich die Personalanforderung vor, die Quinn einmal gegenlesen und unterschreiben muss. Dann kann die Ausschreibung starten.

*Easy, Peach, total easy. Du bist die beste Mitarbeiterin der Welt! Mach einfach deinen Job und vermeide weitere Konfrontationen mit diesem Vollarsch McPherson, der dir den Ärger eingebracht hat.*

## QUINN

»Kann ich dich kurz sprechen?«, fängt mich Ian ab, nachdem ich gerade einem Dom die Waden butterweich massiert und ihn verabschiedet habe.

»Soll ich dir ein paar Griffe zeigen, wie du Catherine um den Verstand bringst?« Ich wasche mir die Hände und räume den Behandlungsbereich für den nächsten Kunden auf. »Oder ist euch das Öl ausgegangen, und du willst meinen Vorrat plündern?« Ich habe schließlich ein zwei mal zwei Meter großes Regal mit sowohl klassischen als auch exotischen Ölen.

Ian schließt die Tür, und meine Nackenhaare stellen sich auf. Weil sich das Gespräch nicht um Massagen drehen wird. »Es geht um Peach«, sagt er kühl.

Sofort habe ich ihre verstörend schöne Haut vor Augen und ihre lächelnden Lippen und den roten Nagellack ihrer Zehen. Und mein Puls beschleunigt sich.

»Was ist mit ihr?«, tue ich cool und versuche, mir meine Aufregung nicht anmerken zu lassen. »Sammelt ihr Geld für ihren Geburtstag? Dann bist du bei mir an der falschen Adresse.«

»Sie hatte letzten Monat Geburtstag.« Ian mustert mich misstrauisch. »Du hast echt nichts gegeben?« Er klingt sauer. Dabei weiß jeder, dass Peach und ich uns nicht ausstehen können. Es sollte also niemanden wundern, wenn ich nichts gebe.

»Nein, habe ich nicht«, sage ich und zucke mit den Schultern. »Sie gibt ja auch nichts bei meinem.« *Da bin ich mir sicher.*

Ian schnaubt, als wäre ich der letzte Abschaum. »Doch, tut sie. Sie ist im Übrigen auch diejenige, die die hübschen Geburtstagskarten schreibt, die Blumen bestellt und die Geschenke besorgt. Sogar deines. Reece hat dafür nämlich kein Händchen.«

»Das wusste ich nicht«, sage ich nur, aber ich fühle mich mies. Das letzte Geschenk fand ich großartig: ein Massageöl aus einem kleinen Dorf in Frankreich, das sonst nur Luxus-Parfümerien erwerben können. So großartig, dass ich es bisher nicht verwendet habe und es mir für einen besonderen Moment aufhebe. »Wenn es nicht um ihren Geburtstag geht, worum dann?«, frage ich.

»Darum, dass ich nicht will, dass sie verletzt wird.«

Mir wird ganz anders. »Das will ich genauso wenig.«

»Ist das so?«

»Natürlich.« Ja, Peach und ich zoffen uns ständig. Aber wenn wir ganz ehrlich sind, dann doch nur so heftig, wie der andere es verträgt.

»Dann pass mit deinen Spielchen auf«, sagt Ian. »Peach kann jede Menge einstecken, aber hinter der harten Schale steckt ein Mensch mit Gefühlen.«

»Ich weiß«, sage ich nur.

»Wirklich?«

*Was denkt Ian denn, warum ich so ein Vollarsch zu ihr bin? Weil mich aufregt, dass sie die gleiche Luft atmet wie ich? Nein, natürlich nicht! Sondern weil da was zwischen uns ist, gegen das ich bis vor wenigen Tagen sehr erfolgreich angekämpft habe, damit keiner von uns verletzt wird.*

»Ich werde mich in Zukunft zurückhalten«, verspreche ich ruhiger, als ich mich fühle. »Okay?«

Ian sieht mich weiterhin misstrauisch an.

»Schick mir jeden Morgen eine Mail, um mich daran zu erinnern, wenn du dich dann besser fühlst!«, schiebe ich hinterher.

Zu meiner Überraschung grinst er und klopft mir auf die Schulter. »Ich wusste es!«

»Was wusstest du?«

»Du stehst auf sie.«

»Ha, ha«, mache ich trocken.

»Du stehst sogar total auf sie.«

»Fuck!«, rufe ich nur, könnte allerdings genauso gut Ja sagen. Denn welcher Dom sinkt schon für jemand x-Beliebigen auf die Knie? Das schaffen nur ganz besondere Frauen. Frauen wie Peach Stone.

»Siehst du, dachte ich mir doch«, meint er. »Also, bau keinen Mist.«

»Hab ich nicht vor.«

# 4. Kapitel

## PEACH

Ich müsste eigentlich cool sein. Mein Herz dürfte nicht wie verrückt schlagen. Und ich sollte verflucht noch mal keine Freude empfinden, Quinn McPherson wiederzusehen, als ich eine Woche später auf den Mitarbeiterparkplätzen des Tease & Please parke, die Muffin-Dose vom Rücksitz hole und tief die Luft inhaliere, die nach frisch gemähtem Gras und Flieder riecht. Aber ich bin nicht cool. *Gratulation, Peach! Ganz toll.*

»Für euch«, begrüße ich Eric und verteile Muffins, weil ich in letzter Zeit wie verrückt backe und nicht weiß, wohin damit.

»Hast du noch einen Moment?«, fragt er, als ich weiterwill, um mir Quinns Unterschrift für die Personalanforderung zu holen.

»In drei Sekunden! Ich muss nur schnell zu McPherson«, sage ich und schwenke die Papiere, die ich in der Hand halte.

»Wie, du ziehst ihn mir vor?! Bist du krank?«, entgegnet er scherzhaft.

Stimmt, normalerweise würde ich jedem Menschen auf der Welt den Vorzug vor Quinn geben. Besser, ich benehme mich so wie immer. Nicht dass ich das neue Thema der Klub-Gerüchteküche werde. Die sollen mal schön weiter über Audrey und Reece reden …

»Nein, ich bin nicht krank, nur in Kampflaune. Aber wenn du mich auch so erträgst …«, rette ich mich.

»Klar doch«, sagt er und winkt mich zu sich an die Rezeption, weil er mir auf seinem Bildschirm etwas zeigen will.

»Also, was sehe ich mir hier an?«, frage ich und überfliege die offenen Posten von jemandem mit der Kundennummer 579214ClBr. Mr Clark Brown, im Klub nur Mr Black genannt.

»All diese Positionen haben sich innerhalb von zwei Monaten angesammelt und wurden bisher nicht beglichen«, erklärt Eric.

Ich überschlage die Summe, die Mr Brown uns schuldet. Etwa zweitausend Dollar. *Oh, das ist ernst.*

»Vielleicht liegt ein Buchungsfehler vor«, sage ich. »Ich könnte Christian von der IT anrufen und ihn bitten, das zu überprüfen.«

Eric schüttelt den Kopf. »Hab ich schon gemacht. Da stimmt alles.«

»Und 579214ClBr ist kein Brillant-Deluxe-Kunde?«, frage ich nach, denn die dürfen, anders als Standardkunden, alles all inclusive nutzen.

»Definitiv nicht«, sagt Eric. »Leider.«

Jetzt verstehe ich, warum er so froh war, mich zu sehen. Weil das hier ein Problem ist, bei dem nicht er, sondern die Führungsebene entscheiden muss, was zu tun ist. Beziehungsweise die rechte Hand der Führungsebene.

Ich klicke mich zu den Anmeldedaten und fluche. »Mist, der ist schon seit fünf Jahren bei uns!« So jemanden können wir nicht einfach abmahnen.

»Eine Idee, wie wir vorgehen?«, fragt Eric.

»Ist er denn hier?«

»Sitzt an der Bar und lässt sich von zwei Subs bedienen.«

*Wundervoll*, denke ich wenig begeistert und greife mir in meinen verspannten Nacken. Ich habe nur noch Quinn sprechen wollen. Dann hätte ich Feierabend gehabt. *Endlich.* Ich bin belastbar. Wirklich. Ohne Ende. Ich bin die Frau, die für jedes Problem eine Lösung findet. Die letzten Tage waren allerdings extrem anstrengend. Ich lebe praktisch im Büro und bin kurz davor, mir im Internet neue Unterwäsche zu bestellen, weil ich nicht dazu komme, die benutzte zu waschen. Und das nicht nur, weil generell viel zu tun ist, sondern auch, weil ich nach wie vor Reece vertrete – so gut es eben geht, da ich ja keinen Zugang mehr zu seinem Büro habe. Audrey geht es zwar mittlerweile besser, aber er hat beschlossen, weiterhin für sie da zu sein. *Schön für sie! Scheiße für mich.*

Am liebsten würde ich Eric mitteilen, dass es auf eine Woche mehr oder weniger nicht ankommt. *Soll Reece doch die Sache übernehmen!* Aber Erics hoffnungsvoller Blick ruht auf mir. Und ich bin niemand, der seine Kollegen im Stich lässt.

»Okay, ich kümmere mich darum«, sage ich, lade mir die Akte auf mein Tablet, stecke die Personalanforderung wieder weg und betrete den Kundenbereich des Tease & Please, der mir jedes Mal wie eine Parallelwelt vorkommt – eine große stilvolle Spielwiese für Erwachsene.

Ich mag die weichen Teppiche, die eleganten Holzfußböden, die Dekoration, das edle Ambiente und das dezente Parfüm in der Luft. Und die Bar, eine der besten der Stadt, die neben den Standard-Bier-, Wein- und Spirituosenlabels auch exotische Sorten aus aller Herren Länder anbietet.

Paul steht hinter der Bar und erfasst mit einem Blick, warum ich hier bin. Statt mir wie sonst einen Kirsch-Bananen-Saft zu bringen – süß und sauer in einem, mein Lieblingsgetränk –, zieht er sich diskret von Mr Brown, unserem nicht zahlenden Gast, zurück.

»Würden Sie mich bitte begleiten, Mr Black?«, spreche ich den Kunden mit seinem Klubnamen an und gebe den Tease & Please-Subs Steph und Violet einen Wink, uns alleine zu lassen. Ich will vor den anderen Gästen keine Szene machen, sondern das hier schnell klären, die Unterschrift von Quinn holen und dann endlich nach Hause. Es geht auf drei Uhr zu, überhaupt nicht mehr meine Arbeitszeit.

»Kann das nicht warten? Ich amüsiere mich gerade.« Er sieht sich um und bemerkt, dass seine Spielpartnerinnen weg sind. »Oder hab mich zumindest bis eben amüsiert.«

»Das kann es leider nicht«, sage ich ernst, aber freundlich.

Er mustert mich von Kopf bis Fuß. »Sie sind keine Sub und auch nicht von der Security. Also wer sind Sie?« Er grinst. »Wissen Sie, meine Mama hat mir verboten, mit fremden Leuten mitzugehen.«

Innerlich verdrehe ich die Augen, äußerlich ringe ich mir ein Lächeln ab und zeige meinen Ausweis. »Ich arbeite direkt für Mr Randall. Beide Mr Randalls, wenn man es genau nimmt. Genügt das, Mr Brown?«

»Und beide Mr Randalls schicken Sie mir als besondere Aufmerksamkeit des Hauses?«

»Quasi«, sage ich höflich lächelnd, doch eine leichte Übelkeit steigt in mir auf. Nicht mal für Geld würde ich mit so jemandem spielen. »Würden Sie mir also bitte folgen?«

»Nur zu gerne, Zuckerpüppchen«, sagt er und rutscht träge von seinem Barhocker.

*Das kann ja heiter werden! Warum kann ich Eric auch nie was abschlagen?*

Der Klub hat zwar Büros, aber keine Meetingräume, in denen man Gespräche führen kann. Daher buche ich uns, während ich vorausgehe, einen Playroom und bedeute Mr Brown dort angekommen, sich aufs Bett zu setzen. Nicht die beste Atmosphäre für eine Aussprache, aber wenigstens sind wir unter uns. »Nehmen Sie Platz!«

»Ich höre nicht auf Befehle«, meint er säuerlich und bleibt stehen.

»Ich fürchte, Sie verkennen den Ernst der Lage, Mr Brown«, spreche ich ihn nun mit seinem bürgerlichen Namen an. »Ich bin nicht hier, um zu spielen, sondern um Sie höflich darum zu bitten, Ihr Konto bei uns auszugleichen.«

Brown geht zum Regal, an dem die Gerten hängen, und greift sich die erstbeste, um damit vor meiner Nase herumzufuchteln. »Nur *ein* Spiel, Lady«, sagt er grinsend. »Dann bin ich ein braver Junge und tue alles, was Sie wollen.«

»So läuft das nicht«, sage ich und deute erneut zum Bett. »Setzen wir uns und lassen Sie uns besprechen, wie das weitere Vorgehen ist. Dem Klub ist die Zufriedenheit seiner Kunden sehr wichtig. Wenn Sie Probleme haben, Ihre Rechnungen zu bezahlen, können wir Ihnen unter gewissen Umständen entgegenkommen.« *Leider.*

»Doch, genau so läuft das!«, sagt er uneinsichtig und kommt mit der ausgestreckten Gerte näher. So als wollte er mich damit schlagen.

»Wehe«, sage ich nur. »Machen Sie keine Dummheiten. Lassen Sie uns einfach nur reden.«

»Ich will aber nicht reden!«, zischt er und holt aus.

*Vollidiot!* Mit mehr Glück als Verstand kann ich der Spitze der Gerte ausweichen, packe den Mann mit einer geschickten Bewegung, die mir mal mein Bruder Sean beigebracht hat, wirbele ihn herum und drehe ihm den Arm auf den Rücken. *Danke für diese Lektion! Jeder sollte jemanden haben, der einem beibringt, wie man sich im Notfall verteidigt.*

Brown ist stark, aber ich beherrsche die Technik und kassiere nur einen erträglichen Gegenschlag in die Seite. Dann taucht bereits ein Sicherheitsmann auf, weil die Überwachungsanlage einen stummen Alarm gesendet hat.

»Alles in Ordnung, Ms Stone? Brauchen Sie Hilfe?«, fragt mich Jordan, einer der neu eingestellten Wachmänner.

»Mr Brown möchte unseren Klub schnellstmöglich verlassen. Begleiten Sie ihn doch bitte nach draußen.« Ich beuge mich an Browns Ohr. »Es liegt an Ihnen, wie aufrecht.«

Brown zeigt sich endlich kooperativ. *Gott sei Dank!*

Ich warte, bis Jordan ihn hinausbegleitet hat, und mache im System eine Notiz, dass wir Clark Browns Lebenslauf erneut überprüfen müssen. Für den Auftritt heute Abend ist er definitiv für einen Monat gesperrt, eventuell müssen wir ihm auch kündigen. Was ich sehr hoffe.

Ich gebe Eric Bescheid, dass ich nun bei Quinn bin. *Weil eine Auseinandersetzung pro Tag ja nicht reicht!*

Doch als ich den Aufenthaltsraum betrete, ist Quinn gerade bei einem Kunden. *Gut, dann kann ich mich noch kurz sammeln.*

Ich nehme mein Tablet und will mit Arbeit die Wartezeit überbrücken, aber ich muss an den Psychopathen denken, der Audrey vor gut einem Jahr angegriffen hat. Und ich frage mich, ob Clark Brown vielleicht auch so ein Psycho sein könnte, der uns irgendwie durchs Raster gerutscht ist.

*Und wenn ich mir dann vorstelle, was er hätte machen können …*

»Hey, da ist ja meine Lieblingserzfeindin!«, reißt mich Quinn polternd aus meinen Gedanken, als er den Raum betritt. »Was verschafft mir die Ehre? Soll ich dir noch mal die Füße küssen? Oder den Hintern? Oder deinen imaginären Siegelring, Ma'am?«

*Los, erwidere was Fieses, Peach! So wie immer.* Aber ich bin zu fertig.

»Ich hab hier deine Personalanforderung«, sage ich so nüchtern, wie ich sonst nie mit Quinn spreche. Also zur Abwechslung mal ganz normal. »Kannst du sie bitte durchlesen und unterschreiben? Dann kann die Personalabteilung die Anzeige schalten.«

Ich reiche ihm das A4-Blatt, das in meiner Hand verdächtig zittert, und lege es schnell auf den Tisch. *Klasse! Mein Körper ist noch voller Adrenalin.*

»So nervös, mich zu sehen?«, fragt Quinn grinsend, nimmt einen Stift und schnappt sich das Blatt, um es zu lesen.

»Sei nicht albern«, sage ich ruhig und schon wieder ungewohnt normal, weil ich nur noch nach Hause will. »Zu viel Kaffee.«

Lauernd schaue ich auf das Blatt Papier und die Kugelschreiberspitze, die Quinn über der gepunkteten Linie schweben lässt. Doch nichts tut sich. Woraufhin ich zu ihm sehe und feststelle, dass er nicht wie so oft grinst, sondern seine Brauen besorgt zusammengezogen hat und mich mustert.

»Alles okay mit dir?«, fragt er plötzlich so sanft, dass sich alles in mir zusammenzieht, weil das verdammt nett ist. *Aber was geht ihn das an?* Normalerweise interessiert er sich null für mich. Ich könnte auf Krücken ins Büro humpeln, und er würde sich nicht darum scheren.

»Sicher, unterschreib das bitte einfach«, sage ich wieder staubtrocken.

»Es ist nicht alles okay«, stellt er fest, lässt den verfluchten Stift sinken, setzt sich halb auf den Tisch und sieht mich an. »Du triezt mich nicht mal.«

»Das ist doch gut!«

»Nicht bei dir«, sagt er, und kurz zucken seine Mundwinkel. »Ich mag deine frechen Kommentare.«

»Du hast einen merkwürdigen Geschmack.«

»Offensichtlich«, entgegnet er locker. »Also? Was ist los?«

»Warum sollte ich das ausgerechnet dir erzählen?« *Wir sind ja keine Freunde. Eher das Gegenteil.*

»Also gibt es was«, meint er mehr zu sich als zu mir und legt den verdammten Stift nun gänzlich aus der Hand, um mich zu mustern.

*Treibt heute jeder Spielchen mit mir?* »Quinn! Das Dokument!«, sage ich nun doch gereizt.

»Ah, da ist ja langsam die Peach, die ich kenne«, sagt er zufrieden, als hätte ich ihm ein Kompliment gemacht, unterschreibt aber immer noch nicht.

»Muss ich dir erst drohen, damit du die Papiere unterzeichnest?«

»Ohne fehlt mir anscheinend was. Also ja, gerne. Droh mir. Zum Beispiel damit, mir den Hintern zu versohlen, wenn ich nicht spure. Und dann unterschreibe ich.«

»Ha, ha«, mache ich. *Das kann ja nur ein Scherz sein!* Ich stehe auf, nehme den Stift und halte ihn Quinn direkt unter die Nase, weil mir nicht nach Spielchen ist. *Nicht heute, nicht jetzt.* »Du hast genau drei Sekunden, andernfalls zerreiße ich das Papier, und du kannst deinen neuen Kollegen vergessen. Eins …«

»Du siehst müde aus«, sagt er da und ist mir plötzlich so nah, dass ich ihn riechen kann. Den Weichspüler seiner Arbeitskleidung, die Seife, mit der er seine Hände gewaschen hat, Sandelholz, das in dem Öl sein muss, das er beim letzten Kunden verwendet hat. Und ihn, einen maskulinen Duft, den ich nicht einordnen kann, also muss das Quinn sein, Quinn pur.

»Zwei …«, zähle ich stoisch weiter.

»Und deine Hände sind eiskalt«, stellt er fest, als er mir den Stift abnimmt und sich unsere Finger berühren. Nur kurz, und gleichzeitig lang genug, dass mich ein prickelnder Schlag durchfährt.

»Dr–«, beginne ich stur, doch bevor ich zu Ende sprechen kann, zieht er mich an sich, umschlingt mich mit seinen Armen, hüllt mich mit seinem Körper ein. Was sich gut anfühlt. *So, so, so gut.* »Was soll das, Quinn?«, fauche ich dennoch.

»Ich hab vor, dich noch weiter aufzuregen, bis du wieder ganz die Alte bist.« Ich höre an seiner Stimme, dass er lächelt. »Gelingt es mir?«

»Mit jedem Atemzug mehr!«, knurre ich, während ich seinen Duft inhaliere. Aber das stimmt nicht. Ich rege mich gar nicht auf. Ich genieße das hier.

## QUINN

Ihr Mund knallt mir weiter einen frechen Kommentar nach dem anderen an den Kopf. Ich muss ganz schön im Arsch sein, wenn ich mich darüber freue, aber es ist wahr. Denn so wie Peach sich eben benommen hat, hat sie mir einen mächtigen Schreck eingejagt.

Die Hände dieser Frau zittern nicht. Nie. Egal wie schwierig die Situation ist. Und sie ist nie einfach nur nett. Zumindest nicht zu mir. Unter keinen Umständen. Irgendwas muss vorgefallen sein, und es hat sie unglaublich aufgewühlt.

Vorsichtig reibe ich über ihren Rücken, spüre ihre Wärme, drücke ihr einen Kuss auf die Stirn, und eine tiefe Zufriedenheit durchdringt mich, als sie ihre Arme enger um mich schlingt, statt zurückzuweichen.

»Dafür wirst du büßen«, knurrt sie finster an meiner Schulter.

»Wofür?«, frage ich und muss lächeln, weil sie heute nach Himbeeren duftet.

»Mit mir zu kuscheln«, sagt sie, schlägt mir verärgert auf den Rücken und legt ihren Arm sofort wieder um mich. »Das ist nicht richtig.«

»Fühlt sich aber richtig an.«

»Besorg dir eine Kuscheldecke, wenn du auf so was stehst«, giftet sie.

»Gib doch einfach zu, dass es dir gefällt.« Das verrät mir ihr Körper. Die Art, wie sie sich an mich schmiegt, wie sich ihre Schultern entspannen, wie ihre Atmung ruhiger wird. Und dass sie endlich gemeiner wird.

»Quinn, das wird Konsequenzen haben.«

»Unbedingt«, flüstere ich ihr ins Ohr. »Ich wäre enttäuscht, wenn es nicht so wäre, und kann es gar nicht erwarten, dass du mir dafür den Hintern versohlst.«

»Das hättest du wohl gerne!«, schnaubt sie.

»Klar! Wenn ich mir vorstelle, wie deine nackte Hand meinen nackten Hintern berührt …«, raune ich ihr zu.

»Hör auf, dich über mich lustig zu machen.«

»Okay, dann eben meine nackte Hand auf deinem Hintern …« Andeutungsweise lasse ich eine Hand zu ihrem Po gleiten – und ihre Finger krallen sich fester in meine Schultern. Als wollte sie mehr.

»Quinn!«, ist dagegen ihr wenig geistreicher Protest, und sie boxt mich in die Seite.

Behutsam lockere ich meinen Griff, damit wir uns ansehen können. »Was ist passiert?«, frage ich sie und fahre durch ihre Haare. »Erzählst du es mir?«

Sie ringt mit sich und weicht meinem Blick aus.

»Peach? Antworte mir!«

»Nur Ärger mit einem Kunden«, sagt sie knapp, atmet erneut zittrig ein und aus und schmiegt sich an mich, statt auf Abstand zu gehen.

*Was genau meint sie?* »Ärger?«, frage ich und drücke sie leicht.

»Nicht der Rede wert«, wiegelt sie ab.

*Bullshit!* Da muss einiges passiert sein, dass sie so durch den Wind ist.

»Hat dir denn niemand von der Security geholfen?«, hake ich nach. *Dafür sind die Leute schließlich da.*

»Doch«, antwortet sie. »Wie ich schon sagte: alles gut.«

»Mhm«, mache ich nur, lehne mein Kinn an ihren Kopf und fahre ihr über den Rücken, weil nichts gut ist, weil das hier für Peach nicht normal ist, weil ich mehr tun will, aber ich nicht weiß, was.

»Kannst du mich nicht weiter nerven?«, murmelt sie da an meiner Brust.

»Hältst du mich für so ein Arschloch, dass ich jemanden, der am Boden liegt, noch trete?« Ich bin Masseur, meditiere jeden Tag nach dem Aufstehen, ernähre mich ausschließlich vegetarisch, tue keiner Fliege was. Auch ihr nicht.

»Ich liege nicht am Boden!«, korrigiert sie mich eine Spur entrüstet.

»Aber du bist auch nicht dein übliches Kratzbürsten-Selbst.«

»Und sofort holst du die Samthandschuhe raus?«, spottet sie.

»Schuldig«, sage ich nur und spüre, wie frustriert sie ist, dass ich auf ihren Tonfall nicht eingehe, keinen Streit beginne, sondern zur Abwechslung mal das Richtige tue. »Sagst du mir jetzt, was los ist?«

»Du gibst nicht eher auf?«

»Auf keinen Fall.«

»Warum nicht?«

»Weil ich ein neugieriges, wissbegieriges Arschloch bin und unbedingt erfahren muss, was ich tun muss, um jemanden wie dich zu verletzen. Ich versuche das schließlich seit einem Jahr mehr oder weniger erfolglos«, sage ich scherzhaft. Denn wir beide wissen, dass wir uns zwar nerven, aber dem anderen nie ernsthaft schaden würden.

»Es ist wirklich nichts passiert«, sagt sie da. »Der ganze Vorfall hat mich nur daran erinnert, was los war, als Audrey von diesem Psychopathen bedroht wurde. Das war schrecklich.«

»Das war es«, sage ich, dabei war ich an dem Tag nicht im Klub und kenne nur die Geschichten. Samuel Meyers, der damalige Kunde, hatte nie eine Massage bei mir. »Was hat das mit heute zu tun?«, frage ich sie vorsichtig.

»Mich hat heute auch ein Kunde angegriffen.«

»Jemand hat was?! Bist du verletzt?« Automatisch suche ich sie nach Anzeichen für einen Kampf ab.

»Nur an der Seite getroffen«, sagt sie.

»Hier?«, frage ich und fahre behutsam über die Stelle.

»Ja, aber es war wirklich nicht schlimm. Es kam nur so unerwartet.«

Ich spüre, wie zittrig sie an meiner Brust Luft holt, und es ärgert mich, dass ich nichts tun kann, damit es ihr besser geht – außer mit meinen Händen über ihren Rücken zu reiben und ihr zu zeigen, dass sie nicht allein ist.

»Tief durchatmen«, sage ich ihr, damit sie sich beruhigt.

»Es geht nicht«, japst sie.

»Ach, Peach Stone kann mal was nicht?«, ziehe ich sie mit Absicht auf. »Noch dazu so was Simples wie Atmen! Dir ist schon klar, dass ich dich damit mindestens einen Monat lang aufziehen werde?«

»Blödmann!«, beschwert sie sich, aber bekommt wieder mehr Luft.

»Atme einfach mit mir«, sage ich ruhig. »Tief einatmen und dann langsam den Atem entweichen lassen.« Sie versucht es. »Und gleich noch mal: tief ein- und bis fünf ausatmen. Ein- … und ausatmen, fünf, vier, drei, zwei, eins … Und wieder Luft holen!«

Peach macht mit, vertraut mir, und ich spüre, wie ihre Anspannung nachlässt. Ich warte auf den Augenblick, wenn sie sich löst und mir die Leviten liest oder mich an meine Unterschrift erinnert oder irgendwas Fieses sagt. Doch das tut sie nicht. Sie genießt den Moment. Denn einfach so sind wir komplett miteinander im Einklang. Über den Rhythmus unserer Atmung verbunden.

»Ich weiß, ich muss dich irgendwann loslassen«, sagt sie nach einer Weile leise.

*Stimmt.* »Aber?«

»Aber es fühlt sich zu gut an.« Sie räuspert sich. »Für mich zumindest.«

»Für mich auch«, erwidere ich. *Unerwartet gut.*

»Das ist Mist, Quinn«, beschwert sie sich, bleibt jedoch dabei ganz ruhig. »Ich will mich nicht so fühlen. Nicht bei dir.«

Ich sollte gekränkt sein, stattdessen muss ich lächeln. *Ein Lob von Peach Stone? Es passieren noch Zeichen und Wunder!* »Ich hätte da eine Idee, wie ich dir helfen könnte«, sage ich.

»Wie?«

»Ich streite mich gleich mit dir und du dich mit mir. Dann lässt du mich los, als hättest du dir die Finger verbrannt, wäschst dir die Hände im Bad, weil mein Geruch an dir klebt, was total widerlich ist, ich unterschreibe in der Zwischenzeit den Antrag, und am Ende stürmst du mit deinem Zettel raus in die Nacht. Wie klingt das?«

»Klingt nach uns«, sagt sie. *Schlau beobachtet!*

»Also einverstanden?«, frage ich sie.

Sie drückt mich noch mal fester und atmet tief durch – oder meinen Geruch ein oder beides, was ziemlich sexy ist. »Einverstanden«, sagt sie dann.

»Sehr gut, du Klammeräffchen! Jetzt, da du wieder weißt, wie das mit dem Kuscheln geht, kannst du mich ja loslassen.«

Statt darauf einzusteigen, drückt sie mir einen Kuss auf die Wange. *Himmel!* »Quinn, das ist ein ziemlich schwacher Anfang für einen Streit!«

»Sagt die Frau, die es offensichtlich selbst nicht mehr draufhat und dahinschmilzt, wenn ich sie Klammeräffchen nenne.«

»Ich glaub, du hast was mit den Augen, mein Orang-Utanchen!«, kontert sie lachend.

»Hätte ich gewusst, dass ich mit animalischen Kosenamen dein Herz erobere, hätte ich dich schon immer so genannt, mein Häschen.«

»Meinst du, mein Rammler?«, bringt sie heraus und muss mich loslassen, weil sie sich vor Lachen krümmt. »Luft! Ich kann nicht mehr!«

»Du unterschätzt mich. Im Bett bin ich eher ein Tiger!«

»Und das ist besser?«, sagt sie weiterhin prustend.

»Klar, erst die Beute erlegen und danach genießen«, sage ich nun ebenfalls lachend, weil ihr Anfall ansteckend ist.

»Na, wenn du meinst!«, gluckst sie. »Unterschreibst du endlich?«

Ich gehe zum Tisch, nehme den Kugelschreiber, lese die Stellenbeschreibung durch und setze dann meinen Namen drunter. »Zufrieden?«

Sie hält sich immer noch vor Lachen den Bauch. »Das, McPherson, verzeih ich dir nie«, droht sie mir, was aber nur halb so effektiv ist, wenn man dabei Lachfalten hat.

»Was genau?«, frage ich.

»Dass ich mit dir Spaß gehabt habe!« Sie wird ernst und wirkt überrascht. »Viel Spaß.«

»Revanchiere dich gerne und sorg dafür, dass ich auch mal Spaß mit dir habe.«

»Als hättest du den nicht!«

»Stimmt, habe ich«, sage ich.

Wir sehen uns schweigend an und etwas verändert sich. Da ist Neugierde auf den jeweils anderen, den man ein Jahr lang bekriegt hat und mit dem sich die Zeit plötzlich so gut anfühlt. Verlangen nach weiteren Berührungen. Und Verwunderung über das, was hier passiert. Bis Peach sich das Papier nimmt und den Moment beendet.

»Bis dann, McPherson. Ich meld mich bei dir, sobald ich die ersten geeigneten Kandidaten für die Stelle habe.«

»Das war es?«, frage ich.

»Ja, ich glaub, das war es.« Sie strafft ihre Schultern. »Danke!«

»Wofür?«

»Dass alles wieder so ist wie immer«, sagt sie grinsend. »Ich hasse dich, Quinn McPherson. Sehr, sehr, sehr heftig.« Sie zwinkert mir zu. »Nicht vergessen.«

Mit diesen Worten geht sie. Aber ich bin anderer Meinung. Wenn mir dieser kleine inszenierte Streit eines gezeigt hat, dann dass Peach Stone jeden dieser Wortwechsel genießt. Und dass sie niedlich ist, wenn sie aus der Haut fährt. Und dass ich sie genau deshalb mag, weil sie jemand ist, der Feuer hat. Und dass es schön war, sie zu halten, und ich sie habe küssen wollen. Egal ob sie nun Switcherin ist oder nicht.

*Nichts ist wie immer.*

*Gar nichts.*

# 5. Kapitel

## PEACH

*Weitermachen wie bisher*, wiederhole ich mir mantramäßig. *Einfach nur weitermachen.*

Aber das ist nicht so leicht. Denn sobald ich die Stelle für einen zweiten Klubmasseur ausgeschrieben habe und meiner regulären Arbeit nachgehe, denke ich an Quinn McPherson und frage mich so bescheuerte Dinge wie zum Beispiel, ob er auch an mich denkt. *Als wäre ich wieder sechzehn und in den Quarterback meiner Schule verknallt!*

*Mist, Mist, Mist.*

Als ich einen Tag später nach der Arbeit nach Hause komme, schlüpfe ich aus meinen High Heels, was die reinste Wohltat ist, binde mir meine karierte Kochschürze um, heize den Ofen vor und suche mir die passenden Zutaten für Muffins à la Peach raus. *Weil alles wie immer ist, absolut wie immer …*

Routiniert gebe ich alles für den Grundteig in eine Schüssel, verrühre den Inhalt mit dem Handmixer und durchstöbere dann meine Schränke nach etwas, womit ich die Muffins aufpeppen könnte. Das mache ich jedes Mal. Sonst wäre es ja langweilig.

Nachdenklich stecke ich einen Finger in den Teig, nasche und überlege gerade, was heute dazu passen könnte, als mich mein zweitältester Bruder anskypt. Sean, der meines Wissens gerade für eine Fotoreportage auf einer Amazonas-Expedition ist. *Seltsam!*

»Hey, du hast ja Internet!«, melde ich mich und werfe ihm eine Kusshand zu.

»Und du hast was Weißes im Haar.« Er grinst. »Sperma?«

*Blödmann!* Er muss doch sehen, dass ich meine Backschürze anhabe. »Ja, leckeres, süßes Sperma«, entgegne ich und tauche meinen Finger in die Backschüssel, um ihn wenig später abzulecken. »Ein ganzer Liter davon«, ergänze ich. »Mühevoll die letzten Monate von all meinen Affären gezapft.«

»Du kannst ja sooo eklig sein!«, ruft er lachend.

»Du hast angefangen.«

»Schuldig«, meint er. Jemand spricht ihn an in einer Sprache, die ich nicht verstehe, er antwortet, und ich sehe, dass er in einem Camp sitzt, umgeben von Urwald und Affen. *Ich meine Affen! Das ist verrückt.*

»Sag mal, warum rufst du an? Bist du verletzt? Brauchst du Hilfe? Müssen wir dich orten und aus dem Busch evakuieren?« Intuitiv drehe ich mein Tablet, als könnte ich damit mehr auf dem Bildschirm erkennen. Sean meldet sich bei seinen Abenteuerreisen eigentlich immer nur aus Hostels oder Internetcafés, nie direkt aus dem Niemandsland.

»Brauch ich einen Grund, wenn ich meine Schwester sprechen will?«

Das macht mich stutzig. »Ben hat dir eine Nachricht geschickt, richtig?«

»Erwischt«, sagt er locker. »Und er hat nicht übertrieben. Du siehst total fertig aus, Peachy. Was ist los?«

»Es geht mir gut«, wiegele ich sofort ab.

»Das wirkt hier vom Ende der Welt aus betrachtet nicht so.«

»Stimmt aber.« Ich stelle das Tablet auf die Anrichte und entscheide mich, grüne Lebensmittelfarbe, Kokosraspeln und Cashewnüsse in den Teig zu geben, inspiriert vom Dschungel, in dem sich mein Bruder gerade herumtreibt.

»Deshalb stehst du auch in der Küche und backst Muffins?«

»Was willst du mir denn damit sagen?«

»Das machst du immer, wenn du nachdenken musst.«

»Gar nicht wahr!«

»Man streitet sich nicht mit Brüdern, die tausend Meilen entfernt sind.«

»Wo steht das bitte geschrieben?!«, frage ich amüsiert.

»Im Handbuch der Geschwister Stone.«

»Ich fürchte, jemand hat vergessen, mir das zu geben.«

»Verdammt, Peachy!« Sean wird ernst. »Was läuft da zwischen dir und Finn?«

Ich kann mir ein Augenrollen nicht verkneifen. »Der Mann heißt Quinn«, zische ich. »Wie schwer kann das sein, sich den Namen richtig zu merken?«

Seans Mundwinkel zucken.

»Klasse! Ben hat dir gesagt, dass du das machen sollst, oder?«

»Hat er. Und er hat recht: Du regst dich ziemlich niedlich über den Namensfehler auf.«

»Na und?« *Das hat nichts zu bedeuten.*

»Das beweist, dass dir der Kerl wichtig ist.«

»Das beweist, dass ihr Idioten seid«, murmele ich, rühre den Teig um und gebe die Masse dann löffelweise in die Muffinförmchen.

»Idioten, die sich um dich sorgen«, sagt er besänftigend. »Mein letzter Stand ist, dass dieser Kerl und du euch ständig in den Haaren habt, nicht dass er meine süße, unschuldige Schwester verführt.«

Ertappt hantiere ich extralange am Herd herum, dabei geht es ruckzuck, die Form in den vorgeheizten Ofen zu stellen.

»Also, läuft da was zwischen euch?«, fragt er nach.

»Nein, nicht wirklich«, sage ich, muss allerdings daran denken, wie gut es sich angefühlt hat, als Quinn für mich da gewesen ist.

»Das heißt, du möchtest, dass da was läuft?«

»Es ist kompliziert, Sean.« Ich greife mir die Teigschüssel und nasche die Reste meiner grünen Dschungelkreation. »Ben muss dir das doch erzählt haben. Quinn hat mich quasi erpresst, damit er einen zweiten Kollegen bekommt.«

»Er hat was? Den Mistkerl mach ich fertig«, ruft Sean, ganz der ungehaltene große Bruder.

»Wehe!«, sage ich sofort, weil ihm durchaus zuzutrauen ist, jeden Buschmann im Amazonas unter Druck zu setzen, um nach Hause zu eilen und meine Ehre zu verteidigen. »Ich komme zurecht. Wirklich.«

»Ihr hattet noch keinen Sex?«

»Gott, nein!«, rufe ich. »Was denkt ihr alle bloß von mir?«

»Es gab auch kein Gefummel?«

»Gefummel?«, wiederhole ich amüsiert. »Der Fachausdruck, den du meinst, heißt Petting«, kläre ich ihn auf. »Und nein, natürlich nicht.«

»Wie ist es mit Küssen?«

»Keine«, sage ich sofort. »Hör auf, den großen Bruder zu spielen. Hier gibt es nichts für dich zu tun.«

»Okay, vielleicht keine auf den Mund. Wie sieht es mit anderen Körperstellen aus?«

Ich rolle mit den Augen. »Ja, die auf meinen Fuß. Das weißt du doch schon. Na und?«

»Weitere?«

Ich denke nicht sofort daran, aber als es mir einfällt, durchzieht mich eine Welle des Verlangens. Und zwar nicht nach sexueller Erfüllung, sondern nach Quinn und seiner Nähe.

»Peachy?«

*Warum kann die Internetverbindung nicht schlechter sein? Wo sind die guten alten Zeiten, als die Leitungen ständig abgebrochen sind?* »Auf die Stirn. Er hat mich auf die Stirn geküsst. Na und?«

»Und es hat dir gefallen?«

»In hormoneller Umnachtung: ja. Zufrieden?«

»Und seine Hände?«

»Was ist mit seinen Händen?«

»Wo waren die?«

»Willst du das wirklich wissen?«, ziehe ich ihn auf.

Ich kassiere einen strengen Blick. *Im Großen und Ganzen will er das, sonst hätte er ja nicht gefragt.*

»Sie waren auf meinem Rücken, in meinem Nacken und auch auf meinem Hintern«, antworte ich gereizt. »Nirgendwo sonst. Zufrieden? Oder soll ich die Spurensicherung rufen, damit sie Beweise sichern?«

»Davon hat Ben nichts erzählt«, sagt Sean.

Ich beginne, das Geschirr wegzuräumen, aber ich weiß, dass ich meinem Bruder nicht ausweichen kann. »Könnte daran liegen, dass das nicht bei der Füßel-Session war.«

»Sondern?«

»Gestern Nacht, nachdem es Ärger im Klub gab.«

»Und dieser Quinn war für dich da?«

»Ja!«, rufe ich. »Warum tut er das? Ich meine … Er macht mir mein Leben schon schwer genug. Seinetwegen habe ich noch mehr Überstunden. Und dann ist er plötzlich NETT!«

»Stimmt, was für ein Schwein!«, pflichtet Sean mir bei.

»Genau! Danke, dass du auf meiner Seite stehst. Was. Für. Ein. Schwein!«

»Ähm … Das war ein Witz.«

»Das war … Oh!«

»Ich glaube, Ben hat recht. Du magst ihn.«

»Nie im Leben«, behaupte ich.

»Peachy?«

*Den sanften Tonfall kann er sich sparen!* »Nein.«

»Peach Stone, hör auf, mich anzulügen.«

»Also gut, ich mag ihn«, gebe ich zu. »Manchmal zumindest. Aber ich will ihn nicht mögen. Ich will, dass alles wieder so ist, wie es war.«

»Warum?«

»Weil er das auch will.«

»Klingt für mich nicht so«, sagt Sean.

»Weil er für mich da war?«, rate ich.

Mein Bruder nickt – verzögert, weil die Skype-Verbindung schwächer wird.

»Tja, genau deswegen ist es kompliziert, und ich backe wie eine Verrückte Muffins.« Ich seufze laut. »Außerdem ist er ein Dom, und ich bin Switcherin. Er wird mir nie geben können, was ich mag.«

»Du weißt, dass in einer Beziehung perfekter Sex nicht alles ist?«

»Vielleicht. Aber heißt das, ich muss mit lebenslänglich schlechtem Sex auskommen?«

»Ach, Fuck, Peachy«, meint Sean nur. »Kann ich was tun, um dir zu helfen? Dem Kerl eine ansteckende Krankheit aus dem Urwald mitbringen?«

*Witzbold!* »Weiter deine Reise genießen und auf keinen Fall herkommen. Versprich mir das!« *Drei Brüder vor Ort reichen mir völlig.*

»Versprochen.«

Ich will ihn fragen, wo er gerade ist und was die nächste Station auf seiner Route ist, doch in dem Moment gibt die Verbindung den Geist auf. *Schade.*

Müde sorge ich für Ordnung in der Küche, hole fünf Minuten später die Muffins aus dem Ofen, spare mir das Topping, turbokühle einen im Gefrierfach, um ihn gleich zu essen, und falle dann ins Bett.

Ich will wirklich, dass alles wie immer ist. Aber wenn dem so wäre, würde ich nicht an Quinn denken. Nicht so intensiv. Doch ich tue es, als ich im Bett liege und einschlafe. Ich denke an ihn, daran, wie gut es sich angefühlt hat, von ihm gehalten zu werden. Daran, wie beruhigend es war, auf seinen Herzschlag zu hören. Und daran, wie gerne ich ihn geküsst und seine Haut auf meiner gespürt hätte. Ich denke keineswegs daran, ihm mit einer kleinen Peitsche Manieren beizubringen. Denn das wäre meine übliche Fantasie von ihm. *Klasse.*

***

»Wie lief der Termin mit der Lebensmittelaufsicht?«, fragt mich Reece, als er am Ende der Woche wieder sein reguläres Büro bezieht, weil es Audrey endlich besser geht.

»Ohne Probleme«, sage ich. Und ohne dass ich im Tease & Please bei der Kontrolle der Bar Quinn begegnet wäre.

»Die Rechnungen für März wurden bereits verschickt?«, fragt er weiter.

Ich nicke. »Gestern.«

»Und wie ist der Stand bei Clark Brown?«

Ich zucke kaum merklich zusammen. »Er hat seine offenen Positionen beglichen und hofft, dass er nach der Sperrfrist wieder im Klub spielen kann.«

»Hat er sich für sein Verhalten bei dir entschuldigt?«

»Hat er. Bei mir und sogar bei Paul und den Subs, mit denen er an dem Abend gespielt hat.« Tatsächlich recht nett, dennoch bereitet mir der Kerl Bauchschmerzen.

»Großartig«, sagt Reece allerdings zufrieden. »Dann mach doch bitte alles fertig, damit er wieder zugelassen –«

»Nein!«, schneide ich ihm das Wort ab. »Ich finde nicht, dass Clark Brown im Klub spielen sollte.«

»Wieso?«

»Bauchgefühl«, erkläre ich.

»Hat er nicht sogar angeboten, dass er sich von dir als Entschädigung den Hintern versohlen lässt?«, meint Reece mit den Augenbrauen wackelnd.

*Puh! Der gehört eher vor eine unserer Stiefeltrittmaschinen. Bis er glaubhaft gelobt, in Zukunft ein braver Junge zu sein.* »Ich wüsste nicht, was mich daran reizen sollte«, sage ich.

»Weil du Switcherin bist und dich mal wieder als Domina ausleben könntest.«

»An einem Mann, mit dem ich nicht spielen will? Sorry, nein.« Ich bin nicht so ausgehungert, dass ich jeden nehme. Außerdem gibt es momentan wenn, dann nur einen. Und der würde nie mit mir spielen. *Zumindest nicht meine Spiele.*

Reece mustert mich plötzlich ungewohnt aufmerksam. Mit diesem besorgten Blick, den er in der Regel für Audrey reserviert hat. »Was ist los, Peach? Ich dachte, du hast regelmäßig Sessions. Wenn auch nicht im Klub. Seit wann verzichtest du darauf? Und überhaupt …« Sein Blick wird noch intensiver. Gleich hinterlässt er Brennlöcher auf mir! »… du warst in letzter Zeit ungewöhnlich selten im Klub.«

»Viel hier zu tun«, antworte ich knapp.

»Sicher, dass das der Grund ist?«, fragt Reece wie bei einem Kind nach, das behauptet, es sei zu satt für Nachtisch. Nachtisch geht schließlich immer rein.

»Schon vergessen? Ich habe die letzten Wochen deinen Job miterledigt, Boss«, sage ich frech. *Da kann man doch mal keine Lust haben!*

»Aber jetzt bin ich wieder da«, meint er. »Du hättest alle Zeit der Welt, um Clark Brown zu bestrafen.«

*Fieses Kopfkino!* Ich verziehe das Gesicht.

»Okay, verstanden, Brown ist nicht gerade Mister Universum. Du würdest ihm also kündigen?«

*Endlich ein anderes Thema als meine Spielgewohnheiten!* Ich nicke. »Er sorgt bestimmt erneut für Ärger. Und wer weiß, was es dann ist. Besser sich gleich von ihm trennen.«

»Gut, ich vertraue dir und bereite die Unterlagen persönlich vor«, sagt er und macht sich eine Notiz. »Und wie läuft die Suche nach dem zweiten Masseur?«

Sofort rast mein Herz. *Was idiotisch ist, absolut idiotisch!*

»Keiner ist annähernd so gut wie Quinn«, sage ich und überfliege die Liste mit bisher erst drei Kandidaten, die ich für geeignet halte.

»Sag bloß, das ist ein Kompliment? Aus deinem Mund!«

»Nur eine Feststellung«, entgegne ich säuerlich. Dabei stimmt es, es ist ein Kompliment. »Ich dachte mir, wir warten weitere zwei Wochen und veranstalten dann einen Praxistest mit den besten Bewerbern«, erkläre ich die nächsten Schritte.

»Warum?«, fragt er nach.

»Weil Quinn auf diese Art jeden fachlich genauestens beurteilen kann. Niemand wird so gut sein wie er. Aber wenn wir jemanden finden, der lernfähig ist, würde ich sie oder ihn einstellen.«

»Umsichtig wie eh und je, Peach. Gefällt mir.«

Das Lob tut gut, denn es bedeutet, dass ich wieder mehr oder weniger so ticke wie vor dem Chaos, das Quinn in mir angerichtet hat. »Danke, dafür bin ich da«, sage ich, fahre mir müde über das Gesicht und gehe meine Notizen durch. »Das waren die wichtigsten Sachen. Sonst noch was?«

»Ja«, sagt Reece, nimmt meine Schlüsselkarte vom Tisch, und ich sehe, dass er die Berechtigungen ändert. »Du hast wieder vollen Zugang zu allen Räumlichkeiten des Tease & Please. So wie ich auch.«

»Oh … danke«, sage ich erleichtert.

»Und nimm dir für den Rest des Tages ruhig frei.«

*Frei?* Ich bin verwirrt, weil der Schlüssel bedeutet, dass Reece mir wieder vertraut, seine Worte sich allerdings so anfühlen, als wollte er mich loswerden. »Wieso? Hab ich schon wieder was falsch gemacht?«

»Ja.« Reece grinst. »Du hast zu viele Überstunden angehäuft.« Er stellt mein Telefon bereits auf seines um. »Nimm dir frei. Fahr in den Klub. Spiel, mit wem du willst!«

»Also … ich …«, setze ich überrumpelt an. Bisher habe ich den Klub nie zum Spielen genutzt. Das Tease & Please ist Arbeit, kein Vergnügen.

»Das war ein Befehl, Peach.«

»Und ich kann tun, was ich will?«

»Das ist der Sinn der Sache.«

*Na dann!* »Aye, aye, Sir«, sage ich immer noch perplex, aber speichere nun meine Dokumente, fahre den Computer herunter und stecke mein Handy ein. Bevor Reece es sich anders überlegt. »Vergiss nicht, dass um sechs –«

»Der Termin mit Ian ist. Ja, ich weiß Bescheid. Und um sieben ist der mit Eric.« Er grinst. »Schon vergessen? Das ist meine Firma. Ich komm alleine zurecht. Und jetzt raus mit dir!« Ich zögere. »Husch!«

»Husch?«, wiederhole ich amüsiert. »Sagt man das nicht zu Dreijährigen?«

Er zuckt mit den Schultern. »Es wirkt. Nur das zählt.«

*Stimmt.* Ich verlasse erst Reeces Büro und dann den Randall Tower.

*Juhuuu, ich habe wirklich einen freien Tag!*

Na gut, einen halben freien Tag, aber trotzdem. Ich kann tun und lassen, was ich will. Zum Beispiel backen.

*Oh Mann, Peach, ernsthaft? Du hast frei und willst backen? Oder am besten noch bügeln und den Haushalt erledigen?*

Nein, ich könnte shoppen gehen und mich danach beim Frisör verwöhnen lassen.

*Oder jemanden verwöhnen …*

Verlangen durchströmt mich, heiß und heftig. Verlangen, das mich daran erinnert, dass ich mich und meine Bedürfnisse seit geraumer Zeit sträflich vernachlässigt habe. Ich kann mich nicht mal an meinen letzten Orgasmus erinnern. Was ja nur heißen kann, dass der Jahrhunderte zurückliegt. Hätte es nicht die Momente mit Quinn gegeben, bei denen ich feucht geworden bin, meine Lady Parts hätten längst Staub angesetzt!

*Quinn McPherson …*

Ich denke schon wieder an diesen großen, breitschultrigen Mann mit den saphirblauen Augen, vollen Lippen, den markanten Gesichtszügen und den göttlichsten Händen auf Erden.

Aber es ist völlig ausgeschlossen, dass er mir gibt, was ich will. Wir reden schließlich von Quinn! *Freiwillig küsst der mir die Füße kein zweites Mal!* Ja, es gab diese Momente zwischen uns. Doch er hat sich seitdem nicht mehr bei mir gemeldet. Und ich mich nicht bei ihm. Weil alles wie immer ist.

*Tja, und Quinn kriegt nun, was er will. Unterstützung bei der Arbeit. Und du, Peach, solltest auch mal wieder kriegen, was du willst!*

Statt nach Hause zu fahren, steige ich in meinen Wagen und nehme den direkten Weg zum Klub.

*Zeit für etwas Spaß. Yay! Meine Brüder wären verdammt stolz auf mich!*

## QUINN

*Alles ist wie immer*, rede ich mir ein, als ich aufstehe, in meinen Trainingsraum gehe und den Tag mit Atem-, Meditations- und Yogaübungen beginne. Ich öffne die Balkontüren und atme die milde Nachmittagsluft ein, die nach dem Regen frisch riecht, genieße die Sonne auf meiner Haut und nehme im Lotussitz auf einer handgewebten tibetischen Matte Platz.

Wie in den letzten Tagen auch werde ich unruhig.

*Tief einatmen*, befehle ich mir leise, *und dann langsam ausatmen auf fünf … vier … drei … zwei … eins.*

Normalerweise muss ich mich nicht so stark konzentrieren, aber wenn ich nicht aufpasse, habe ich neuerdings bei jedem Atemzug Peach im Kopf. Tief einatmen und an Peach denken. Fünf Sekunden lang ausatmen und an Peach … Peach … Peach … Peach … Peach … denken. *Fuck!*

Seit diesem einen Abend war sie nicht mehr im Klub. Das ist grundsätzlich nicht ungewöhnlich. Anders als Audrey oder Reece ist sie nur da, wenn es administrative Fragen zu klären gilt. Dennoch habe ich den Eindruck, dass sie in den letzten Tagen noch seltener vor Ort war als sonst.

*Oder du hast sie einfach nur verpasst, McPherson.*

Kein besonders tröstlicher Gedanke.

Nur um sie zu sehen, war ich gestern unter einem Vorwand im Randall Tower, wo ich wiederum quasi nie bin. Doch da haben wir uns verfehlt, weil sie gerade in einem Termin war.

Früher wäre mir das mehr als recht gewesen. Ein Tag ohne die sexy Kratzbürste war ein guter Tag. Doch jetzt würde ich alles tun für eine kleine Auseinandersetzung, einen frechen Kommentar, ein Blitzen in ihren Augen.

*Weil du es vermisst, McPherson. Weil du* sie *vermisst. Weil nichts wie immer ist. Gar nichts.*

Wieder atme ich tief ein, aber finde keine Ruhe – sondern spüre nur ein heftiges Verlangen nach ihrer Nähe. Und ein sehr plattes nach ihrem Körper. Denn mit jedem Atemzug wird mein Schwanz härter, weil ich diese Frau will.

*Wirklich grandios, McPherson!*

Ich breche die Übung vorzeitig ab und setze mich mit einer Schüssel Müsli auf den Balkon. In der Sonne gehe ich meine heutigen Termine durch. Zu meiner Überraschung sind es laut dem Buchungssystem zum ersten Mal seit Monaten bisher nur drei. Erneut Mrs Salinger. Und dann zwei Subs, die mich für die Zeit nach ihrer Session gebucht haben.

*Wie erfrischend.*

Ich schaue auf die Uhr, und bevor ich losmuss, gebe ich nach und rufe Peach an. *Nur um ihre Stimme zu hören.* Ich grinse. *Und um sie ein bisschen aus der Reserve zu locken.*

»Wie lange dauert das mit der Stelle?«, melde ich mich, sobald ich ihre Nummer gewählt habe. »Muss ich dir noch mal die Füße küssen, um das zu beschleunigen?«

*Stille.*

»Oder soll ich zusätzlich an deinen Zehen saugen?«, setze ich einen drauf und muss leise lachen. Bis sich eine sehr tiefe, eindeutig männliche Stimme räuspert.

»Hi, Quinn, da scheint Peach mir ja die spannendsten Sachen der letzten Wochen verschwiegen zu haben.« *Fuck, das ist Reece!* »Was zum Henker treibt ihr hier?«

Ich sehe aufs Handy und bemerke erst jetzt, dass mein Anruf weitergeleitet wurde. Auf seinen Anschluss. *Seltsam!* »Hi, Boss! Nur Spaß«, wiegele ich ab. »Wie immer.«

»Ich kann mir bildlich vorstellen, wie Peach dabei lachen würde«, meint Reece trocken. »Nämlich gar nicht.«

*Könnte er recht haben.* »Sorry«, sage ich. »Aber da ich dich gerade dran habe: Wie ist der Stand?«

»Wir haben bereits ein paar Kandidaten. Die Suche sollte nicht mehr lange dauern.«

»Super«, erwidere ich lahm.

»Und ich muss das als sexuelle Belästigung offiziell aufnehmen«, fügt er hinzu.

*Das eben? Diesen kleinen Spaßanruf?* »Ehrlich? Peach und ich reden seit Monaten so miteinander.« Ich hole tief Luft. »Das hast du nur bisher nicht mitgekriegt.«

»Dann hätte ich schon viel eher was unternehmen sollen.«

»Dann braucht sie aber auch einen Eintrag«, sage ich. »Oder zwei oder drei.«

»Du klingst wie ein bockiges Kind, das sich um seine Strafe drückt«, meint Reece belustigt.

»Ich will nur, dass ich fair behandelt werde.« *Daran ist nichts verkehrt.*

»Meinetwegen, ihr beide werdet offiziell verwarnt. Zufrieden?«

Ich stelle mir vor, wie Peach aus allen Wolken fällt, wenn sie das erfährt. Aber das hat nichts Befriedigendes. »Nein«, sage ich ruhig und rudere zurück. »Verwarn doch nur mich, und lass Peach da raus!«

»Und warum, wenn ich fragen darf?«

»Weil …« Mir fällt kein guter Grund ein, außer zu gestehen, dass ich sie mag. Was mir Reece nie abkaufen würde.

*Seit wann hegt man Beschützerinstinkte für seine Lieblingserzfeindin?* »Mach es einfach!«

Wieder schweigt er, was bei Reece alles bedeuten kann.

»Noch was, Boss?«, frage ich scherzhaft nach.

»Ja. Sei vorsichtig.«

»Was meinst du?«

»Mir ist ehrlich gesagt egal, was da neuerdings zwischen euch läuft. Aber Peach ist nicht nur die beste Assistentin, die ich je hatte, sondern auch jemand, den ich sehr schätze. Also, bau keinen Mist. Das meine ich.«

*Erst Ian, jetzt er.* »Hab ich nicht vor«, sage ich.

Er lacht leise. »Und du weißt, dass sie vier Brüder hat, die sie jederzeit verteidigen, oder?«

»Vier?«, wiederhole ich. *Das ist ja eine halbe Armee!* Ich sollte mir schon mal ein Bett im Krankenhaus reservieren, denn falls ich es mir mit ihr verscherze, werde ich das brauchen.

»Vier plus mich«, schiebt Reece hinterher.

»Botschaft angekommen!«, sage ich und lege auf. Doch die Unterhaltung wirkt nach.

*Was zwischen Peach und mir läuft? Keine Ahnung. Aber es gefällt mir.*

***

»Haben sich noch weitere Kunden angemeldet?«, frage ich Eric, als ich am frühen Abend im Klub ankomme.

»Nein, heute ist ein ausgesprochen ruhiger Tag. Nicht nur bei dir, sondern bei allen.«

»Endlich mal!«, murmele ich. Der erste ruhige Tag seit Monaten.

Mit einem Kopfnicken verabschiede ich mich, stelle in der Massagelounge den Thermostat nach oben, erhitze die Duftöle und tausche in meinem Raum meine Jeans und mein Hemd gegen eine weiße Baumwollhose, ein schlichtes Shirt und Birkenstocks.

»Was darf es heute sein?«, begrüße ich Mrs Salinger, sobald es Punkt sieben ist und ich noch mal ihre Schulter kontrolliert habe, die in Ordnung scheint.

»Können Sie auch Fußmassagen?«, fragt sie.

*Wie ungewöhnlich!* Sie hat gar keinen Fußfetisch. »Sicher«, sage ich dennoch, denn der Kunde ist König.

Sie legt sich mit dem Rücken auf die Liege, stützt sich auf die Ellenbogen auf und sieht mir zu, wie ich die entsprechenden Utensilien hole. Als ich die Liege tiefer fahre, damit ich bei der Fußmassage sitzen und ihren Fuß im Schoß halten kann, kichert sie leise und wirkt seltsam aufgedreht.

»Bereit?«, frage ich.

Sie nickt, und vorsichtig streichele ich über ihren Fuß. »Gott, kein Wunder, dass Ihre süße Kollegin davon nicht genug bekommt!«, stöhnt sie.

*Moment mal! Was?!* Ich zwinge mich, ruhig zu bleiben, und gehe im Kopf durch, welche Domina gerade hier ist. *Harper vielleicht? Aurora? Eventuell auch Ms Blaine?* Aber die haben für Füße normalerweise nichts übrig. Keiner im Klub, wenn ich genauer darüber nachdenke.

»Gut so?«, frage ich und massiere die Fußsohlen mit kreisenden, festen Bewegungen.

»Ich krieg Sie nicht dazu, an meinen Zehen zu saugen, oder?«, fragt sie.

Ich lache leise. »Keine Chance. Wir hatten das doch geklärt, Mrs Salinger. Ich bin ein Dom, Sie sind eine Domina. Mehr als eine Massage läuft hier nicht.«

Sie seufzt wohlig. »Dann hoffe ich, dass der Sub, mit dem Ms Stone spielt, nachher noch da ist. Denn was er bei ihr macht, will ich auch haben.«

»Ms Stone?«, wiederhole ich irritiert.

»Ja, Ihre Kollegin«, murmelt sie. »Die Arbeitsehefrau von Randall, die seiner eigentlichen Frau so ähnlich sieht.«

*Das muss ein Irrtum sein!* »Sind Sie sich sicher? Peach arbeitet normalerweise um die Zeit.« *Im Randall Tower.* Außerdem spielt sie nicht im Klub. *Nie.*

Mrs Salinger lächelt breit. »Glauben Sie mir, wenn das Arbeit ist, dann will ich den Job auch erledigen. Gerne mit gaaanz vielen Überstunden.« Sie wirft den Kopf zurück und schließt entzückt die Augen. »Oh Gott, sind Sie gut!«

*Eher Mittelmaß.* Denn meine Hände kneten zwar den Fußballen, meine Gedanken sind jedoch in einem dunklen, elegant eingerichteten Playroom. Bei Peach.

*Mit wem spielt sie?*, frage ich mich und ärgere mich, nicht näher darauf geachtet zu haben, welche männlichen Subs heute Abend im Klub sind. *Und gefällt es ihr?*

*Wehe!* Ich habe ganz sicher keinen Fußfetisch, aber ihre Füße gehören mir. Alles an ihr gehört mir. Kein anderer soll zu Ende bringen, was ich neulich nicht zu Ende gebracht habe. Kein anderer soll ihr geben, was sie braucht. *Fuck, McPherson. Jetzt nicht durchdrehen, sondern tief durchatmen.*

Doch sobald ich atme, habe ich diese Frau im Kopf. Einatmen! *Peach!* Ausatmen auf fünf. *Peach … Peach … Peach … Peach … Peach …*

# 6. Kapitel

## PEACH

Normalerweise ist das Tease & Please für mich kein besonders sinnlicher Ort, sondern einer, an dem neue Möbel angeliefert, Reinigungskräfte eingeteilt oder Getränke nachbestellt werden müssen. Ein Arbeitsplatz eben.

Aber zu wissen, dass Quinn McPherson nur drei Zimmer von mir entfernt ist, das macht mich feucht. Wahnsinnig feucht.

»Weitersaugen!«, befehle ich Oliver, einem Kunden des Klubs, der nur zu willig war, mein Spielzeug für die nächsten Stunden zu sein. Was perfekt ist, weil seine Frisur mich an Quinn erinnert. Außerdem hat er ähnlich breite Schultern. Und im Dunkeln kann ich mir sogar einbilden, beide Männer hätten das gleiche Alter. Dabei ist Oliver definitiv jünger. »Fester!«, schiebe ich hinterher und seufze, als der Typ an meinem großen Zeh lutscht. Dann beißt er mich.

»Fest genug?«, fragt er schelmisch.

»Vorsicht!«, knurre ich. Natürlich bestrafe ich Ungehorsam, aber zuerst will ich diesen Orgasmus, nach dem ich mich schon viel zu lange sehne.

»Was, Mistress?«, spielt Oliver jedoch mit mir.

*Verdammt, hätte ich mal gewartet, bis einer der professionellen männlichen Subs freihat!* Der hätte genau das getan, was ich will. Mich befriedigt. Das hier ist frustrierend. Denn Oliver erwartet, dass ich durchgreife. *Klasse! Also kommt erst er auf seine Kosten und dann ich.*

Mit einem Ruck stehe ich auf und wickele den Kimono, den ich mir vom Klub geliehen habe, enger. Ich nehme die kleine Gerte vom Nachttisch, und als er an seine Erektion greift, haue ich ihm auf die Finger.

»Zwing mich nicht, dir Handschellen anzulegen!«, drohe ich ihm.

»Was sonst?«, fragt er frech.

»Dann wirst du es bereuen.«

Er fasst erneut an seinen Schritt, und wieder schlage ich mit der Gerte zu. »Stopp! Her mit deinen Händen!«

Gehorsam reicht er sie mir, und ich binde sie ihm auf dem Rücken zusammen.

»Neuer Versuch, Olli«, sage ich, lasse mich auf das Bett fallen, strecke meinen Fuß aus und wackele mit den Zehen. »Saug! Und zwar kräftig!«

Er kommt zu mir, umspielt meine Zehen mit seiner Zunge – und beißt mich erneut.

»Au!«, zische ich, nun nicht mehr in Spiellaune, sondern wirklich sauer. Ich wollte einen Sklaven, der mich verwöhnt, niemanden, der ungehorsam ist, weil er auf Bestrafungen steht.

Ich krame in meinem Kopf danach, was Kostolany jetzt machen würde. Bis vor Kurzem war er hier noch Dom. Der krasseste und sadistischste, mit ganz eigenen Methoden. Und er hatte immer gute Ideen für solche Fälle.

»Ein letzter Versuch«, sage ich warnend. »Sonst beende ich das Spiel, bring dich in zwei Sekunden zum Kommen und übergeb dich an den Nächsten. Verstanden?«

»Ja, Mistress!«, antwortet er und bespielt erneut meinen Fuß. Was sehr, sehr angenehm ist. Für eine Sekunde … zwei … drei … »Au!« *Er hat mich wieder gebissen!*

»Entschuldigung, Mistress«, sagt er hastig. »Ich wollte nicht, ich –«

*Zu spät!* Das Wichtigste ist, konsequent zu sein. Also stehe ich auf, hole aus einem der Schränke einen Masturbator und stülpe ihm das Toy über den Schwanz. Zufrieden schnappe ich mir die Fernbedienung zu dem Gerät und schalte sofort auf eine Stufe, die deutlich macht, dass das ein Quickie wird.

»Nicht!«, fleht er. »Ich benehme mich ab sofort. Versprochen.«

»Zu spät, Honey.«

»Bitte, Mistress! Bitte!«

Ich muss lächeln, weil Oliver so anders ist als ich. Ich will Orgasmen. Sowohl als Sub als auch als Domina. Er dagegen will den Höhepunkt so lange wie möglich hinauszögern. *Pech!*

Ich hoffe, dass Oliver nach dem Orgasmus gefügiger ist, lasse mich von seinem Keuchen leiten und benutze den Masturbator, bis er kommt.

Leider kann ich mir danach weitere Spiele mit Oliver abschminken, denn er bricht in Tränen aus. *Toll! Das war's wohl.*

Ganz der fürsorgliche Lady Dom tröste ich ihn und begleite ihn in einen der Räume, wo er sich ausruhen kann. Im Anschluss gehe ich zurück in meinen gebuchten Playroom, mache es mir auf dem Bett gemütlich und suche auf dem Tablet nach einem klubeigenen Sub, der mit Füßen Erfahrung hat. Und der mir meine Wünsche erfüllt und mich zum Kommen bringen wird.

Aber ich finde niemanden.

»Mist!«, fluche ich und will mir verzweifelt selbst die Füße massieren. Dabei bemerke ich jedoch, dass noch Spucke von Oliver auf meinem Fuß ist. *Widerlich!*

Ich gebe den Playroom frei und nehme eine der Suiten, in denen sich unsere Kunden nach harten Spielen ausruhen können. Ich lege den Kimono aufs Bett und seufze, als ich unter der Dusche stehe und das warme Wasser die Spuren von Oliver wegspült … und sanft auf meiner Haut prickelt.

*Was mache ich denn nun?*, frage ich mich. *Keiner gibt mir, was ich brauche.*

*Moment mal, das stimmt nicht*, wird mir klar. *Quinn kann dir geben, was du brauchst.* Quinn, der sich nicht mehr bei mir gemeldet hat, jetzt da er bekommt, was er will. Seinen zweiten Masseur. Aber ich brauche ihn. *Oh Gott, ja!* Heute brauche ich ihn.

Nachdem ich die Dusche verlassen und mich abgetrocknet habe, buche ich mich als nächste Kundin bei Quinn ein. Wie ich es schon mal gemacht habe. Nur dass ich dieses Mal nicht eher gehe, bis er die Behandlung zu meiner vollsten Zufriedenheit beendet hat …

## QUINN

Sobald sich Mrs Salinger im Ruheraum entspannt und ich alles gereinigt und selbst geduscht habe, überbrücke ich die Zeit bis zum nächsten Termin und suche Peach. Leider erfolglos.

»Ist sie schon wieder weg?«, frage ich Eric, der über jeden Gast im Klub Bescheid weiß.

»Wer?«

*Die Queen? Wer wohl?!* »Peach.«

»Willst du mit ihr spielen?«, fragt er grinsend.

»Nein, ihr nur wie immer den Hals umdrehen. Also?«

Eric sieht im System nach. *Braver Junge.* »Sie ist noch hier.«

»Wo?«, frage ich, weil ich sie in keinem der Spielzimmer gefunden habe.

»Nirgendwo offiziell eingebucht«, meint er.

*Klasse!* Am liebsten möchte ich den Klub erneut nach ihr absuchen. Leider wartet auf mich eine weitere Kundin, die ebenfalls wie Mrs Salinger eine Fußmassage gebucht hat. *Das wird heute ein echt ätzender Tag! Wird Zeit, dass ich einen Kollegen bekomme. Der kann dann solche Fälle übernehmen!*

Mies gelaunt gehe ich zum Massagebereich, schließe den Raum auf und bin überrascht. Peach sitzt dort auf einer Liege, in nichts als einem der verführerischen Klub-Kimonos. Sie muss sich selbst reingelassen haben.

»Im Spielzimmer verlaufen?«, begrüße ich sie.

»Ich bin dein nächster Termin«, sagt sie.

*Doch kein so ätzender Tag!* »Die Fußmassage?«

Sie nickt.

»Weil der Kerl, mit dem du eben gespielt hast, es nicht draufhatte?«

»Was geht dich das an?«, faucht sie, zieht sich den Kimono enger, rutscht von der Pritsche und will sich an mir vorbeidrücken. »Das war eine blöde Idee!«

*Das ist eine Frage der Perspektive.* »Finde ich nicht«, sage ich ruhig, fange sie mit den Armen ein und bin mir bewusst, dass sie sehr wahrscheinlich nackt unter dem Stoff ist. *Nackt und bereit.*

»Lass mich gehen!«, ruft sie.

Ich verstärke den Griff. »Keine Chance.«

»Verdammt, Quinn, das ist nicht lustig.« Sie schaut zu mir auf, die Lippen verärgert zusammengekniffen, aber die Augen voller Sehnsucht. »Ich meine das ernst.«

»Ich auch.«

»Kommt nicht gleich die Security, weil das System Alarm schlägt?«

»Mein Raum ist davon ausgenommen, weil hier nicht gespielt wird. Vergessen?«

»Das muss ein Fehler sein! Auf dem Parkplatz wird auch nicht gespielt, trotzdem gibt es dort Kameras.«

»Wenn, dann ist es nicht mein Fehler«, füge ich lächelnd hinzu und fahre ihr mit der freien Hand durch die Haare, genieße, dass sie es nicht genießen will und es dennoch tut. »Und jetzt benimm dich …«

»So läuft das nicht.«

»Doch tut es«, sage ich und klemme ihr eine Haarsträhne hinter das Ohr. »Sei brav und setz dich wieder hin! Ich bereite das Wasser vor.«

»Das W-W-Wasser?«, stammelt sie.

*Peach Stone ist mal verwirrt? Fuck, ist das heiß!* »Für die Fußmassage«, hauche ich ihr ins Ohr und stehle mir einen Kuss, unseren ersten. Sie sieht mich schockiert an und berührt ihre Lippen. *So perfekt.*

Ich löse mich von ihr, weil ich mir nun sicher bin, dass sie bleibt, lasse Wasser in ein kleines Glasbecken laufen und gebe Badezusätze hinzu.

»Setz dich!«, sage ich und deute auf einen weich gepolsterten Ledersessel, über den ich ein Handtuch ausgebreitet habe.

Sie zögert. Und ich kann förmlich sehen, wie frustrierend sie es findet, dass sie erst die Massage über sich ergehen lassen soll. Sie will die Kontrolle haben, aber die hat sie nicht.

»Nur dass das klar ist«, warnt sie mich. »Heute will ich alles. Das volle Programm.« *Weil sie natürlich nicht wegen einer Fußmassage gekommen ist, sondern wegen einer Session.*

»Ich weiß«, sage ich daher nur. »Tust du also jetzt, was ich gesagt habe?«

# 7. Kapitel

## PEACH

»Ja, ich tue, was du sagst.« *Ich kann nicht anders. Nicht heute, nicht jetzt.*

Ohne Quinn aus den Augen zu lassen, gehe ich zum Sessel und nehme unsicher Platz. Mein Kimono öffnet sich dabei leicht, sodass mein Brustansatz und mein Bauchnabel zu sehen sind, und mein erster Impuls ist, mich zu bedecken. Früher hätte ich das getan. Noch dazu vor *diesem* Mann. Doch ich sehe, dass er es bemerkt hat, und der Hunger in seinem Blick macht mich ganz feucht. Also widerstehe ich der Versuchung.

»Beide Füße ins Wasser!«, befiehlt er.

*Er zieht das mit der Massage tatsächlich durch?* Ich zögere. *Hab ich mich so missverständlich ausgedrückt? Ich wollte eine Session.*

»Peach!«, ermahnt er mich, weil ich zu lange brauche.

»Natürlich, Sir«, sage ich spitz, ordne mich ihm zwar unter, aber wie so oft nicht ohne Protest.

Vorsichtig prüfe ich mit einem Zeh die Temperatur des Wassers, und als ich merke, wie angenehm warm es ist, tauche ich erst den einen, dann den anderen Fuß langsam ein.

»Die Temperatur ist in Ordnung?«, fragt er nach, fährt mit seinen Fingern selbst durch das Wasser, wie um sich zu überzeugen, dass alles okay ist, und streift dabei meinen Knöchel. *Meinen gottverdammten, normalerweise absolut unerogenen Knöchel!* Doch wie ein Blitz durchfährt es mich heiß.

»Mir ist ziemlich warm«, gestehe ich.

»Ich meine das Wasser«, sagt er ernst, während sein Blick mich verschlingt. »Auf dich hab ich wenig Einfluss.«

»Von wegen!«, schnaube ich. Er weiß, was seine Gegenwart mit mir anstellt.

»Antworte mir!«, bleibt er beim Plan.

»Ja, das Wasser ist perfekt.«

»Nur dir selbst ist heiß?«

»Genau! Hab ich doch gerade gesagt. Soll ich es dir schriftlich geben?«

Trotz meines pampigen Tonfalls lächelt er zufrieden. »Wenn du willst, spiel gerne an dir herum.«

»Das werde ich ganz sicher nicht tun!«, entrüste ich mich.

»Ich könnte es dir auch befehlen.«

»Wer sagt, dass ich deinem Befehl Folge leisten muss?«

»Du bist in *meinem* Reich, sitzt auf *meinem* Stuhl, hast deine Füße in *meinem* Wasser …«

*Stimmt!* Mir wird immer heißer, und der Stoff meines Kimonos klebt förmlich auf meiner Haut. »Mistkerl!«, zische ich. »Nein.«

»Sicher, dass du nichts gegen die Hitze in dir unternehmen möchtest? Ich gebe dir die Erlaubnis nur *ein* Mal, Peach. Tu es, oder verkneif es dir für den Rest des Termins.«

Ich will mich nicht vor ihm berühren. Wirklich nicht. Denn so soll er mich nicht sehen. So verletzlich, so erregt. Seinetwegen. Aber die Sitzung hat gerade erst angefangen, und ich brenne bereits. Unmöglich, dass ich diesen Zustand eine Stunde lang aushalte. *Verdammt!*

»Ich hab das noch nie vor jemandem gemacht«, gestehe ich leise.

»Also hast du einfach nur Angst?«

*Blödmann! Ich habe keine Angst. Nie.*

Ohne Quinn aus den Augen zu lassen, greife ich an meine nur knapp von der Seide des Kimonos bedeckten harten Nippel und massiere sie. Und genieße, wie das Kribbeln in mir einerseits heftiger wird, andererseits erfüllender.

»Das ist mein Mädchen«, sagt er mit einer rauen Stimme, die mich sexy durchdringt. »Und jetzt schließ die Augen und entspann dich!«

»Ich kann doch nicht –«

»Sei brav!«

»Das ist nicht so leicht«, beschwere ich mich.

»Liegt nicht genau darin der Reiz?« Sein Blick und meiner sind weiter miteinander verbunden. »Vertrau mir! Ich werd schon kein Video davon drehen, wie du es dir bei mir besorgst.«

*Das wäre ja noch schöner!* »Perverser Mistkerl!« Wütend spritze ich mit dem Fuß Wasser aus dem Glasbecken zu ihm. Bevor ich es jedoch wiederholen kann, fängt er meinen Fuß ein und hält ihn fest. Nicht so, dass ich mich ihm nicht entziehen könnte, dennoch unmissverständlich.

»Das war Verstoß Nummer eins«, sagt er.

»W-w-was?«, stammele ich.

»Die richtige Antwort lautet: Es tut mir leid, Sir.«

»Es tu-tu-tut mir leid, Sir«, sage ich plötzlich unsicher, weil das hier so anders abläuft als normale Sessions. »Und was jetzt?«

»Öffne den Kimono!«

Widerstand regt sich in mir. Mal wieder. Gleichzeitig wird mir noch heißer, weil das bedeutet, dass er mich gleich nackt sieht.

»Sofort, Peach!«, knurrt er. »Oder ich zieh dir den Fummel eigenhändig aus.«

»Warum?«, frage ich.

»Darum«, sagt er.

Eigentlich eine dämliche Begründung, aber in einem Spiel absolut ausreichend. Ich gebe nach und löse die Kordeln des Kimonos, sodass der Stoff zur Seite fällt und meinen Brustansatz und meinen Schritt enthüllt.

»Mehr!«, verlangt er mit belegter Stimme. »Mach ihn so weit auf, dass ich deine Brüste ganz sehen kann.«

»Brustfetisch?«, rutscht mir typisch frech raus.

»Eher ein Peach-Fetisch«, sagt er und wartet geduldig.

Ich weiß, ich könnte das hier abbrechen. Wenn ich wirklich wollte, dann wäre es in null Komma nichts vorbei. Aber ich genieße es zu sehr. Die Wärme im Raum bringt mich zum Schwitzen. Die Duftöle, die in der Luft liegen, umnebeln meine Sinne. Und da ist Quinn McPherson, der mich mit einem Blick ansieht, in dem pures Verlangen liegt.

*Gott!*

Langsam teile ich meinen Kimono, entblöße mich und erschauere, als ein Luftstrom meine Nippel streift, die ganz hart und klein sind vor Erregung.

Quinn grinst, als wäre ich in irgendeine Falle getappt.

»Was?«, quieke ich verunsichert und bedecke mich mit den Händen.

»Finger weg!«, sagt er.

»Nicht bevor du mir sagst, was so lustig ist!«

»Dass dich deine Eltern ›Peach‹ genannt haben. Das ist so lustig.«

Ich verstehe nicht, worauf er hinauswill. *Wenn ›Peach‹ lustig ist, dann ›Quinn‹ ja wohl genauso!* »Weil es ein schöner Name ist«, sage ich.

»Nimm endlich deine Hände weg!«, ermahnt er mich noch mal. Und als ich es tue, beugt er sich vor, nimmt einen Nippel zwischen zwei Finger und reibt die harte, empfindliche Knospe, sodass ich vergesse, was er gerade gesagt hat. Ist doch auch völlig unwichtig, wie Leute heißen. Namen sind Schall und Rauch. Das, was zählt, ist, dass es einem gut geht. *Und Himmel, geht es mir gut!* Denn seine Finger sind fantastisch. Kräftig, rau und folternd. Wenn Fingerfertigkeit eine olympische Disziplin wäre, Quinn bekäme Gold von mir.

Ich lehne den Kopf zurück, lasse mich fallen und stöhne leise. *Warum habe ich mich nur so lange gegen diesen Mann gewehrt? Ist es nicht offensichtlich, dass er meine Erlösung ist?*

Als Quinn langsam mit seiner Zungenspitze über meine harte Knospe gleitet, verkrampfe ich meine Zehen und schnappe erstickt nach Luft.

»›Cherry‹ passt viel besser zu dir«, sagt er da.

»Wovon redest du?«, bringe ich heraus, weil ich den Faden verloren habe.

»Als Name«, sagt er. »›Cherry‹ passt viel besser zu dir als ›Peach‹.«

»Warum?«

»Weil die hier …« Wieder spielt er mit seinen Fingern an meinen Nippeln herum, dabei würde ich lieber seine Zunge spüren. »Die erinnern mich an Kirschkerne.«

»Könnten auch … Pfirsichkerne … sein«, presse ich heraus. »Oder Pfirsichsteine … wie es wohl … richtig heißen müsste.«

»Klugscheißerin!«

»Finden das Männer nicht sexy?«

»Hast du eine Ahnung …« Er reibt noch mal über meine Nippel, lässt sie dann allerdings los. *Enttäuschend.* Und als ich wieder an mir selbst herumspielen will, schlägt er mir sanft auf die Finger. »Na! Hab ich dir das erlaubt?«

»Vorhin ja«, erinnere ich ihn keck.

»Aber jetzt?«

*Mist!* »Nein, Sir«, sage ich brav.

»Richtig. Also halt deine Hände ruhig, oder es gibt Ärger!«

Ich ringe mit mir und lasse sie dann zur Seite sinken.

»Sehr gut«, lobt er mich und fährt dabei über mein Knie. »Und jetzt mach die Augen wieder zu!«

Ich gehorche und lasse mich schwer atmend zurücksinken. Dabei rechne ich mit allem. Dass er mich weiter reizt, mit mir spielt, unanständige Dinge anstellt. Doch wie so oft überrascht mich Quinn, indem er meine beiden Füße abtrocknet, die Wasserschüssel beiseiterollt, näher rutscht und … lediglich meine Füße in seinen Schoß legt. Er nimmt sich den ersten, gibt Öl in seine Handfläche – dem einzigartigen Duft nach das Öl aus Frankreich, das ich ihm zum Geburtstag geschenkt habe – und massiert behutsam den Ballen.

*Ist er nicht nur dominant, sondern auch sadistisch? Denn das hier, das fühlt sich wie die reinste Folter an.*

Meine Finger zucken, weil ich mich berühren will. Doch im letzten Moment kann ich mich bremsen und winde mich nur.

»Halt still, Cherry!«, befiehlt er mit dieser sexy tiefen Stimme, die mich feuchter und feuchter macht – und mit dem neu entdeckten Kosewort, das mir sehr deutlich sagt, dass das hier keine normale Massage ist, auch wenn sie so begonnen hat.

»Kannst du bitte aufhören, mich so zu nennen?«

»Warum?«

»Ich denke dann immer, du denkst an meine Nippel!«

Er lacht leise. Mehr nicht. *Er lacht einfach nur leise und verdammt zufrieden!*

»Quinn! Denkst du etwa dabei an meine Nippel?!« *Das ist pervers. Und unglaublich sexy.*

»Nein, nicht immer«, sagt er zu meiner Erleichterung, während er mich massiert. »Du bist schließlich mehr als sexy Nippel.« *Danke!* »Aber ich fürchte, jetzt werde ich dich in Zukunft noch viel öfter so nennen.«

»Warum? Das ist gemein.«

»Damit du denkst, ich denke an deine Nippel. Und damit du nicht vergisst, dass ich dich nackt und erregt gesehen habe.«

Ich weiß, ich soll meine Augen geschlossen halten und mich von den Berührungen davontragen lassen, doch ich brauche den Kontakt zu Quinn und öffne sie wieder. Und sein dunkler Blick bringt alles in mir zum Kribbeln.

»So wird es nur schwerer für dich«, sagt er, macht aber nur weiter, anstatt mich zu ermahnen.

»Ich hab keine Ahnung, was du meinst«, sage ich. *Außerdem: Wie viel schwerer kann es noch werden?*

»Keine Sorge, das verstehst du gleich!«, meint er, fährt lächelnd über meinen Fuß und drückt einen empfindsamen Punkt an meiner Fußsohle, was für ein Ziehen sorgt, das bis in meinen Schritt dringt. »Bereit?«, fragt er.

»Für alles«, sage ich.

»Dann möchte ich jetzt keinen Laut von dir hören. Kein Wimmern, kein Seufzen und vor allem keine Widerrede. Haben wir uns verstanden?«

Ich nicke und bereue meinen Eifer eine Sekunde später, als Quinn sich tiefer beugt und mit seiner Zunge über meinen Fußrücken gleitet.

*Oh! Mein! Gott!*

*Das hat er schon mal gemacht*, erinnere ich mich. *Das halte ich durch!*

Aber es ist besser als in meiner Erinnerung. Und gerade als ich meinen Atem unter Kontrolle habe, nimmt er meinen Zeh in den Mund und saugt so fest daran, dass ein Ziehen heiß in meine Mitte schießt.

»Quinn!«, japse ich überfordert.

»Leise, Cherry!«, ermahnt er mich.

»Aber Quinn!«, protestiere ich wieder, als er weitermacht.

»Tu, was ich dir sage!«

»Soll ich mal an deinen Zehen lutschen?! Das ist nicht so leicht«, zische ich frustriert.

»Ein andermal«, sagt er, lässt von meinem einen Fuß ab und wechselt zu meinem anderen.

Ich sollte mich stark fühlen. Schließlich war ich diejenige, die hierhergekommen ist. Ich habe die Massage gebucht und gewollt, dass er das hier tut. Aber ich fühle mich nicht stark, sondern atemlos und heiß und kurz davor, um einen Orgasmus zu betteln. Oder loszuheulen, wenn ich keinen kriege.

»Bereit für die zweite Runde?«, fragt er da, als könnte er das Spiel ewig spielen.

Ich schüttele den Kopf und nicke.

»Nein und Ja?«, sagt er und platziert Küsse auf meinem Spann. *Als würde mir das bei der Antwort helfen!* »Ich fürchte, ich verstehe dich nicht. Du musst dich etwas präziser ausdrücken, Cherry.«

»Ich verstehe mich auch nicht«, gebe ich zu. »Ich hab einen Blackout. Keine Ahnung, ob ich bereit bin.« Und ob ich die gleiche Prozedur noch mal durchstehe – ohne zu kommen.

»Vielleicht hilft das?«, sagt er und spielt weiter mit mir, sorgt dafür, dass ich Wachs in seinen Händen bin.

*Dieser Mistkerl!*, denke ich mir gequält. *Er weiß genau, dass mir seine Berührungen nicht helfen, sondern mich nur heftiger reizen.*

»Quinn! Mehr!« Mir ist schon ganz schwindelig vor Lust, und ich zittere, so sehr sehne ich die Erlösung herbei.

»Das hast du nicht zu entscheiden!«, sagt er zwischen zwei Küssen und saugt erneut an meinen Zehen, fest und zärtlich.

Ich muss die Augen zusammenkneifen, um nicht den Verstand zu verlieren. »Doch, gib mir mehr!«, beharre ich.

Er beißt mich strafend, ein klares Nein. Und eine Geste, die mich nur noch verrückter macht. Ganz anders als vorhin bei Oliver. *Mist!*

Obwohl er es mir nicht erlaubt hat, berühre ich wieder meine Brüste. Aber das reicht nicht. Ich will mich nicht weiter verwöhnen. Ich will kommen. Jetzt sofort.

»Bitte, mehr!«, sage ich erneut.

»So, so! Peach Stone bettelt mich an?«

»Peach Stone rammt dir gleich ihren Fuß ins Gesicht und bricht dir die Nase, wenn du nicht tust, was ich will«, fauche ich wütend.

»Ach ja?«

Seine Zunge leckt über meinen Ballen, und ein kaum erträgliches Verlangen raubt mir den Atem, so heftig, dass ich das Gegenteil meiner hohlen Drohung machen und meinen Fuß wegziehen will. Aber Quinn lässt es nicht zu. Und wie zur Strafe intensiviert er die Massage.

»Nein!«, stöhne ich. »Nein, nicht!«

Aber er macht weiter. Dieser Mann kennt jeden einzelnen Druckpunkt und weiß genau, wo die Nervenbahnen verlaufen, die dafür sorgen, dass sich Berührungen am Fuß wie purer Sex anfühlen.

»Hör auf«, flehe ich.

Wieder ein Kuss auf meinen Fuß. »Keine Chance, Cherry.«

»Bitte lass mich!«

»Wie könnte ich?«

»Quinn!«

»Halt noch ein bisschen durch. Für mich.«

Verdammt, ich will. Wirklich. Aber ich kann nicht. Keine Sekunde länger. Für keinen Mann der Welt. Egal wie gerne ich es möchte.

»Oh Gott, ja!«, stöhne ich. »Ja, ja, ja!«

Ich greife an meinen Schritt, und allein die leichte Berührung meines Kitzlers genügt, damit ein Orgasmus mich überwältigt, wie ich ihn nicht kenne. Heftig und wild und markerschütternd und himmlisch. So krass, dass jede Faser von mir erbebt, mich auspowert und mir sämtliche Energie raubt. Aber auf eine gute Weise. Auf eine richtig gute. *Wow!*

»Alles okay?«, höre ich Quinn sanft fragen und spüre, wie er über mein Gesicht streichelt – Tränen wegwischt, die ich vergossen haben muss. Dabei heule ich sonst nie vor Erleichterung! »Hey, Peach, alles gut?«

Langsam öffne ich die Augen und fühle mich durcheinander. Ich weiß, wie es ist, Sub zu sein und zu kommen. Ich kenne meine Orgasmen. *Ziemlich gut sogar.* Aber der eben war auf einer Skala von eins bis zehn definitiv eine Elf. Außergewöhnlich und heftig. *Und völlig anders als sonst*, wird mir klar. Denn statt mich zu erlösen, will ich nun noch mehr. So viel mehr. Ohne zu wissen, was genau. Doch das werde ich nicht mit Quinn diskutieren.

»Ja, natürlich ist alles okay«, sage ich schroff.

Ich stehe auf und wickele mich verschämt in den Kimono, kann nicht glauben, dass ich mich so entblößt habe, während Quinn immer noch komplett angezogen ist. Kann nicht glauben, dass ich mich diesem Mann so geöffnet habe. Kann nicht glauben, dass *nur ich* die Kontrolle verloren habe. Nicht auch er. Dabei ist das für Sessions normal. *Scheiße, Scheiße, Scheiße!*

»Nicht so eilig, Peach«, hält mich Quinn auf, bevor ich gehen kann, und zieht mich an sich, setzt sich mit mir auf ein Sofa und wiegt mich sanft. »Gib dir etwas Zeit.«

»Lass mich!«, sage ich finster und versuche, mich zu befreien, obwohl ich weiche Knie habe. »Ich brauch keine weiteren fünf Minuten.« *Ich bin Peach Stone. Ich habe immer alles im Griff. Aber jetzt gerade habe ich keine Ahnung, was los ist. Und deshalb will ich nur noch nach Hause, in mein Bett, die Augen zumachen und warten, bis dieses Gefühl von alleine wieder verschwindet.*

»Ich denk nicht im Traum daran, Cherry.«

»Das ist nicht lustig, Quinn.«

»Siehst du mich lachen?« Er zwingt mich, ihm in die Augen zu schauen. »Glaubst du ernsthaft, ich lass dich nach dem eben einfach gehen?«

»Das war doch nichts«, wiegele ich ab. *Muss er ja nicht wissen, dass das der krasseste Orgasmus meines Lebens war.*

»Von wegen!« Er fährt mir durch die Haare, umschlingt mich, was sich unglaublich gut anfühlt, und beißt mir in den Nacken oder küsst mich dort, oder macht beides, was das Zittern in mir verstärkt und die Funktion meiner Knie und Beine um weitere fünf Prozent beeinträchtigt.

»Quinn, das war süßer als Vanilla-Sex! Du hast nur an meinem Fuß herumgenuckelt, und ich bin gekommen. Keine große Sache.« Ich sehe ihm direkt in die Augen. »Du musst hier nicht die Dom-Fürsorgenummer abziehen. Das ist völlig unangebracht.«

»Ich ziehe die Peach-Fürsorgenummer ab. Und die ist gut.«

»Sie ist absolut unnötig.« Ich räuspere mich, wechsele in meine feste Lady-Dom-Stimme. »Lass mich los.«

»Warum zitterst du dann?«, fragt er unbeeindruckt von meinem Schauspiel der Selbstbeherrschung.

»Weil ich so wütend auf dich bin! Was denkst du denn?!«, zische ich, während mir tatsächlich schwindeliger wird. Obwohl ich Quinns Armen entkommen will, lehne ich mich an ihn, weil sich an seiner Brust die Welt ein bisschen weniger dreht. Ich genieße, wie seine Fingerspitzen durch meine Haare kämmen, kann nicht widerstehen und schiebe meine Hände unter sein Shirt, brauche seine Haut, seine Wärme, seine Kraft. Brauche ihn. Obwohl ich das nicht fühlen will.

»Also gut, ich lass dich gehen«, sagt er da sanft.

»Ehrlich?« Ich bin überrascht.

»Ja, nachdem du fünf Minuten gewartet hast.«

»Kein Trick? Nur fünf Minuten.«

Er nickt. »Versprochen.«

»Wie du willst.« Jetzt weiter zu kämpfen wäre wirklich kindisch. *Was sind schon fünf Minuten?*

Ich lehne mich an Quinn, atme seinen Duft ein, genieße, wie er mir über den Rücken streicht, und sauge seine Wärme auf. Ich schließe die Augen und sage mir, dass alles okay ist. Nichts hat sich geändert. Gar nichts. *Richtig?*

Aber das stimmt nicht. *Mist!*

## QUINN

Wir sind nach wie vor auf dem Sofa. Peach sitzt auf meinem Schoß, müde an mich gelehnt. Zärtlich fahre ich über ihre Schultern, zupfe ihren Kimono zurecht und genieße es, für sie da zu sein, so wie es für einen Dom normal ist. So wie es für einen Mann normal ist, der die Frau hält, für die er Gefühle hat.

Obwohl Peach es nie zugeben würde: Das hier war heftig, und sie ist völlig erschöpft. *Was ist so schwierig daran, sich das einzugestehen?* Ich wette, auch Superwoman braucht mal eine Pause. *Meine* Superwoman.

Ehe die fünf Minuten um sind, merke ich, dass sie eingeschlafen ist. Ihr Atem geht gleichmäßig, die Anspannung in ihren Schultern ist weg, und sie hat ihre Hände nach wie vor unter meinem Shirt und klammert sich an meinen Hüften fest. Und in dem Augenblick sind sie und ich perfekt. So etwas habe ich noch nie gefühlt. Es ist, als würde sie mir gehören und ich ihr, und es ist richtig so. Absolut richtig. *Fuck, Cherry, was bist du doch für eine eigenartige Frau!*

Vorsichtig, ohne sie zu wecken, löse ich mich von ihr, räume nur die nötigsten Dinge weg und gehe dann zu Eric, um mich vorzeitig abzumelden.

»Wird Randall nicht gefallen, wenn du Kunden verprellst«, meint der.

»Wird Randall auch nicht gefallen, wenn ich Peach verprelle«, gebe ich zurück. »Wo sind ihre Sachen?«

»In einem der Spinde.«

»Klasse«, murmele ich, weil ich Peach wecken müsste, um da ranzukommen, was ich aber nicht machen werde.

»Was hast du vor?«, fragt Eric.

»Sie ins Bett bringen«, sage ich. *Mein* Bett. Weil ich ihre Adresse nicht kenne.

Sobald ich mich abgemeldet und umgezogen habe, gehe ich zurück in die Massagelounge. Peach schläft immer noch. Ihre Gesichtszüge sind entspannt. Ihre Lippen leicht geöffnet. Ihre Wangen sexy rot. Und auch wenn es merkwürdig klingt, ich bin stolz darauf, für diesen Zustand verantwortlich zu sein.

Vorsichtig lege ich mir ihren Arm um die Schulter, zupfe den Kimono zurecht, damit möglichst viel von ihr bedeckt ist, und hebe sie hoch, woraufhin sie sich regt.

»Schlaf weiter«, flüstere ich ihr ins Ohr.

»Du musst mich nicht tragen«, antwortet sie ein wenig wacher – und greift gleichzeitig in meinen Nacken, um sich festzuhalten.

»Ich will aber«, sage ich und drücke ihr einen Kuss auf die Wange, bei dem ich ihren Duft einatme. »Also lass mich. Du hattest deinen Spaß, ich hab meinen.«

»Das ist nur fair, oder?«, murmelt sie.

»Ist es«, sage ich, verlasse mit ihr den Klub, setze sie an meinem Wagen ab, um aufzuschließen, und bin beruhigt, dass sie einfach weiterschläft, sobald sie drinnen sitzt.

*Und sie hat gedacht, dass fünf Minuten Pause ausreichen!*

*Wie kann jemand, der so klug ist, manchmal nur so dumm sein?*

***

Als wir bei mir zu Hause ankommen, hebe ich Peach wieder hoch, wobei sie dieses Mal nicht wach wird. Ich trage sie ins Schlafzimmer, setze sie auf dem Bett ab und decke sie zu. Dann verschwinde ich im Bad, um mir das Gesicht zu waschen und die Zähne zu putzen. Ich bin nicht müde. Im Klub würde ich jetzt noch vier Stunden arbeiten. So ist mein Lebensrhythmus. Aber ich kann sie nicht alleine lassen. Also ziehe ich mir für die Nacht ein Shirt und Boxershorts an und lege mich zu ihr.

»Quinn?«, murmelt sie leise.

»Ja, Peach?«, antworte ich und fahre ihr sanft durch die Haare.

»Du bist hier?«

»Klar bin ich das«, sage ich und schlinge die Arme um sie.

»Gut«, sagt sie nur erleichtert, legt sich halb auf mich, und an ihrem gleichmäßigen Atem merke ich, dass sie wieder einschläft, als wäre alles in Ordnung, weil wir zusammen sind und sie sich bei mir sicher fühlt.

Aber ich schlafe nicht. Zum einen, weil meine Erektion drückt, ich ihre Brüste spüre, ihren Duft rieche und weiß, dass sie sich nach dem Orgasmus nicht gewaschen hat und zwischen den Beinen ihre Lust klebt. Zum anderen, weil ich es viel zu sehr genieße, sie einfach nur zu halten. Ich mag Peach Stone definitiv als Kratzbürste. Ich mag sie allerdings genauso gerne, wenn sie nicht genug von mir kriegt, auf jede Berührung von mir mit einem Seufzen reagiert und sich an mich krallt, als hätte sie Schiss, ich könnte abhauen.

»Bitte, Sir«, murmelt sie plötzlich im Schlaf, und ihre bedürftige Stimme bringt mich auf allerlei dumme Gedanken.

Ich schiebe meine Hand unter ihren Kimono, folge dem Schwung ihrer Wirbelsäule und lasse meine Fingerspitzen über ihre Haut tanzen, um ihr zu zeigen, dass ich hier bin.

»Bitte!«, stöhnt sie wieder und will mehr. »Bitte, Quinn, bitte!«

*Fuck, sie ruft meinen Namen? Was für eine dämliche Idee, sich zu ihr ins Bett zu legen!* Zumindest wenn man einen mörderischen Ständer hat und nicht vorhat, im Schlaf über jemanden herzufallen.

»Keine Chance, Cherry«, murmele ich, drücke ihr einen Kuss auf die Stirn und mache mich von ihr los.

»Quinn«, seufzt sie und umklammert nun alternativ das Kopfkissen, auf dem ich gerade noch gelegen habe.

»Schlaf«, sage ich leise zu ihr, schnappe mir ihr eigenes, nun unbenutztes Kissen und die Überwurfdecke und richte mich auf dem Sofa ein.

*Irgendwie hatte ich mir unsere erste gemeinsame Nacht anders vorgestellt*, denke ich und muss lachen. *Aber irgendwie ist mit Peach sowieso alles anders als erwartet.*

# 8. Kapitel

## PEACH

*Irgendwas stimmt nicht.* Draußen ist es noch dunkel. Doch je intensiver das Gefühl wird, umso wacher werde ich.

Die Decke, die über mir liegt, ist schwerer als meine eigene. Das Kissen ist riesig. Beides ist mir fremd, riecht aber vertraut.

*Seltsam.*

Ich habe gestern Abend nichts getrunken, das weiß ich. Dennoch habe ich zunächst Probleme, mich an die Details zu erinnern. Bis erst ein Fetzen auftaucht und dann noch einer und noch einer.

Von Quinn.

*Jeder einzelne ist von Quinn!*

Wie ich in seinem Studio vor ihm gesessen habe. Und wie er mich nur durch diese göttliche Fußmassage zum Kommen gebracht hat. Und dann habe ich komisches Zeug geträumt. Dass wir zu ihm gefahren sind und er neben mir geschlafen hat. Und je mehr Details mir einfallen, umso klarer wird mir, dass das kein Traum war. Sondern wirklich passiert ist.

Ich sollte schockiert sein, bin jedoch eher verwirrt. *Denn wo steckt er dann? Sollte er nicht hier bei mir sein?*

Ich taste nach rechts, doch die Betthälfte fühlt sich kühl an, als hätte dort schon seit einer geraumen Weile niemand mehr gelegen. *Seltsam.* Ich richte mich auf, aber es ist nichts zu hören. Alles ist ruhig, und das Zimmer ist dunkel. Ich will wieder einschlafen, finde jedoch keine Ruhe. Ich brauche Gewissheit, dass ich wirklich bei Quinn bin.

Müde stehe ich auf, schnüre den Kimono, den ich noch trage, enger und verschränke fröstelnd die Arme, als ich das Schlafzimmer verlasse und zögerlich das Wohnzimmer betrete. Im Halbdunkel lasse ich meinen Blick durch den Raum schweifen: Möbel, Regale, Lampen, Sessel …

Leise schleiche ich weiter, finde die Küche und das Bad und entdecke schließlich einen Raum mit Matten und Sportgeräten, aber keinen Quinn.

*Und wenn ich nicht bei ihm bin, sondern bei jemand anderem? Vielleicht sollte ich schnellstmöglich abhauen? Oder erst die Polizei rufen und dann verschwinden?*

Ich drehe wieder um, gehe zurück ins Wohnzimmer und bemerke einen Berg auf dem Sofa.

*Quinn?*

*Quinn!*

Er liegt auf dem Rücken. Ein Arm ist halb unter seinem Kopf, ein Bein ist ausgestreckt, das andere angewinkelt. Die Decke bedeckt ihn halb und ist an seinem Schritt leicht erhöht. *Heiß!* Obwohl ich weiß, dass nächtliche Erektionen ganz normal sind.

Ich sollte jetzt wieder in sein Schlafzimmer gehen. Dort im Bett habe ich richtig viel Platz. Aber ich kann nicht.

*Los, Peach, du weißt doch, was du willst!*

Ich zögere, klettere dann jedoch vorsichtig über Quinn hinweg an die kleine freie Stelle zwischen ihm und der Rückenlehne des Sofas.

»Alles okay, Cherry?«, fragt er mich verschlafen. Er dreht sich auf die Seite, legt ein Bein über mich und zieht mich näher.

»Ich hab dich vermisst«, sage ich leise.

Statt einer Antwort bekomme ich einen sanften Kuss in den Nacken, als wäre alles bestens. Dann schläft Quinn wieder ein. Mich jedoch beschäftigt mein eigenes Geständnis.

*Ich habe ihn vermisst. Den Mann, der nur Dom ist und sich nie im Leben von mir im Bett herumdirigieren lassen würde! Den unausstehlichsten Vollidioten der Welt vermisst! Krass! Es muss an seinen Händen liegen!*

Seit Quinn mich berührt hat, hat sich etwas in mir verändert. Und mit jeder weiteren Berührung verändert sich mehr. Keine Ahnung, ob das gut ist oder nicht. Aber ich kann es nicht aufhalten. Ich will es auch gar nicht aufhalten.

Ich schmiege mich noch enger an ihn und werde belohnt, indem er mich kurz drückt. Und während ich auf seine gleichmäßigen ruhigen Atemzüge höre, schlafe ich ebenfalls wieder ein.

***

Ein sexy Geruch nach Mann und Duschgel steigt mir in die Nase. Ich spüre ein Bein, das mich umschlingt, Arme, die mich halten, und eine ziemlich harte Erektion, die gegen meinen Bauch drückt. Immer noch. Oder schon wieder.

»Was zum Henker!«, fluche ich überrumpelt, bevor die Ereignisse einen Sinn ergeben, löse mich von dem Kerl, der mich hält, und falle dabei schmerzhaft vom Sofa. Von Quinns Sofa, wie mir sofort einfällt. »Aua!«, jammere ich und reibe mir den Hintern, den ich mir am Couchtisch gestoßen habe.

Ein Lachen lässt mich den Kopf heben.

»Was ist so lustig?«, fauche ich.

»Ich finde, das ist die gerechte Strafe für Leute, die sich davonstehlen wollen.«

»Ich wollte mich gar nicht davonstehlen!«, rufe ich.

»Sondern uns Kaffee machen?«, zieht Quinn mich auf und fährt sich durch die zerzausten Haare und über sein stoppeliges Kinn.

»Uns?«, wiederhole ich. *Bin ich seine Bedienung?* »In deinen Träumen!«

»Auch nicht, wenn ich ganz lieb Bitte sage?«

*Versucht er es echt auf die Tour? Obwohl ich noch nicht mal richtig wach bin?* Ich richte mich auf, stütze mich über ihm ab und genieße es, die Oberhand zu haben. »Selbst dann nicht, wenn du mir den Hintern küsst«, necke ich ihn. Doch noch während ich das sage, wird die Luft zwischen uns heißer. Sein Atem geht schneller, meiner ebenso, und Lust auf diesen Mann durchströmt mich.

»Sicher?«, meint er nur und packt mich am Hintern.

»Sicher.« Dabei bin ich mir alles andere als sicher. Denn Quinn so nah zu sein sorgt dafür, dass ich ihn küssen will, als gäbe es nichts Besseres auf der Welt zu tun.

*Seit wann ticke ich denn so? Das bin doch gar nicht ich!*

Schnell entwinde ich mich ihm. »Ich geh mal ins Bad!«

»Ist das dein Codewort, damit ich nachkommen soll?«, ruft Quinn mir hinterher, als ich bereits die Tür ansteuere, die ich gestern Nacht entdeckt habe.

»Das ist mein Codewort für: Wag es hier rein, und du bekommst Ärger!« *Zack!* Sehr temperamentvoll schließe ich die Tür hinter mir.

Keine Sekunde später schwingt sie wieder auf, und Quinn lehnt sich lässig an den Türrahmen. Woraufhin ich mir den Kimono, den ich gerade ablegen wollte, hastig enger ziehe.

»Schüchtern?« Er grinst. »Also erstens: Ich hab dich gestern schon nackt gesehen. Kein Grund, sich jetzt zu zieren.«

*Trotzdem kriegt er keine Peepshow!* »Und zweitens willst du Ärger haben?«, fauche ich.

Er geht zu einem der Badezimmerschränke. »Ich habe keine Angst. Nicht vor dir, Cherry. Zweitens findest du hier saubere Handtücher und eine Zahnbürste.«

»Ach so«, sage ich. *Das ist ziemlich anständig von ihm.*

»Ach so?«, wiederholt er amüsiert. »Du enttäuschst mich, Peach. Keine Schimpftirade?«

»Die kriegst du erst, wenn du dort noch länger stehen bleibst und mich anglotzt.«

Er bleibt.

»Raus!«, fauche ich.

Sein Blick gleitet über mich hinweg. »Das reicht nicht, um mich aus meinem Bad zu vertreiben.« *Noch dazu bei diesem Anblick*, scheinen seine Gedanken stumm hinter herzuschieben.

»Raus, oder ich ruf die Polizei«, steigere ich mich.

Er wiegt nachdenklich den Kopf. »Schwach, so schwach, Cherry.«

»Geh, oder ich mobilisiere meine Armee von Brüdern.«

»Alle vier?«

*Woher weiß er, dass ich vier Brüder habe? Egal!* »Ja, alle vier.«

»Ach, und die dürfen dich nackt duschen sehen?«

»Quinn!«, schnaube ich frustriert und werfe ein Handtuch nach ihm, woraufhin er lachend verschwindet. Während ich leise kichere, weil Quinn irgendwie … süß ist. *Hilfe! Was ist nur los mit mir?*

Seufzend lasse ich den zerknautschten Kimono zu Boden fallen und stelle mich für eine halbe Ewigkeit unter die

Dusche. Ich genieße die Wärme, spüre das Wasser auf meiner Haut und kann nicht verhindern, dass ich an Quinn denke und feuchter werde.

*Hört das denn nie auf?*

Sobald ich fertig geduscht habe, wickele ich meine Haare in ein kleines und mich in ein großes Handtuch, putze mir die Zähne, nehme mir den Kimono und mache mich auf die Suche nach Quinn. Er wird wissen, wo meine Klamotten sind.

Ich rufe nach ihm, doch ich höre nur esoterische Klänge und laufe durch die Wohnung. »Quinn, wo sind meine Sachen?«

Ich tappe in einen Raum mit zahlreichen Übungsgeräten, und dort auf einer Matte entdecke ich Quinn. Der nur mit Boxershorts bekleidet irgendwelche Verrenkungen macht. Yoga, wenn ich raten müsste. Aber ich kenne mich damit nicht aus. Seine Atmung ist dabei ganz ruhig, sein Gesichtsausdruck sexy konzentriert und sein Oberkörper so angespannt, dass ich jeden Muskel in seiner vollen Pracht bewundern kann.

*Verdammt, das sind Übungen, die selbst den Schlüpfer von Toten feucht machen könnten!*

»Meine Sachen, Quinn?«, besinne ich mich auf den Grund meines Kommens.

*Stille.*

»Was soll das? Ich werde weder im Handtuch noch im Kimono durch die Stadt spazieren.«

*Keine Reaktion.* Außer dass er in den Liegestütz wechselt – und ich nun seinen knackigen Hintern in den Shorts bewundern kann. *Nett!*

»Ich bin nackt und feucht unter meinem Handtuch und brauche dringend ein Höschen«, trällere ich.

*Wieder nichts.* Dafür eine neue Position. Und er keucht leise. Keine Ahnung, ob vor Anstrengung oder weil er mich hört und ihn die Vorstellung aus dem Konzept bringt. Ich hoffe auf Letzteres.

»Jetzt spiele ich an meinen Nippeln herum«, setze ich noch einen drauf. »Die ganz klein und empfindlich sind.« *Böse, Peach.* »Wie niedliche, harte Kirschkerne.«

Seine Muskeln zittern, aber er ignoriert mich weiterhin.

»Mmh …«, seufze ich gespielt sexy. »Das tut so, so, so guuut.«

Mit einem Knall kracht Quinn auf den Boden. »Fuck, Peach!«

»Oh mein Gott, hast du dir was getan?« Sofort bin ich bei ihm. Doch mit einer Hand hält er mich auf Abstand und mit der anderen knetet er seinen Nacken. »Alles okay?«

Er sieht zu mir, und sein Blick bohrt sich wütend und kraftvoll in mich. »Deine Nippel gehören mir. Ist das klar?«

»Aber –«

»Ist das klar, Cherry?«

Meine Nippel brennen wie Feuer, als würden sie das hier mögen. »Ich dachte, du hörst mir nicht zu.«

»Peach!« Er will eine Antwort. Nur *eine.*

»Ja, Sir«, sage ich schuldbewusst.

»Dann schieb das Handtuch tiefer.«

*Wie heftig ist er denn auf den Kopf gefallen?* »Ich denke ja nicht im Traum daran!«, entgegne ich, will zurückweichen, doch er hält mich auf.

»Ich warte.«

Eine halbe Ewigkeit sehen wir uns auf dem Boden hockend an und kämpfen um die Oberhand. Schließlich gebe ich nach und ziehe schwer atmend den Saum des Stoffes zur Seite. Meine Brüste kommen zum Vorschein. Mit harten Nippeln, die schmerzen, weil ich so erregt bin. »Zufrieden?«, zische ich pampiger als angemessen. »Gefällt dir dein Besitz?«

»Komm her«, sagt er gefährlich leise.

Ich zögere. Während alles in mir brennt.

»Sofort, Cherry.«

Ich gehorche, rutsche näher, bis meine Knie seine berühren.

»Mach das …« Er reibt hart über meinen Nippel, sodass ich erstickt Luft hole. »… nie wieder, verstanden?« Er zupft daran, und ich wimmere, weil es etwas wehtut.

»Mehr!«, keuche ich instinktiv.

Er lacht. »Oh nein, Cherry, *du* kriegst jetzt garantiert nicht mehr. Stattdessen denkst du so lange, bis deine Nippel sich beruhigt haben, darüber nach, was du falsch gemacht hast.«

*Wie gemein!* »Du hättest nur was sagen müssen«, beschwere ich mich.

»Und wieder so vorlaut …« Er legt mir einen Finger auf die Lippen, damit ich meine Zunge hüte. *Was mich noch mehr erregt!* »Ich hab meditiert«, erklärt er. »Du hättest warten können.«

»Woher sollte ich das wissen?«, murmele ich an seinem Finger.

»Weil du verdammt klug bist«, sagt er. »Sei ehrlich! Du hast gewusst, dass ich gleich fertig bin, richtig?«

»Ich … ich …« *Stimmt, habe ich.*

»Und jetzt raus mit der Sprache. Was war so wichtig?«

Ich brauche einen Moment, bis ich begreife, wovon er redet. Dann bin ich ganz da. »Ich hab meine Sachen gesucht. Wo sind sie?«

»Dort, wo du sie gelassen hast. Im Klub.«

»Und was soll ich dann anziehen?«

»Mir gefällst du so«, sagt er grinsend, steht auf und reibt sich den Nacken, der offensichtlich immer noch verspannt ist.

»Auch wenn ich nackt vor die Tür trete und mich alle Welt so sieht?« *Und jemand seine beziehungsweise meine Nippel ungeniert angaffen kann!*

»Komm mit, du Nervensäge!«

*Gefällt ihm also nicht. Wie beruhigend! Und wie krass!* Denn noch vor einem Monat hätte ich geschworen, dieser Mann lässt keine Gelegenheit aus, um mich zu demütigen. Und plötzlich ist er nett. *Sehr, sehr nett sogar.*

»Gerne, mein Entführer!«, flöte ich.

Er hebt warnend die Augenbrauen.

»Mein Retter«, verbessere ich mich schnell und muss grinsen. »Ich meinte natürlich, mein furchtloser Retter.«

## QUINN

*Diese Frau macht mich echt fertig!*

*Peach während der Übung wie Luft zu behandeln? Schwierig, aber machbar. Zu ignorieren, dass sie an ihren Nippeln spielt? Meinen Nippeln? Keine Chance!*

*Merkt sie nicht, dass ich kurz davor stehe, sie einfach zu überfallen und mit ihr anzustellen, wonach auch immer mir ist?* Und das ist viel, sehr viel. Aber ich bremse mich, denn schließlich will ich sie nicht für eine Nacht, sondern wenn, dann richtig.

Ich gehe ins Schlafzimmer, hole aus dem Kleiderschrank ein Shirt und Bermudashorts und reiche Peach beides. Nicht modisch, aber dafür zweckmäßig. »Gut so?«

»Hast du auch noch Unterwäsche?«, entgegnet sie unzufrieden. »Vielleicht ein paar deiner Stringtangas, die ich mir an den Seiten abbinden kann?«

»Sorry, Cherry, mit dem letzten sauberen Tanga habe ich die Sub vor dir gefesselt.«

»Soll mir das Angst machen?«, fragt sie, nimmt sich allerdings die Sachen.

»Das soll dich eher feucht machen«, gebe ich zurück und genieße wie so oft die kleine Auseinandersetzung mit ihr. Wir sind keine Erzfeinde, wir sind wie ein schrulliges altes Ehepaar.

»Da braucht es mehr als Erzählungen von Fesselspielen mit deinen Tangas!«

Ich packe sie, spiele meine Stärke aus. »Und wie ist es damit, dich festzuhalten, so wie jetzt? Macht dich das feucht?«

»Sorry, meine Pussy ist und bleibt trocken«, sagt sie schnippisch, aber schwer atmend. »Wie die Sahara.«

Ich beuge mich an ihr Ohr. »Okay, damit kann ich leben.«

»Hast du mir nicht zugehört? Bei mir herrscht Wüstenklima«, flucht sie und versucht, sich zu befreien. Allerdings nur halbherzig. Das kann sie, wenn sie will, nämlich besser.

»Hab ich«, sage ich. »Und das heißt, du bist vielleicht trocken, aber auch ganz furchtbar heiß.«

»Quinn«, stöhnt sie leise.

»Erwischt«, hauche ich ihr zu und wandere mit den Fingerspitzen über ihren Rücken. »Und weißt du, was in einer sehr heißen Wüste passiert?«

»Was?«, keucht sie.

»Der Wind treibt Sandkörner über die Dünen.« Sie erschauert unter meiner Berührung. »Und die Hitze bringt dich zum Schwitzen. Und dann bist du feucht, nass, bereit.«

»Ja«, stöhnt sie.

Es juckt mir in den Fingern, sie zu verführen. Doch ich verkneife es mir als kleine Lektion, dass sie mich nicht anlügen soll. Wenn ich sie heißmache, soll sie es gefälligst zugeben und mir nicht vorlügen, sie wäre immun gegen meine Nähe und kein bisschen angetan. *Tja, Strafe muss sein.*

Ich lasse sie los und gehe ins Bad, um zu duschen, sodass sie sich in Ruhe anziehen kann. Als ich fertig bin, fühle ich mich fast wie neu, ziehe mich an und erwische Peach in der Küche, wo sie meinen Kühlschrank inspiziert, als würde sie darin nichts finden. Dabei ist er randvoll.

»Was isst du zum Frühstück?«, fragt sie.

»Müsli.«

Sie verzieht das Gesicht.

»Mit Obst, Nüssen und Joghurt. Das ist verdammt gesund.«

Ihre Grimasse wird noch breiter.

»Und gesundes Essen gibt gutes Sperma«, schiebe ich hinterher.

»Also, mit dem Argument kriegst du mich sofort«, sagt sie sarkastisch.

»Wenn du mir nicht glaubst, darfst du gerne mal kosten.«

»Wie uneigennützig und großzügig«, witzelt sie. »Danke, ich verzichte. Wenn du mich am Morgen glücklich machen willst, brauchst du dringend Muffins, Bagels, Donuts, Kuchen …« Ihre Aufzählung wird länger und länger.

»Kein Scherz?«, frage ich sie.

»Nein. Warum?«

»Weil du mir gerade verraten hast, wie ich dein Herz erobere.« Ich grinse. »Danke dir.«

»Blödmann!«, sagt sie nur, aber meint eigentlich: ›Gern geschehen.‹ Langsam werde ich schlau aus dieser Frau.

»Los, kümmere du dich um Kaffee. Ich mach uns was zum Essen. Etwas, das dir und mir schmecken wird.«

»Vielleicht sollte ich besser gehen«, sagt sie zu meiner Überraschung und schließt den Kühlschrank.

»Warum?«

»Das hier ist falsch, Quinn.«

»Es hat sich gestern Nacht aber nicht so angefühlt.«

»Für dich vielleicht.«

»Für dich, soweit ich das mitbekommen habe, auch nicht.«

»Wie meinst du das?«

»Du hattest deinen Wahnsinnsorgasmus, du wolltest mehr, du hast dich nachts zu mir aufs Sofa geschlichen, und du bist noch hier. Bei mir.«

»Weil ich wohl kaum in diesem Nichts von Kimono hätte abhauen können. Die Polizei hätte mich aufgegabelt und verhaftet.«

»Nette Ausrede«, sage ich amüsiert darüber, dass dieser Frau nie die Argumente ausgehen.

»Und wahr.« Sie fährt sich frustriert durch die Haare. »Das alles ist ein Missverständnis, Quinn.«

»Wie fühlt sich das an?« Ich drücke sie gegen den Kühlschrank. »Wie ein Missverständnis?« Schwer vorstellbar, denn ich spüre ihre Hitze, und ihr Atem geht stoßweise.

»Lass das! Wenn du mich berührst, kann ich nicht klar denken.«

»Danke«, sage ich.

»Wofür dieses Mal?«, faucht sie, aber drückt sich an mich.

»Dafür, dass du mir noch einen Tipp gegeben hast, wie ich dich verführen kann.« Ich spiele mit ihren Haaren. »Wenn dich das hier nachgeben lässt, dann berühre ich dich von jetzt an nonstop.«

»Quinn!«

»Ein sehr kläglicher Protest«, stelle ich klar.

»So einfach ist das nicht«, sagt sie und reibt mir über den Rücken. »Ja, das gestern war toll. Weil ich mich wie deine

Sub benommen habe. Aber ich bin nicht nur devot, sondern auch dominant. Das weißt du doch! Auf Dauer würde es mit uns nicht klappen. Du würdest dich schließlich nie von mir herumkommandieren lassen.« Sie schluckt und sieht mich an. Hoffnungsvoll. »Oder doch?«

Sofort erinnere ich mich an den Moment, als ich ihr die Füße geküsst habe. Aber das war eine Ausnahme. Ich schüttele den Kopf. »Keine Chance. Ich kann für dich nicht den devoten Mann spielen.« Dennoch lasse ich Peach noch nicht los, sondern denke an die wenigen Switcher, die wir im Klub haben. Francesca und Phil. Die Einzigen, die ich überhaupt kenne. »Brauchst du denn umgekehrt beides?«

»Ja, natürlich! Das bin ich.«

»Sicher? Gestern Abend warst du mit mir als Dom verdammt zufrieden.«

Warnend haut sie mir auf den Rücken. »Ja, Blödmann. Todsicher. Du würdest das nicht anzweifeln, wenn du Gedanken lesen könntest und wüsstest, wie oft ich dich bestrafen will.«

*Klingt ja so, als wäre das alle fünf Minuten!* »Dabei bin ich so brav!«

»Total«, entgegnet sie triefend vor Sarkasmus.

»Hey, du kriegst die Orgasmen, du kriegst mich zum Kuscheln, und du kriegst Frühstück. Und was kriege ich? Nackenschmerzen.«

Es soll nur ein Witz sein, aber ihre Miene wird ernst und ihr Griff zärtlicher. »Sind die Schmerzen denn schlimm?«, fragt sie.

»Es geht«, sage ich, löse mich von ihr und suche die Zutaten für Pancakes zusammen. Buchweizen-Pancakes mit Pflaumen-Nuss-Kompott.

»Vielleicht kann ich dir helfen?«, meint sie.

Ich habe bereits den Teig fertig. »Nicht nötig, ich steh gerne am Herd.«

»Ich lieber am Ofen«, sagt sie. Ich werfe ihr einen irritierten Blick zu. »Ich backe gerne. Aber das meine ich nicht. Sondern deinen Nacken.«

Instinktiv greife ich wieder hin, dabei sind die Schmerzen so gut wie weg. »Es ist halb so wild. Wenn du was tun willst, mach uns Kaffee. Wie ist das?«

Statt zu protestieren, setzt sie sich in Bewegung und bedient die Kaffeemaschine, während ich den Pancake-Teig ausbrate und parallel die Früchte wasche, schneide und das Kompott koche.

Es ist ungewohnt, aber schön, wie sie sich in meiner Küche nützlich macht – und mich mit Argusaugen beobachtet.

Als ich fertig bin und alles auf den Tisch stelle, spüre ich mitten in der Bewegung wieder ein Ziehen im Nacken und zucke zusammen. Und natürlich sieht es Peach.

»Sicher, dass ich nichts für dich tun kann?«, fragt sie.

»Setz dich einfach und iss, okay?«

»Aber –«

»Cherry, wenn du mir jetzt eine Nackenmassage gibst, ich schwöre, dann habe ich keine Pancakes zum Frühstück, sondern dich. Also? Was ist dir lieber?«

»Schwierige Entscheidung«, sagt sie gespielt nachdenklich. »Unglaublich schwierig.«

»Vielleicht sollte ich hinzufügen, dass du dabei nicht auf deine Kosten kommst.«

»Ach, halt die Klappe!«, ruft sie, legt mir ihre Hände auf die Schultern und reibt sehr geschickt über die noch verbleibende Verhärtung. »Besser?«

»Machst du jetzt die Regeln?«, frage ich sie und genieße, wie gut sich ihre Finger anfühlen.

»Sieht wohl so aus«, sagt sie.

»Weil du dich verantwortlich fühlst?« *Als Lady Dom.*

»Red nicht so viel, entspann dich«, weicht sie aus und greift fester zu, dabei hätte sie auch einfach Ja sagen können.

Sie löst den Knoten immer weiter auf. Und selbst als er weg ist, hört sie nicht auf. Ihre Griffe werden zärtlicher, beinahe ist es nur ein Streicheln. Bis mir klar wird, dass sie mit mir spielt.

»Es reicht, Peach«, sage ich sanft.

Ihre Hände halten in der Bewegung inne, aber sie lässt sie auf meinen Schultern liegen.

»Und jetzt lass mich los.«

Ich höre sie tief durchatmen.

»Peach?«

»Schon das eben hat dir nicht gefallen?«, fragt sie.

»Nein, hat es nicht«, sage ich. »Zumindest nicht so, wie du denkst.«

»Verdammt!« Sie zögert, löst ihre Hände jedoch immer noch nicht.

Seufzend drehe ich mich und ziehe sie zwischen meine Beine. Ich muss zu ihr hochschauen, doch wir beide wissen, dass wir auf Augenhöhe miteinander sprechen. »Sag mir jetzt nicht, dass du bereust, was passiert ist.«

»Du tust das nicht?«

»Nein«, sage ich, muss mich dann aber räuspern. »Na ja, ich hätte gerne mehr mit dir angestellt. Von daher bereue ich es, dass die Nacht so kurz war. Aber ich bereue nicht, was passiert ist. Keine Minute.« Weil ich sie immer noch will. Für mich. *Nur für mich.*

»Ich schon«, sagt sie ruhig und fährt mir durch die Haare. »Denn wenn du nicht …«

»Wenn ich nicht mache, was du willst?«, helfe ich ihr aus.

Sie nickt und wirkt betrübt. »Dann fehlt mir was.«

*Fuck, ich will nicht, dass sie sich so fühlt. Sie soll alles haben, was sie braucht. Alles.* »Wie war das bisher in deinen Beziehungen?«, frage ich sie, neugierig, mehr über sie zu erfahren.

»Ich hatte erst zwei längere«, sagt sie.

»Und wie war das da?«

»Sie waren mit normalen Männern«, erklärt sie. »Ausgelebt habe ich mich parallel mit Doms und Subs.« Ihre Augen weiten sich plötzlich. »Könntest du dir denn vorstellen, mit mir zu spielen, und für die anderen Dinge suche ich mir jemanden aus dem Klub?«

*Ich soll sie teilen?* Überrascht sehe ich sie an. Offene Beziehungen und Spielbeziehungen sind an sich nichts Ungewöhnliches in der Szene. Und heutzutage teilt man sowieso alles. *Autos, Werkzeuge, Wohnungen … aber Partnerinnen?* »Was würdest du mit dem anderen machen?«, frage ich sie.

»Ihn fesseln«, sagt sie und fährt mir wieder durch die Haare. »Mit seinen erogenen Zonen spielen.« Ihr Daumen reibt über meine Ohrmuschel, und ein Schauer durchschießt mich. »Ihn betteln lassen, bis er nur noch einen Gedanken hat: erlöst zu werden.«

»Und ihn bestrafen, wenn er zu früh kommt?«

Ertappt grinst sie. »Mmh.«

Sie während der Unterhaltung zu halten und darüber zu reden, was sie als Lady Dom mag, ist irgendwie antörnend. Doch es macht mir gleichzeitig klar, dass es mit uns nicht funktionieren würde. »Sorry, Peach, aber wenn meine Partnerin mit anderen Typen spielt, bekommt sie Ärger. Ich teile nicht. Nie. Und ich bettele auch nicht.«

Sie atmet tief durch. »Na dann … Lass uns vergessen, was passiert ist.«

*Vergessen? Wie soll das gehen?* »Ich denke nicht, dass ich das kann.«

»Gib dir Mühe!«, faucht sie ungehalten.

»So läuft das nicht.«

»Doch, tut es!«, schlägt ihre Stimmung um, und sie mutiert wieder ganz zur alten Kratzbürste und löst sich von mir.

»Du gehst?«, frage ich sie.

»Natürlich.« Sie sieht sich um, entdeckt mein Telefon und tippt eine Nummer ein.

»Setz dich, Peach!«

»Wozu? Um Pancakes zu essen, die nicht nur den Geschmack von deinem Sperma, sondern auch den meiner Pussy verbessern?« Sie wirft mir einen kühlen Blick zu. »Das hab ich nicht nötig. Meine Subs haben mich zu lecken, ganz gleich wie ich schmecke. Und ich wette, dir ist umgekehrt auch egal, ob dein Sperma deinen Subs mundet. Du bist doch kein Kuschel-Dom.«

»Aber –«

»Das mit uns war ein Fehler, Quinn. Versuch gar nicht erst, das irgendwie umzudeuten.« Wen immer sie gewählt hat, er geht ran. »Ja, hallo, Stone hier. Ich brauche ein Taxi.« Sie schaut zu mir. »Deine Adresse?«

Unschlüssig sehe ich sie an.

»Deine Adresse, Quinn!«, wird sie ungehalten.

Ich nenne sie ihr. *Was bleibt mir anderes übrig?* Sie gibt sie durch. Dann schnappt sie sich ihren Kimono und geht nach draußen, um dort zu warten. Als würde sie es in meinem Haus keine Sekunde länger aushalten!

*Fuck, Fuck, Fuck!*

Wütend starre ich auf den Tisch. Den sie für uns gedeckt hat. Der zeigt, dass für einen kurzen Moment alles perfekt war. Ich sehe auf die Pancakes, das Kompott und den Kaffee. Alles unangetastet. Weil sie nicht einen Bissen probiert hat. *Diese Frau!*

Aus einem Impuls heraus nehme ich eine kleine Lunchbox und packe die Hälfte vom Frühstück hinein, fülle Kaffee in eine Thermoskanne und folge ihr mit beidem nach draußen.

»Frühstück?«, sage ich nur und reiche ihr die Sachen. Sie zögert. Wie zu erwarten. »Keine Sorge, es sind keine K.-o.-Tropfen drin, die dich zwingen hierzubleiben.«

»Ja, aber es ist Geschirr, das ich zurückbringen muss.«

*Echt jetzt?* »Schmeiß es meinetwegen weg, wenn du dich dann besser fühlst. Aber nimm es!«

Sie gibt nach, sagt jedoch nichts.

»Ich kann dich auch fahren«, schlage ich vor.

»Du hast genug getan, Quinn.«

Ich erwäge nun doch jede Menge illegaler Wege, um sie hierzubehalten. Ich könnte sie einfach einsperren, von mir abhängig machen, sie zwingen, mich an sich heranzulassen. Bis sie meinen Namen stöhnt und mich anbettelt, ihr mehr zu geben. So furchtbar wäre das nicht.

Doch ich mache natürlich nichts dergleichen. Ich sehe zu, wie ein Taxi hält, Peach einsteigt und sie, ohne mir einen Blick zuzuwerfen, davonfährt. Und wieder geht mir durch den Kopf, was die letzten vierundzwanzig Stunden passiert ist. *Da ist etwas zwischen uns. Sie spürt es auch. Das kann sie doch nicht ignorieren!* Sicher, es ist nicht unbedingt einfach mit uns beiden. Aber wo steht geschrieben, dass es immer einfach sein muss? Die Dinge, auf die es ankommt, sind nie einfach.

*Sie glaubt, das war es?*

*Nicht so voreilig, Cherry.*

# 9. Kapitel

## PEACH

*Los, sei weiter wütend*, ermahne ich mich, während ich die absolut köstlich duftenden Pancakes betrachte. *Wut ist besser, als wegen Quinn McPherson zu weinen. Das hast du bisher nicht, und damit wirst du jetzt nicht anfangen!*

Um mich für den Tag fertig zu machen, stelle ich mich zu Hause unter die Dusche und seife mich ein, spüle mich ab, seife mich wieder ein und spüle mich wieder ab, um das Gefühl von Quinn auf meiner Haut abzuwaschen. Aber es klappt nicht.

*Verdammt! Er wusste doch, dass ich Switcherin bin! Wie konnte er zulassen, dass unsere bösen Sticheleien plötzlich nette Sticheleien werden? Wie konnte er durchblicken lassen, dass da mehr zwischen uns ist und diese alte, dämliche Weisheit ›Was sich neckt, das liebt sich‹ stimmt?* Wobei … Von Liebe würde ich nicht sprechen. Aber Quinn ist mir wichtig. *War dir wichtig, Peach*, korrigiere ich mich. *War, war, WAR! Krieg das schleunigst in deinen Kopf rein!*

Als meine Haut brennt, stelle ich das Wasser ab, trockne mich ab, creme mich ein und ziehe mir ein neues Kostüm für die Arbeit an. Wie immer gehe ich in die Küche, um zu frühstücken, kriege die Pancakes, die Quinn mir gemacht hat, jedoch nicht runter. Bekomme gar nichts runter. Nicht mal Cornflakes, mein Notfall-Essen.

Für einen Moment weiß ich nicht, was ich machen soll. Ich sitze am Tisch und schaue auf die langsam in der Milch versinkenden Cornflakesflocken.

Bis mich das Klingeln von meinem Festnetztelefon hochschrecken lässt. Ich springe auf und hechte zum Apparat. »Ich habe meine Meinung kein bisschen geändert, du Penner«, fauche ich in den Hörer. »Spiel mit dir selbst!« Dann lege ich wieder auf.

Als das Telefon erneut klingelt, werde ich noch wütender. »Nerv jemand anderen mit deinen Klingelstreichen!«, ranze ich ihn an und will eigentlich sofort wieder auflegen, als mich der scharfe Ton von Chris stoppt, Bruder Nummer drei, der offensichtlich dran ist – und nicht Quinn.

»Peachy, tief durchatmen!«

»Ich –«

»Atmen, Schwesterherz!«

»Ja doch, ich atme ja!«, antworte ich zwar immer noch pampig, aber etwas ruhiger, hole wie geheißen Luft und gehe mit dem Hörer zum Sofa, wo ich mich fallen lasse. »Tut mir leid, es ist alles in Ordnung, Chris.«

»Und ich hab ’ne Bank ausgeraubt!« *Sehr witzig!*

»Was willst du denn? Ich muss gleich los zur Arbeit.«

»Wir wollten gestern Abend telefonieren.«

»Oh … hab ich vergessen«, sage ich.

»Das sieht dir nicht ähnlich.«

»Ich bin eben nicht perfekt«, gebe ich zurück.

»Genau wie die Ansage am Telefon dir nicht ähnlichsieht.«

Ich zucke nur mit den Schultern, obwohl er das ja nicht sehen kann. »Ist bei dir denn alles in Ordnung? Und konntest du Mom und Dad mit ihren Steuerunterlagen helfen?« Chris ist nämlich so ziemlich der einzige Mensch auf der Welt, der noch organisierter ist als ich. Und er hat eine Engelsgeduld. Deshalb ist es seine Aufgabe, den Papierkram mit unseren Eltern durchzugehen.

»Alles schon abgeschickt«, sagt er entspannt, allerdings ohne einen stolzen oder Lob heischenden Unterton in der Stimme. Den hat er nicht nötig. »Und jetzt zu dir.«

Ich seufze einfach nur.

»Die anderen hatten also recht. Es gibt einen neuen Mann in deinem Leben?«

»Gibt?«, wiederhole ich und kann nicht fassen, dass die vier hinter meinem Rücken wie eine Mädchenclique über mich getratscht haben. »Gab!«

»Was hat er angestellt?«

Wieder erinnere ich mich an letzte Nacht, an den Teil im Klub und an den auf Quinns Sofa. »Er war toll«, sage ich. »Ich mag ihn, und ich glaube, er mag mich auch.«

»Wow, was für ein Schuft!«

Ich starre die Decke über mir an, mit dieser einen kleinen Delle, die entstanden ist, als vor drei Jahren ein Sektkorken gegen die Verkleidung geknallt ist. »Es ist kompliziert«, sage ich leise.

»Klingt für mich nicht so.«

*Weil ich den wichtigsten Teil ausgelassen habe. Dass Quinn Dom ist, ich aber Switcherin bin.* Ich schweige.

»Okay, dann anders, Peachy: Warum bist du so wütend auf ihn?«

»Weil er mich dazu gebracht hat, ihn zu mögen!«, rufe ich sofort wieder lauter, springe vom Sofa auf und laufe hin und her.

»Der arme Kerl!«, meint Chris lachend.

»Von wegen! Das hätte er nicht tun sollen. Wir streiten uns eigentlich immer. Warum konnte das nicht so bleiben? Das war perfekt.«

»Du weißt, dass du dich gerade verrückt anhörst?«

»Steh gefälligst auf meiner Seite!«

»Es ist schwer, jemanden für dich mitzuhassen, wenn ich nicht verstehe, warum.«

»Weil wir nicht kompatibel sind!«, rufe ich aufgebracht in den Hörer, als würde eine höhere Lautstärke meine Worte verständlicher machen.

»Kompatibel?«

»Im Bett!«, zische ich. »Brauchst du es noch expliziter?«

»Gottbewahre, nein«, meint Chris. »Wir hassen ihn also.«

»Genau«, sage ich erleichtert. »Wir hassen ihn. Wir hassen ihn wie die Pest.«

»Oder einen Pickel am Hintern?«

Ich muss grinsen. »Oder Gonorrhö.«

»Manchmal bist du echt eklig, Peachy.«

»Von wem ich das wohl habe?«

»Schuldig.« Chris lacht leise. »Geht es dir denn jetzt besser, weil du deine Wut mal rauslassen konntest?«

Ich halte inne, setze mich halb auf die Sofalehne und versuche, einen klaren Kopf zu bekommen. Aber in mir herrscht nach wie vor Chaos. »Ehrlich gesagt, nein«, gebe ich zu. »Ich hab keine Ahnung, was ich jetzt tun soll. Ich meine, der Kerl hat mir sogar Frühstück mitgegeben. Sehr lecker riechendes Frühstück, Pancakes in einer Box …« *Mist, mir steigen Tränen in die Augen!*

»Das ist wirklich nett«, findet Chris.

»Nicht hilfreich«, zische ich verärgert – eher über mich als über ihn, weil ich mich sonst immer im Griff habe.

»Du willst die Sachen nicht essen?«

»Ich kann nicht!«

»Okay, Peachy, dann sag ich dir jetzt, was du tust. Du entsorgst das Essen, wäschst die Transportbox ab, fährst zur Arbeit, schickst sie über euer Hauspostsystem an ihn und erledigst einfach deinen Job.«

»Klingt gut.« *Da hätte ich auch selbst draufkommen können.* »Es gibt nur ein Problem: Mein Wagen steht beim Klub.«

»Gut, dann nimmst du dir ein Taxi, fährst zum Klub, hinterlegst die Pancake-Box und fährst von dort zur Arbeit.«

»Oh«, mache ich nur.

»Oh?«

»Sonst bin ich immer diejenige, die weiß, was zu tun ist. Ist seltsam, mal auf der anderen Seite zu stehen.«

»Aber du siehst ein, dass das das Richtige ist?«

Ich nicke, was Chris natürlich nicht sehen kann.

»Peachy, du hörst auf mich?«

»Ja, ich hör auf dich. Natürlich. Danke dir.«

Besser fühle ich mich dadurch leider nicht. Doch einen Plan zu haben hilft mir, und so halte ich mich genau daran. Ich hinterlege Quinns Sachen im Klub, hole meine Kleider von gestern aus dem Spind und meinen Wagen und fahre dann zum Randall Tower, um meinen Job zu erledigen. Ich bespreche mit Reece die wichtigsten Aufgaben des Tages. Er hakt nicht nach, wie es gestern im Klub lief. Und als es um Quinns Kollegen geht, kriege ich sein Okay, die zehn besten Bewerber für einen Test einzuladen. Ich bin erleichtert. *Da ist sie wieder, die umsichtige Peach Stone!*

Dass mein Herz nach wie vor rast, ignoriere ich.

## QUINN

Obwohl ich Peach in den nächsten Tagen weder sehe noch etwas von ihr höre, ist sie ständig präsent.

Wenn ich jemanden massiere, erinnere ich mich an ihre seidenweiche Haut. Wenn ich meine Atemübungen mache, muss ich daran denken, wie leicht es war, ihren Atem zum Stocken zu bringen. In meinem Bett rieche ich sie. Und wenn ich esse, sehe ich sie vor mir, wie sie erst die Nase über gesundes Essen gerümpft, dann aber gierig die Pancakes angestarrt hat.

Bis sie beschlossen hat, dass wir nicht zusammengehören. *Vielen Dank, Miss Kratzbürste!* Aber ich weiß, was ich fühle, und ich bin mir ziemlich sicher, dass auch sie etwas fühlt. Ich habe nur keine Ahnung, was ich tun kann, um sie von uns zu überzeugen.

***

»Harter Tag?«, fragt mich Paul, als ich mich am Samstag an die Bar setze, meine Pause genieße und den üblichen Strom von Gästen zu schätzen weiß, der für so viel Arbeit sorgt, dass ich keine Zeit zum Grübeln habe.

»Harte Woche«, gebe ich zurück.

»Braucht der Masseur einen Masseur?«

»Ha, ha«, mache ich trocken. »Der Masseur braucht einen Mojito.«

Kaum habe ich meinen Wunsch geäußert, stellt mir Paul schon ein Glas hin.

»Irgendwann musst du mir mal verraten, wie du das anstellst, dass du immer weißt, was deine Gäste brauchen«, sage ich anerkennend.

»Tja, ich besitze magische Fähigkeiten.«

»Alles klar, Harry Potter!«, witzele ich.

Paul sieht mich gekränkt an. »Wirke ich auf dich wie ein verdammter pubertierender Zauberlehrling?«

»Schon gut!« Ich grinse und betrachte den sportlichen Typ in seinem schwarzen Shirt, unter dessen Saum sich Tattoos abzeichnen und der einen absolut nicht an einen Zauberer erinnert. »Was ist dann dein Geheimnis?«

»Ich habe eine exzellente Beobachtungsgabe und einen Abschluss in Psychologie.«

»Deshalb hat dich Randall also eingestellt. Jetzt ergibt das Sinn«, sage ich, nehme die ersten sauren Schlucke und spüre, wie der Drink meine Lebensgeister weckt. »Und was sagt dir deine Beobachtungsgabe sonst noch über mich?« Und meine armselige Gestalt an der Bar.

»Ich glaube, du kennst die Antwort«, meint er schwammig.

»Sollte ich mich bei Peach entschuldigen?«

»Hättest du Grund dazu?«, fragt er nach, weil er nicht weiß, was vorgefallen ist.

*Nicht wirklich, oder?* »Alles ist perfekt, aber sie will aus mir jemanden machen, der ich nicht bin!« Ich werfe Paul einen skeptischen Blick zu und erkläre: »Welcher Dom kriecht denn bitte schön auf allen vieren herum? Wie kann sie das von mir erwarten?«

»Machst du nicht vielleicht umgekehrt das Gleiche?«

*Was soll das wieder heißen?* »Von mir aus kann Peach genau so bleiben, wie sie ist. Ich will sie nicht ändern, schließlich …«, beginne ich, stocke jedoch. Denn mir wird klar, dass ich ihre devote Seite mag, aber ihre dominante Seite ausblende. *Fuck!* »Gib mir gefälligst einen anständigen Rat!«, knurre ich. Er kennt die Neigungen von Peach und mir, und wenn es eine Lösung für uns gibt, hat er sie.

»Du weißt, wie das mit der Psychologie läuft? Mein Job ist es, die richtigen Fragen zu stellen. Deiner, die richtigen Antworten zu finden. Also: Willst du aus ihr jemanden machen, der sie nicht ist?«

Nachdenklich schwenke ich mein Glas in der Hand, sodass die Eiswürfel klackern.

*Ja, ich habe, was ich will. Aber Peach hat es nicht. Und ich will, dass sie verzichtet. Als wäre das so einfach! Doch was wäre die Lösung?*

Mir fällt ein, dass Peach in vorherigen Beziehungen ihre Neigungen mit anderen Partnern ausgelebt hat. *Könnte ich Peach einmal die Woche in die Arme eines fremden Mannes schicken?* Bilder tauchen in meinem Kopf auf, und es schüttelt mich. *Nein, kann ich nicht. Entweder sie gehört mir oder keinem.*

*Also wäre die Alternative, selbst auf Knien herumzurutschen?* Ich liebe es, die Kontrolle zu haben. Es fällt mir verdammt schwer, mir vorzustellen, wie es wäre, wenn jemand anderes für mich entscheidet. Ich bin erwachsen und bin mir, was meine sexuellen Bedürfnisse angeht, absolut sicher, wie ich gepolt bin. Ich bin nicht devot.

*Aber du solltest es ausprobieren, McPherson*, rät mir eine leise Stimme. *Es ist nur fair. Immerhin musst du dich ja nicht gleich in einen Käfig sperren und mit Wachs beträufeln lassen – oder all den anderen krassen Scheiß mitmachen. Sieh es einfach so, als würdest du ein neues Spielzeug ausprobieren. Du schaust doch vorher immer selbst, wie es sich anfühlt. Nun ist dein ›Spielzeug‹ eben eine ganze Lebensweise. Und vielleicht ist es okay … Mit okay könntest du leben. Für sie.*

»Und? Lässt du dich jetzt verhauen?«, fragt Paul grinsend nach, der beobachtet hat, wie seine Worte etwas in mir angestoßen haben.

»Ich denke schon«, sage ich erstaunlich gefasst.

»Gute Entscheidung«, meint er nur.

*Abwarten …*

# 10. Kapitel

## PEACH

Leider gibt es keinen Neurochirurgen, der Erinnerungen wegoperieren kann. Und auch die Arbeit lässt mich Quinn nicht vergessen. Also mache ich, was ich bei Stress immer mache: Ich backe.

»Du weißt, dass du mit den Bergen von Muffins hier ein Vermögen verdienen könntest?«, begrüßt mich Neal. Wahrscheinlich hat Ben ihn geschickt, um nach dem Rechten zu sehen.

»Klar, und dann bräuchte ich einen Laden und Angestellte und jemanden für die Buchhaltung und, und, und.« Ich grinse schief, weil ich meinen Bruder kenne. »Das ruiniert die Marge.«

»Also, für den Finanzkram würde ich dir einen fairen Preis berechnen«, sagt er.

»Wie? Du würdest nicht gratis für mich arbeiten?«, tue ich gespielt empört, dabei ist Neal nun mal so, er denkt immer ökonomisch.

»Du bekämst als Einzige einen Rabatt.« Er nimmt sich einen Cupcake und kostet ihn. »Oh Mann, einen großen Rabatt. Versprochen, Peachy. Einen riesengroßen.«

»Neunundneunzig Prozent?«

Er verschluckt sich an den Krümeln. »Jetzt wirst du aber dreist.«

»Nur Spaß!«, sage ich, reinige meine Schüssel und fange automatisch an, einen neuen Teig anzurühren. Für Zitronen-Mohn-Kuchen.

Neal zieht den Stecker des Rührgeräts aus der Steckdose. »Spaß?« Er sieht mich ernst an. »Ben macht sich zu Recht Sorgen um dich. Du siehst beschissen aus.«

»Ich hab dich auch lieb«, entgegne ich pampig. »Was hat das mit meinem Rührgerät zu tun? Tu den Stecker wieder rein!«

»Das ist alles, was ich von dir zu hören bekomme?« Statt zu machen, was ich will, fasst er mir an die Stirn. »Bist du krank? Sonst sagst du so was wie: ›Und du siehst aus wie eine vermodernde Leiche.‹«

»Freu dich doch, wenn ich mal netter bin«, sage ich, nehme ihm den Stecker ab und platziere ihn selbst in der Dose.

»Es ist wegen des Kerls, oder?« Er macht eine Handbewegung, die meine Küche umfasst. »Das hier, das ist seinetwegen, richtig?«

»Ich backe eben, wenn ich unter Strom stehe.«

»Peachy, diese Kalorienbomben …« Er zählt die Kuchen, die auskühlen, und rechnet stumm nach. »Die haben einen Wert von mehreren Hundert Dollar. Du stehst nicht unter Strom, du bist verrückt!«

»Na, schönen Dank auch. Du bekommst nie wieder Gebäck von mir.« Ich grinse. »Zumindest nicht gratis.« *Verrückt hat mich schließlich noch nie jemand genannt. Ich bin Miss Alles-unter-Kontrolle!*

»Aber du musst doch einsehen, dass das nicht normal ist?!«

*Was zum Henker meint er?!* Ich lasse meine Rührschüssel los, drehe mich um und betrachte meine Küche möglichst neutral.

Auf dem Tisch steht ein Blech Apfelkuchen, daneben drei Teller mit Donuts. In einem Körbchen stapeln sich Muffins. Auf allen vier Küchenstühlen kühlen Tortenböden aus. Und in meiner Not habe ich einen Topf vom Fensterbrett auf den Boden gestellt und darauf stattdessen einen Kastenkuchen platziert.

»Das beweist gar nichts«, sage ich. Dabei bin ich selbst schockiert, wie es so weit kommen konnte, dass meine Küche nur noch aus Kuchen besteht.

»Nur, dass ich recht habe. Es ist wegen des Kerls, richtig?«

Ich seufze. »Könnte sein.«

»Könnte sein? Lüg mich nicht an!«

*Kann er sich nicht ein Mal mit Halbantworten zufriedengeben?* »Ja, es ist wegen Quinn McPherson, das größte Arschloch auf dem Planeten. Darf ich jetzt weiterbacken?«

»Nein!«, sagt er, fischt sein Handy aus der Hosentasche und öffnet die Stone-Männer-WhatsApp-Gruppe.

»Was tust du da?«, frage ich alarmiert.

»Allen schreiben, dass wir uns formieren, um den Kerl, der dich fertigmacht, fertigzumachen.«

»Wag das, und ich hetz unsere Klub-Security auf dich!« So gerne ich meine Brüder auch habe, aber das kann ja wohl nicht sein Ernst sein, dass sie einen Mann für mich verprügeln wollen?!

»Das würdest du nie tun. Du liebst uns!«

»Irgendwann ist immer das erste Mal«, entgegne ich frostig. Mir ist natürlich klar, dass es nicht hilft, wie eine Verrückte zu backen. Doch jeder hat seine Bewältigungsstrategien für Stress, und das ist eben meine. Was ist so schlimm daran? Ich nehme keine Drogen und betrinke mich nicht. Ich brauche einfach nur Zeit. Niemanden, der Quinn krankenhausreif schlägt. »Was ist denn umgekehrt bei dir los?«, frage ich zurück. »Ben meinte, du hast schon wieder eine Frau verschlissen. Die wievielte in deinem Leben? Die zweiunddreißigste?«

»Einunddreißigste«, korrigiert er mich gespielt entrüstet. Dabei weiß er selbst, dass das keinen Unterschied mehr macht.

»Und möchtest du darüber reden?«

»Dass mich meine letzte Flamme in einer Rekordzeit von drei Tagen gelangweilt hat? Obwohl wir im Theater, bei einem Konzert und im teuersten Restaurant der Stadt waren. Nein, nicht wirklich.«

»Auch nicht, wenn mir dein Ärger über meinen hinweghilft?« Dann fühle ich mich nämlich nicht wie die einzige Verliererin auf Erden.

»Sehr charmant«, knurrt Neal nur.

»Du erwartest zu viel«, sage ich.

»Das sagt die Beziehungsratgeberin Nummer eins.«

*Davon lasse ich mich nicht abbringen.* »Im Ernst: Eine Partnerin ist kein Fulltime-Unterhaltungsprogramm, das man absetzt, sobald die Lacher nachlassen.«

»Wozu gebe ich dann all das Geld aus?«, murrt er, als wären Beziehungen Investitionen. »Ein bisschen mehr Spaß ist außerdem nicht zu viel verlangt. Du bist doch auch lustig, Bens Freundin genauso. Das heißt, es gibt diese Frauen, mit denen sich achtundvierzig wie vierundzwanzig Stunden anfühlen, weil die Zeit so schnell verfliegt. Aber Jennifer war es nicht.«

»Sie war nett«, sage ich. Zumindest nach dem, was ich von Chris gehört habe, denn ich lerne nur jede zweite Freundin kennen.

»Nett reicht eben nicht.«

Sofort denke ich an Quinn. *Ja, nett reicht nicht.* Denn Quinn war nicht nur nett, sondern der erste Mann seit Langem, der mich mal wieder so richtig durcheinandergebracht hat. Und mit dem sich achtundvierzig wie vierundzwanzig Stunden angefühlt haben. Aber nicht mal das ist genug. Denn ich kann mich nicht auf jemanden einlassen, wenn ich nie bekommen werde, was ich brauche. Ich stelle es mir ein bisschen so vor, wie wenn man die Affäre von einem Mann ist und dann ewig darauf hofft, dass er seine Frau verlässt. Aber das wird er nicht. Und am Ende ist man verletzt. Immer. *Nein, danke.*

»Hast du vielleicht eine Idee, was ich mit all dem Kuchen anstellen soll?«, frage ich meinen Bruder und wechsele das Thema, bevor wir beide in Selbstmitleid versinken.

»Was machst du normalerweise damit?«, entgegnet er und beginnt bereits mit einer Inventur der Backwerke.

»In der Firma verschenken«, sage ich. »Aber das ist viel zu viel.«

»Wir könnten es abholen lassen.«

»Spinnst du? Wegwerfen kann ich es auch alleine!«

Er lacht. »Ich meinte, von einem dieser Services, die es an Bedürftige verteilen.«

»Ich hab keinen Kontakt.«

»Aber du hast hier im Haus Internetempfang«, sagt er, zeigt mir auf dem Handy eine Website, die er gegoogelt hat, und ruft dort spontan an.

Während ich den letzten Teig in den Ofen gebe – zum Wegschmeißen ist der viel zu schade –, telefoniert Neal mit der Firma und vereinbart, dass jemand herkommt und alles abtransportiert.

»Geld zahlen sie mir keines?«, frage ich, als Neal aufgelegt hat.

»Nein. Du kriegst als Dankeschön aber eine Ich-bin-ein-guter-Mensch-Anstecknadel.«

*Was auch immer ich damit anstellen soll …*

Gemeinsam tragen wir die Kuchen zu meinem Wohnungseingang. Es ist so viel, dass wir mehrmals laufen müssen. Und beim letzten Mal, als ich in die Hocke gehe, um die Walnuss-Muffins abzusetzen, dreht sich alles.

»Verdammt, Peachy, dir geht es wirklich nicht gut«, sagt Neal und ist sofort an meiner Seite, um mich abzustützen.

»Ich hatte nur eine miese Woche.« Mit viel Arbeit, wenig Schlaf und keiner einzigen richtigen Mahlzeit.

Neal begleitet mich zurück in die Küche und zieht einen Stuhl unter dem Tisch hervor. »Los, setz dich und trink was!« Er reicht mir ein Glas Wasser. »Du musst seit Stunden in der Küche stehen. Wann hast du zuletzt was gegessen?«

»Keine Ahnung.«

Er schiebt mir einen Muffin zu. »Dann nimm den!«

»Kuchen?«

»Bist du neuerdings einer dieser Gesundheitsfreaks, die Zucker verteufeln?«

Sofort denke ich an Quinn. Der mir jetzt bestimmt einen seiner Smoothies mixen würde, um meinen Kreislauf in Schwung zu bringen.

Ich schüttele mich, um den Gedanken zu vertreiben. »Nein, ich steh nach wie vor auf den Süßkram«, versichere ich meinem Bruder, nehme den frischen Muffin, genieße den ersten Bissen, lege ihn dann aber zur Seite.

»Was ist?«, fragt Neal. »Zucker mit Salz vertauscht?«

»Nie!«, empöre ich mich. »Ich glaube, ich hab eher zu viel gegessen als zu wenig.« *Eine glatte Lüge.*

»Dann gib mir den Rest«, sagt er.

»Klar, du Vielfraß.« Ich reiche ihm meinen angebissenen Muffin, und in dem Moment, als Neal abbeißt, knurrt mein Magen.

»Soso, du bist also satt?«, fragt er mit Puderzucker auf den Lippen.

»Lass es für heute gut sein, okay?«

Ich kassiere einen durchdringenden Blick, aber schließlich nickt er und verschlingt den Muffin mit drei Bissen. »Okay, aber nur zu deiner Information: Wenn das noch eine Woche so weitergeht, trommele ich die Jungs zusammen, und was auch immer los ist und ob du es willst oder nicht, wir päppeln dich wieder auf.«

»Ihr seid furchtbar!«, beschwere ich mich lachend. *Immer diese Drohungen, sie würden im Vierertrupp anrücken!*

»Wir sind eine Familie und passen aufeinander auf.«

»Na, wenn das so ist …«, sage ich, hole ein Taschentuch, befeuchte es mit etwas Spucke und wische ihm den Puderzucker aus den Mundwinkeln.

»Du bist so widerlich, Peachy! Na warte!« Neal springt auf und langt nach mir, doch ich bin schneller und bringe mich zwischen den Kuchen in Sicherheit.

»Ich denke, wir sind Familie? Da passt man aufeinander auf«, äffe ich ihn lachend nach.

Zu meiner Überraschung schmunzelt Neal. »Schön, dass es dir wieder besser geht.« *Mister Finanzhai kann so ein Softie sein!* »Aber kleine Vorwarnung: Für den Scheiß räche ich mich. Denn mal ehrlich: Spucke?! Du hast mich wie einen Vierjährigen mit deiner Spucke sauber gemacht?!«

Ich lache erneut schallend und habe mich erst im Griff, als die Kuchen abgeholt werden. Und selbst dann muss ich noch grinsen. *Wer braucht schon Männer, wenn man eine Familie hat?!*

***

Als ich am Dienstagmittag ins Büro komme und eine Nachricht von Denise aus der Personalabteilung auf meinem Tisch vorfinde, verflüchtigt sich meine gute Laune schlagartig wieder.

> *Glückwunsch, du Personalerin auf Zeit! Wir haben zwanzig Bewerber für den Massagebereich. Rest in der Mail. Gruß, Denise*

Also kriegt Quinn demnächst, was er will. Ich jedoch nichts.

Mit einem drückenden Gefühl im Magen fahre ich meinen Computer hoch, öffne das Mailprogramm und entdecke die Nachricht von Denise inklusive der Bewerberliste und einer Aufstellung der Qualifikationen sowie einem Ranking aus Sicht der Personalabteilung, bei dem mir zwei Namen sofort ins Auge stechen: José und Megan, die beide bemerkenswerte Referenzen aufweisen. Quinn und ich sollen nun die zehn Kandidaten bestimmen, die wir für den Praxistest einladen.

Unwillkürlich denke ich an Quinn und daran, wie er mich zu all dem überredet hat. Indem er meinen Fuß geküsst hat! Was durchaus devot war. Aber natürlich in dem Moment wiederum nicht, denn er hat bestimmt, wie die Sache abgelaufen ist.

*Und das soll es gewesen sein?*

Wie auf Autopilot beginne ich bereits, die Mail an Quinn weiterzuleiten. Er kann alleine entscheiden, wen er sich persönlich anschauen will und wen nicht. Dazu braucht er mich nicht. Doch bevor ich sie abschicke, halte ich inne. *Das ist falsch. So sollte es nicht laufen. Und es ist feige. Und wenn ich eines nicht bin, dann das!*

Ehe ich es mir anders überlege, lösche ich die angefangene Nachricht, schließe das Mailprogramm, drucke die Liste von Denise aus und verlasse den Randall Tower, um in den Klub zu fahren, dort weiterzuarbeiten und auf Quinn zu warten.

*Ich brauche nur mal wieder einen unserer kleinen Streits*, denke ich. *Irgendetwas, das mir zeigt, dass wir so weitermachen können wie früher, vor Tag X.*

*Oder ich muss eine langfristige Lösung für die Kuchenberge finden, die ich produziere.*

## QUINN

»Und du bist dir ganz sicher, dass du mit mir spielen willst?«, fragt mich Harper, die meiner Meinung nach der beste Lady Dom des Klubs ist. Sie begrüßt mich in hochhackigen Lackschuhen, einem hautengen Lederkleid und dramatischem Lippenstift – und fährt mit ihren Fingern durch meine Haare. »Beziehungsweise dass ich mit dir spielen darf?«, fügt sie mit leuchtenden Augen hinzu.

»Schau nicht so gierig!«, knurre ich. *Wir sind immerhin Kollegen.*

Unschuldig zuckt sie mit den Schultern. »Es kommt nicht jeden Tag vor, dass ich jemanden entjungfern darf.«

Ich verziehe das Gesicht.

»Entjungfern, nicht entmannen«, trällert sie vergnügt. »Also entspann dich! Hast du Fragen?«

Tausend und keine. Als erfahrener Dom kenne ich natürlich das Prozedere, aber die devote Rolle ist neu für mich. »Von mir aus können wir anfangen«, sage ich daher. Außerdem: Je eher ich es hinter mir habe, desto mehr Zeit bleibt mir nachher, um mich auszuruhen, bis mein erster Kunde kommt. Job ist immer noch Job.

»Wie lautet dein Safeword?«, fragt sie und kämmt mir schon wieder durch die Haare, was mich so nervt, dass ich am liebsten ihre Hand packen und ihr auf den Rücken drehen würde.

»Mein Safeword?«, wiederhole ich amüsiert. *Sie soll mir einen kleinen Vorgeschmack geben, nicht an mein Limit gehen!*

»Lach nicht! Denk dir eines aus, oder wir nehmen das Ampelsystem.«

›Karussell‹ fällt mir als Erstes ein. Peachs Safeword, das ziemlich gut passt, weil sich meine Welt gerade um hundertachtzig Grad dreht. Aber das kann ich nicht wählen, weil ich dadurch an Peach denke und nicht im Hier und Jetzt bin. »Dann lass uns die Ampel nehmen«, sage ich.

»Gut, was willst du ausprobieren?«

Am liebsten würde ich fragen, ob sie weiß, worauf Peach steht. Schließlich mache ich das alles ihretwegen. Aber nachher bereue ich es … »Geh es einfach langsam an und benutz möglichst wenig Spielzeuge«, sage ich schließlich. Allein der Gedanke, dass sie meinen Schwanz mit Peniskäfigen, Plugs oder Ringen quält, sorgt dafür, dass mir der Schweiß ausbricht. Auf Klemmen und Klammern stehe ich ebenfalls nicht. Und Kopfmasken trage ich maximal beim Karneval, nicht beim Sex. »Nur Augenbinden und Fesseln sind okay.«

»Wie sieht es mit Gerten aus?«, fragt sie.

Als Dom weiß ich sehr genau, was wie wirkt, obwohl ich selbst eher auf meine Hände baue. Aber es bringt natürlich nichts, diese neue Seite der Sexualität auszutesten und dabei die Basics auszulassen. Wenn man Auto fahren will, braucht man ja auch ein Auto. Logisch.

»Gerten können wir ausprobieren«, sage ich daher. »Doch bevor du die nimmst, benutz ein Paddle als Erwärmung.«

Sie grinst. »Nicht deine Entscheidung, Quinn. Vertrau mir einfach.«

»Ich –«

»Vertrau mir«, sagt sie wieder. Dieses Mal schneidender.

*Das kann ja heiter werden!*

»Noch was, das ich wissen sollte?«, fragt sie.

*Dass ich die heimliche Fantasie habe, ein Pony zu sein, oder was?* »Ich denke, das ist für den Anfang genug. Findest du nicht?«, knurre ich.

»Ist es«, sagt sie kein bisschen eingeschüchtert. »Also: Bist du bereit, die andere Seite kennenzulernen?«

Meine Hände sind schweißnass, aber ich weiß, was zu tun ist. *Für Peach. Für uns.* »Bereit«, sage ich.

»Gut, Quinnie-Boy.« Mit einer geschmeidigen Bewegung legt sie mir ein schwarzes massives Lederhalsband an und klinkt eine Leine ein. »Ich kann es gar nicht erwarten, dich zum Betteln zu kriegen.«

Die Vorstellung ist so absurd, dass ich leise lache.

Harsch zieht sie an der Leine. »Hüte dich! Ich mag meine Sklaven extrem höflich, respektvoll und unterwürfig. Wenn du was von mir willst, sprich mich mit Mylady an. Und wenn du was brauchst, frag mich ganz lieb. Jeder andere Tonfall …« Sie sieht zu mir auf, und obwohl sie kleiner ist, spüre ich, dass sie die Zügel in der Hand hält. »… jeder andere Ton hat Konsequenzen. Echte Konsequenzen.«

»Verstanden, Mylady«, sage ich wie ein Schauspieler, der seinen Text aufsagt.

Harper genügt das. Sie führt mich in einen Playroom, den sie für die Session reserviert hat, und schließt die Türen, sodass wir unter uns sind. Sofort beschleunigt sich mein Puls, denn es handelt sich um einen der Fetischräume, in denen ich auch schon als Dom gespielt habe. Die Wände sind mit schwarzem genieteten Leder gepolstert. Die Lampen haben als Schirme Fetischmasken. Und die Bettpfosten enden in XXL-Analplugs.

*Gut, ich habe kein Kuschelzimmer mit Kerzen und Plüschkissen erwartet, aber das hier ist ziemlich Hardcore für eine Anfängersession.*

Harper setzt sich in den einzigen bequemen Ledersessel, den es gibt, überschlägt die Beine und sieht mich abwartend an.

»Willst du mich nur anstarren? Fang schon an, ich hab nicht ewig Zeit!«, knurre ich unzufrieden.

»Du weißt doch, wie es läuft, Quinnie-Boy.« Sie grinst. »Du redest nur, wenn ich dich frage. Das eben war ein Fehler. Und der muss geahndet werden.«

»Ernsthaft?«, sage ich, keine Spur angetörnt von ihren Machtspielchen.

»›Ernsthaft, Mylady?‹ Wenn überhaupt«, korrigiert sie mich scharf. »Hüte deine Zunge, oder ich hole einen Knebel für dich.«

»Ich versuche es, Mylady«, erwidere ich hölzern.

»Fein, das ist mein Sklave!«

Das Lob sollte etwas in mir auslösen, doch falls es etwas bewirkt, dann dass ich mit den Augen rollen möchte.

»Und jetzt zieh dich aus!«, befiehlt sie mir.

Ich zögere, weil das intimer ist als unter Kollegen üblich. Aber es war klar, wer in diesem Spiel die Klamotten anbehält und wer sie loswird. Also knöpfe ich mir das Hemd auf und lege es ab. Meine Jeans und meine Boxershorts folgen.

*Das hier ist nicht anders als in der Sauna*, rede ich mir ein und ignoriere Harpers lüsternen Blick. *Soll sie ruhig glotzen!*

»Und jetzt geh auf die Knie!«, sagt sie, sobald ich ausgezogen bin.

Ich gehorche. Sie nimmt eine Gerte, tritt näher, legt mir das Ende unters Kinn und befiehlt mir stumm, sie anzuschauen. Was ich tue.

»Alles gut, Quinnie-Boy?«

»Alles gut«, sage ich, was stimmt, obwohl ich mir komplett dämlich vorkomme. Nicht zuletzt wegen des Kosenamens. *Ich bin kein Junge, sondern ein Mann.*

»Und jetzt?« Sie lässt die Spitze der Gerte über meine Brust tiefer nach unten gleiten. Sie umrundet meine Brustwarzen, fährt damit über meinen Bauch und streift meinen Schwanz, der zuckt, was sie zum Lächeln bringt.

»Immer noch alles gut«, erwidere ich. *Und es ist geiler als erwartet.*

»Und nun?« Sie umfasst meinen Schwanz und reibt mich in einem unerwartet geschickten Rhythmus.

*Himmel!* »Mach das weitere fünf Minuten, und du bekommst deine Antwort«, sage ich.

»Was, wenn ich dir jetzt befehle, dass du auf keinen Fall kommen darfst?«, fragt sie. »Ist dann immer noch alles gut?«

»Fuck! Natürlich nicht.«

»Es heißt richtig: ›Danke, Mylady‹«, zischt sie und packt meinen Schwanz fester, als wäre der ein Joystick.

»Danke, Mylady«, sage ich wie verlangt, aber hasse, was sie mit mir anstellt. Denn es ist qualvoll, den Orgasmus zu unterdrücken. *Fies qualvoll. Nicht gut qualvoll. Zumindest für mich.*

»Was meinst du, wie lange du das noch durchhältst, Quinnie-Boy?«, fragt sie und wichst mich mit gekonnten Griffen weiter.

»Eine Minute«, sage ich. *Wenn das Tempo so bleibt.*

»Sicher?«

»Sicher.« Schließlich kenne ich mich und meinen Körper.

»Schön«, meint sie ruhig. »Schauen wir mal, ob du die Wahrheit sagst, während ich deinen harten … dicken … Schwanz … massiere …«

*Miststück! Sie betont mit Absicht jedes Wort.* Denn ich bin hart und dick, und es ist leider geil, daran erinnert zu werden.

Tief durchatmend denke ich an die Kunden, die ich nachher habe, um mich abzulenken und nicht zu genießen, wie gut sich ihre Hand anfühlt. *Los, McPherson, eine Minute ist gar nichts*, beruhige ich mich.

Bis sie Gleitgel dazunimmt.

Ich erinnere mich an all die Male, die ich solche Spielchen mit meinen Subs gespielt habe. Wie lange sie durchgehalten haben, um nicht zu kommen … Aber auch, wie sie früher oder später angefangen haben zu betteln … Und wie angekündigt will Harper genau das. Dass ich bettele. Doch das werde ich nicht. *Fuck! Auf keinen Fall.*

»Noch vierzig Sekunden, Quinnie-Boy«, flötet sie, obwohl ich das Gefühl habe, dass sie mich schon viel länger massiert. Meine Hoden ziehen bereits, und es kostet mich alles, nicht in ihre Hand zu stoßen und das Ganze zu Ende zu bringen. »Dreißig … fünfundzwanzig … zwanzig …«

*Nie im Leben halte ich das durch!*

»Stopp!«, rufe ich und drücke sie weg, bevor ich komme.

»Oh, Quinnie-Boy, das war nicht brav«, sagt sie tadelnd, aber mit einem Lächeln auf den Lippen.

*Clever, Harper, wirklich clever.* Mit wieder mehr Blut im Hirn durchschaue ich ihr Spiel. Da ich nie bettele, hätte ich so oder so verloren. Entweder indem ich zu früh komme, oder indem ich mich ihrem Griff entziehe.

»Tut mir leid, Mylady«, sage ich zum ersten Mal aufrichtig, weil ich nicht bestraft werden will. *Ich bin Anfänger. Zählt nicht der Versuch?*

»Das sollte es auch«, sagt sie ungerührt. »Aber Strafe muss sein. Also beug dich vor!«

»Wirklich?«, frage ich zurück.

»Willst du es noch schlimmer machen, Quinnie-Boy?«

*Gott, nein!* Ich gehorche. Doch ich kann nicht behaupten, dass es sich besonders toll anfühlt, als ich mich vorbeuge und sie mir eine Augenmaske aufsetzt, die mir jeglichen visuellen Reiz nimmt und meine Konzentration noch mehr auf mein Empfinden lenkt.

*Die unterwürfige Position ist Mist. Zu wissen, dass ich bestraft werde, ist Mist. Das ganze Spiel ist Mist.*

»Au!«, rufe ich angepisst, als sie ohne Ankündigung mit der Gerte zuschlägt, und schiebe die Augenmaske beiseite. »Wir hatten vereinbart, dass du mit dem Paddle beginnst!«

»Hatten wir das?« Sie kommt zu mir und tätschelt meinen von der einen Strieme glühenden Hintern. »Soweit ich mich erinnere, hatten wir uns darauf verständigt, mit dem Ampelsystem zu spielen. Mehr nicht. Wenn dir was nicht gefällt, stehen dir also zwei Wörter zur Verfügung. Gelb und rot. Willst du ›rot‹ sagen? Möchtest du die Session abbrechen?«

*Bisher fühlt sich alles wie ein Rollenspiel an, aber vielleicht ändert sich das in fünf Minuten?* »Nein«, sage ich daher und schüttele den Kopf.

»Du willst es auch nicht beenden, obwohl ich dich gleich noch mal bestrafen muss?«, fragt sie.

Alles in mir sträubt sich. Dann denke ich an Peach und daran, wie ihre Augen leuchten werden, wenn ich der Mann bin, der ihr das gibt, was sie braucht. »Nein, ich will es auch dann nicht beenden«, sage ich.

»Sehr schön! Dann machen wir weiter«, flötet sie und rückt meine Augenmaske wieder zurecht.

*Ja, total schön!*

Weitere Schläge treffen meinen Hintern, dem Schmerz nach dieses Mal mit einem Paddle, und ich warte darauf, dass sich emotional etwas in mir verändert. Dass mein Körper die Hormone ausschüttet, die einen das Ganze genießen lassen. Dass ich Reue empfinde. Zufriedenheit. Erregung. *Irgendwas!* Doch wenn sich etwas verändert, dann nur, dass mir durch die Augenmaske schwindelig wird. *Verdammt, so hatte ich mir das nicht vorgestellt.*

»Zweiter Spielversuch, Quinnie-Boy«, verkündet Harper schließlich, als wir bereits eine halbe Stunde im Raum sind. »Hoch mit dir und sei dieses Mal braver, verstanden?«

»Ja, Mylady«, sage ich, lasse mir aufhelfen und mich zum Andreaskreuz führen, wo ich gefesselt werde. *Das kann ja heiter werden!*

Zur Einstimmung fährt mir Harper mit einem Federkitzler über die Haut, und ich zucke zusammen.

»Halt still«, ermahnt sie mich und wiederholt die Prozedur.

Ich winde mich erneut. *Instinktiv. Nicht lustvoll.*

»Stillhalten, Quinnie-Boy!«

»Gut, Mylady«, presse ich heraus und zwinge mich, keinen Finger zu rühren, als sie die Federspitze nun über meine Hüfte und meinen Schritt gleiten lässt. Ein Spanking, egal wie soft es war, reicht mir fürs Leben.

»Brav!«, sagt sie, als es mir gelingt, die kitzelnde Folter einigermaßen ruhig zu ertragen.

Genau wie vorhin bei der Strafe, so müsste nun das Lob etwas bei mir auslösen. Aber nichts regt sich in mir. Ich denke lediglich daran, wie es wäre, wenn die Rollen vertauscht wären und Peach hier stehen würde … Ja, *das* kickt mich. Ich stöhne.

Leise lachend wiederholt Harper das Spiel, weil sie denkt, sie hätte mich endlich geknackt. *Doch das hat sie nicht*, wird mir klar. Woraufhin mich ein Zittern durchfährt. *Keineswegs lustvoll, sondern grenzwertig.* Ich bin nicht erregt von dem Spiel, sondern ziemlich fertig. Ich empfinde nicht, was man als Bottom empfinden sollte, und ich bezweifele, dass sich das ändern wird. Keine Ahnung, ob ich die Situation mit Peach genießen konnte. Füße zu küssen ist schließlich nicht mein Fetisch. Aber es war okay. Jetzt spüre ich jedoch nichts.

»Rot«, gebe ich das Signal zum Abbruch, nach nicht mal einer Stunde.

Harper fragt nicht nach, ob ich mir sicher bin, sondern reagiert, ist nicht länger der fiese Lady Dom, sondern eine Angestellte des Klubs, die sich an die Regeln hält. Schnell entfernt sie die Augenbinde und löst meine Fesseln. Ich sinke auf die Knie, und sie legt mir eine wärmende Decke um die Schultern.

»Entspann dich, Quinn. Ich hole dir was zum Trinken und bin gleich wieder bei dir. Okay?«

Ich nicke. »Klar.«

Aber ich fühle mich überhaupt nicht okay. Mein Hin tern brennt spürbar, und zum physischen Schmerz gesellt sich Bedauern. Ich habe mir so sehr gewünscht, dass das hier funktioniert. Für Peach. Aber ich kann nicht der Mann sein, den sie braucht.

»Fuck, Fuck, Fuck«, knurre ich und lehne den Kopf zurück an die mit Leder gepolsterte Wand. *Hätte die Session nicht anders ablaufen können?*

»Hier, trink das«, reißt mich Harpers Stimme aus meinen Gedanken. Sie hält mir ein Glas Wasser an die Lippen, und ich leere es in einem Zug. »Geht's?«, fragt sie, setzt sich neben mich und fährt mir durch die Haare.

»Geht«, sage ich und will aufstehen. Das Ganze hier hat nichts gebracht. Es ehrt mich, dass ich es versucht habe. Aber das wird mir die Frau meiner Träume nicht in die Arme treiben.

Harper drückt mich jedoch zurück. »Warte! Gib dir noch einen Moment«, sagt sie und wendet sich dann zur Tür. »Was ist los? Brauchst du den Raum, oder willst du zu mir, Peach?«

*Wie bitte? Peach ist hier?*

Irritiert schaue ich über Harpers Schulter, und da ist sie! Die Frau, für die ich das alles gemacht habe. Weiß wie ein Bettlaken. Mit einem Blick, als hätte ich sie verraten.

»Peach?«, meint Harper wieder, weil sie noch nichts gesagt hat.

Ein Ruck durchfährt sie. »Lasst euch so viel Zeit, wie ihr braucht.« Ihr Blick trifft meinen, unerwartet kühl und distanziert. »Ich muss danach mit dir sprechen … Wegen deines neuen Kollegen … Ich warte in deinem Raum auf dich.«

Ohne meine Antwort abzuwarten, verschwindet sie.

*Fuck!*

# 11. Kapitel

## PEACH

*Veranstalte bloß kein Drama, Peach!*, ermahne ich mich. *Hier sind Kunden, andere Mitarbeiter, dieses dämliche Sicherheitssystem, das schon beim kleinsten Zucken einer Wimper Alarm schlägt. Tu einfach so, als wäre alles bestens!*

Ich drücke meine Fingernägel in die Handballen und konzentriere mich auf den Schmerz.

»Alles in Ordnung?«, fragt mich Paul, als ich an der Bar vorbeirausche.

»Klar, ich will Quinn nur wie immer erwürgen«, scherze ich und wundere mich selbst, dass ich so normal klinge. *Glanzleistung, Peach!*

Zielstrebig steuere ich den Massagebereich an und betrete Quinns Aufenthaltsraum.

Bis eben war mein Leben völlig okay. Ich bin in den Klub gefahren, habe Quinn gesucht und wollte gerade Paul fragen, wo er steckt, als ich Harper an die Bar habe kommen sehen.

Es war nur ein Zufall, dass ich in das Spielzimmer geschaut habe, in das sie gegangen ist. *Riesenneugierde.* Und vielleicht auch die Tatsache, dass meine Dom-Seite wissen wollte, mit welchem devoten Kerl sie spielt. Immerhin gibt es nicht so viele im Klub, noch dazu an einem Dienstag, einem der weniger stark besuchten Tage der Woche. Und dann habe ich Quinn gesehen.

*Meinen* Quinn.

Sein Anblick hat sich in meine Netzhaut eingebrannt. Er, nackt, mit einem Halsband, bereit zum Spielen. Oder nein, nicht bereit zum Spielen, sondern herrlich ausgepowert nach einem Spiel. Sodass er umsorgt werden muss, was ich übernehmen will. *Unbedingt.* Obwohl man das als Außenstehender bei Sessions nicht sollte.

Bis mich die Wahrheit wie ein Schwall kaltes Wasser erwischt hat.

Quinn McPherson hat devote Spielchen gespielt. *Halleluja!* Ein Grund zur Freude. Doch er hat es nicht mit mir getan. *Dieser Mistkerl!*

*Mir sagen, das sei nichts für ihn! Er könne sich das nie im Leben vorstellen! Und dann finde ich ihn hier. Mit Harper. Einem der besten Lady Doms des Klubs!*

Ich tigere in der Lounge hin und her, bin so aufgebracht, dass mir – wäre ich eine Comicfigur – Rauchwölkchen aus den Ohren steigen müssten. Aber nein, ich werde ihm keine Szene machen, sondern umsichtig wie eh und je mit ihm die Liste der Kandidaten durchgehen und meinen Job erledigen. *Total easy!*

Als die Tür aufgeht und Quinn den Raum betritt, fällt es mir jedoch schwer, mich an meine hehren Vorsätze zu halten. Er sieht in seinen Klamotten wie immer aus, wirkt allerdings angeschlagen von der Session. Mit Mühe unterdrücke ich es, Mitleid zu empfinden. *Harper hat sich garantiert gut um ihn gekümmert. Er muss wieder okay sein. Und wie hart können sie außerdem gespielt haben?*

»Ich hab hier die Bewerber«, sage ich und wedele mit den Unterlagen, als wäre nichts passiert. »Ich brauch dich, um die zwanzig Leute auf zehn zu reduzieren.«

»Du hättest mir die Liste schicken können«, sagt er und lässt sich vorsichtig auf dem Sofa nieder. Ich wette, weil Harper ihm den Hintern versohlt hat. Was mich neidisch werden lässt. Und eifersüchtig. *Wie bescheuert ist das denn?!*

»Ja, hätte ich«, sage ich eisig. *Mein Fehler.*

Er macht eine winkende Handbewegung. »Na los, komm her und zeig mir die Aufstellung. Ich markiere dir meine Favoriten.«

»Hat dir Harper keine Manieren beigebracht?«, zische ich.

Er sieht mich irritiert an. *Zu Recht!* Aber es juckt mir in den Fingern, ihn irgendwie für mich zurückzubeanspruchen.

»Zeig mir mal die Aufstellung?«, wiederhole ich seine Worte. »Was ist das denn für ein Tonfall?«

Er müsste mir jetzt eigentlich den Hals umdrehen wollen. Stattdessen lächelt er mich an, was für ein warmes Gefühl in meinem Bauch sorgt. »Zeig mir bitte mal die Liste, Ma'am! Besser?«

»Hier«, sage ich nur und reiche ihm den Hefter. Dabei gefällt mir die Art, wie er ›Ma'am‹ sagt.

»Setz dich«, schlägt er vor und klopft auf den Platz neben sich.

»Ich stehe gerne.«

»Nein, du läufst lieber meinen Teppich ab«, korrigiert er mich sanft. *Ungewohnt sanft.*

Ich lasse mich nicht bremsen. *Wenn ich eine Laufspur hinterlasse, kann ich ihm ja einen neuen Perser über die Firmenzentrale bestellen.*

»Peach«, sagt er nun eine Spur strenger. »Ich würde dich jetzt wirklich verdammt gerne zwingen, aber mir tut alles weh. Kannst du dich also bitte setzen!« Wieder klopft er auf den Platz neben sich. »Hierhin.«

Ich bin immer noch sauer – sehr sauer – und gehorche natürlich nicht. Nichtsdestotrotz alarmieren mich seine Worte. »Hat dir Harper keine Salbe gegeben?«, frage ich. Wenn seine Haut so wund ist, wäre das das Mindeste.

Quinn verzieht das Gesicht. »Die Frau hat mir den Hintern versohlt. Ich finde, damit hatte sie genug Spaß mit mir.«

Bilder tauchen in meinem Kopf auf, wie Harper ihn schlägt – und dann mit ihrer Hand die rot glühende Haut überprüft. Ihn berührt. Obwohl ich ihn berühren will.

Ich beiße mir auf die Lippe, um mich auf das Hier und Jetzt zu konzentrieren. »Also hat sie nicht?«

»Nein, hat sie nicht«, sagt Quinn. »Es ist halb so wild. Ich wollte mich selbst eincremen.«

»Und? Hast du?«, frage ich.

»So interessiert an meiner Körperpflege?«

»Das ist nicht lustig!«

»Nein, habe ich noch nicht«, gibt er versöhnlich zu.

»Quinn!«, rufe ich streng. »Das ist wichtig. Harper hätte dich nicht so schnell gehen lassen dürfen.«

»Es war mein eigener Wunsch. Ich bin selbst Dom. Schon vergessen? Ich weiß, worauf ich achten muss. Alles ist gut.«

Sein Befehl eben hat mich nicht dazu gebracht innezuhalten. Aber diese Worte tun es. Denn Bekundungen, dass alles okay ist, kenne ich zur Genüge, weil ich sie selbst ständig von mir gebe. Und mein Instinkt sagt mir, dass nicht alles okay ist. Mein Instinkt als Frau, als Dom, als – *verflucht, ich kann die Wahrheit nicht länger ignorieren* – als Freundin. Weil wir irgendwie Freunde sind, Quinn und ich. Trotz allem.

»Du siehst blass aus«, stelle ich fest und mustere ihn noch eindringlicher.

»Du auch«, gibt er zurück.

Ich befühle mein Gesicht, das glüht.

»Okay, deine Wangen sind feuerrot, weil du dich so aufregst, aber ansonsten siehst du blass aus und müde und –« Er lässt seinen Blick über mich wandern. »Und dünn, Cherry.«

»Nenn mich nicht so!«, fauche ich, weil der Kosename mich an Dinge denken lässt, an die ich nicht denken will. Alles ist schon kompliziert genug.

»Wie soll ich dich nicht nennen?«, fragt Quinn.

»Cherry«, sage ich.

»Hab ich eben nicht getan.«

»Doch, hast du!«, beharre ich, und dabei wird mir klar, dass Quinn es anscheinend selbst nicht bemerkt hat. »Ach, vergiss es!«

Ich sehe mich um, entdecke einen Powerriegel und reiche ihn Quinn, während ich ihm die Papiere wieder aus der Hand nehme. »Die Namen können warten, iss erst mal was.«

»Es geht mir wirklich gut. Bis auf meinen zartrosa Hintern.« Er grinst schief. »Du musst mir keine Streicheleinheiten geben, obwohl ich sie von dir immer gerne annehme. Das weißt du hoffentlich?«

*Wie kann er jetzt zu Späßen aufgelegt sein?* »Das ist kein Witz, Quinn!«

»Also, ich finde mich lustig.«

»Verdammt, iss was!«, fauche ich und halte ihm erneut den Riegel hin, nun geöffnet.

Ja, ich bin nach wie vor verletzt, dass er ohne mich gespielt hat. Gleichzeitig bin ich besorgt. Ich kenne Quinn besser, als Harper es tut. Dieser Mann kennt Atemübungen, mit denen er Probleme wegmeditieren kann. Aber das heißt nicht, dass ihm das auch jetzt gelingt.

»Ich habe keinen Hunger«, sagt er.

»Nur ein Bissen«, drängele ich.

»Du lässt nicht locker?«

»Nein.« Ich kann nicht.

»Warum? Weil du mich doch magst?«

»Tu es einfach«, sage ich ausweichend.

Zu meiner Überraschung greift er nach meiner Hand mit dem Riegel und führt sie an seinen Mund. Und nur zu sehen, wie er isst und zur Ruhe kommt, beruhigt auch mich.

»Zufrieden?«, fragt er.

»Zufriedener als vorher«, gebe ich zu.

»Und jetzt?«, sagt er und nimmt einen weiteren Bissen.

»Wieder etwas zufriedener«, sage ich unwillkürlich lächelnd.

»Und nun?« Ein dritter Bissen.

»Noch zufriedener.«

»Aber immer noch nicht ganz zufrieden?«, fragt er nach.

»Immer noch total sauer«, antworte ich sanft.

»Ich hab es deinetwegen getan«, sagt er da.

»Das ändert gar nichts. Ich sage dir, ich brauche nicht nur einen dominanten, sondern auch einen devoten Partner, und du rennst zum nächstbesten Lady Dom, um es auszuprobieren?«

»Was hätte ich sonst tun sollen?«

*Was für eine Frage!* »Du hättest damit zu mir kommen müssen!«

»Hättest du mir denn zugehört?«

»Natürlich!«

Er lacht. »Nein, hättest du nicht.«

»Na gut, vielleicht nicht sofort, aber irgendwann.«

»Ich hatte keine Zeit für irgendwann.«

»Und was hat es gebracht? Gar nichts!«, rufe ich wieder lauter. Denn ich mag Quinn jetzt noch mehr, weil er das für mich versucht hat. Gleichzeitig bin ich wütender auf ihn, weil aus uns nichts werden kann. »Scheißkerl!«

## QUINN

Normalerweise genieße ich die kleinen Streitereien mit Peach. Doch das hier, das ist anders. Sicher, ich habe nicht damit gerechnet, für das Ausprobieren meiner devoten Seite einen Orden verliehen zu bekommen. Aber dass Peach mir das vorhält, nervt mich. *Was tut sie denn im Gegenzug? Mir aus dem Weg gehen! Was für eine Glanzleistung!* Ich sollte diese Frau zum Teufel schicken.

Gleichzeitig verstehe ich, dass ich sie verletzt habe, und wenn es schon nichts mit uns wird, will ich wenigstens das in Ordnung bringen. Also lehne ich mich zurück, schließe die Augen, reibe mir über das Gesicht und tue schwächer, als ich mich tatsächlich fühle.

»Verdammt, Quinn, was ist mit dir?«, wird Peach augenblicklich wieder nett. Sie legt mir eine Hand auf die Stirn, und das Verlangen nach ihr wird heftiger.

»Vielleicht war das eben doch zu viel«, lüge ich.

»Wie meinst du das?«, haucht sie – und fühlt meinen Puls.

»Mir ist irgendwie komisch«, sage ich das, was ich schon zig Subs habe sagen hören.

»Magenkomisch oder kopfkomisch?«, fragt sie nach, entfernt sich kurz, um Wasser zu holen, setzt sich nun endlich neben mich, so nah, dass sich unsere Oberschenkel berühren, und reicht es mir.

»Körperkomisch«, antworte ich, nehme das Glas und verschütte mit Absicht etwas vom Inhalt auf meine Hose.

»Leg dich hin«, sagt sie daraufhin sanft, springt allerdings auf. »Ich hol Collins.«

*So war das nicht gedacht.* »Nein, bleib!«, rufe ich, und unsere Blicke treffen sich. »Bitte.«

»Verdammt, Quinn!«, flucht sie, kurz überfordert mit der Situation. »Na los, rück mal ein Stück!«

*Endlich!*

Ich rutsche an den Rand der Lehne und muss mir ein Grinsen verkneifen, als sie sich hinlegt, halb unter mich, und meinen Kopf an ihren Busen zieht, an ihr Herz, und dann mit ihren Händen durch meine Haare fährt. Eine für mich ziemlich ungewohnte Position und dennoch unglaublich schön.

»Besser?«, fragt sie leise.

»Du musst das nicht tun«, antworte ich, dabei wirkt sie nicht besonders widerwillig.

Es folgt ein Bein, das sie über mich legt. »Ich hab dich was gefragt. Sag schon: Geht es dir besser?«

Ich lege umgekehrt auch meinen Arm um sie, rieche ihren Duft und genieße, loslassen zu können, weil ich ihr vertraue, dass sie auf mich aufpasst. »Besser«, sage ich leise.

»Gut«, antwortet sie, nur ein Wort, doch ist die Erleichterung, die darin mitschwingt, unüberhörbar.

»Ich zerdrück dich nicht?«, frage ich zurück, denn sie ist im Gegensatz zu mir so feminin.

Sie lacht leise, aber ihre Hand hört nicht auf, durch meine Haare oder über meinen Rücken zu streichen, und sie drückt mich leicht. »Meine vier Brüder tackeln mich, seit ich sieben bin. Da halte ich dich locker aus.«

»Fies«, sage ich schmunzelnd, weil die Vorstellung lustig ist.

»Brüder eben.«

Verlangen nach ihr durchströmt mich immer heftiger, bis ich es nicht länger unterdrücken kann. Mein Schwanz wird hart. *Blödes Timing!*

Ich verändere meine Position, weil Peach meine Erektion nicht bemerken soll. Zu meiner Überraschung hält sie mich jedoch fest. »Es ist okay«, sagt sie. »Entspann dich weiter.«

»Ich fürchte, ein Teil von mir ist genug entspannt. Und der andere Teil müsste schmutzige Dinge mit dir anstellen, damit der Druck nachlässt.«

Seufzend lässt sie doch zu, dass ich mein Gewicht verlagere. »Jetzt wieder angenehmer?«, fragt sie.

Ich atme tief ihren Duft ein, nehme ihn viel intensiver wahr als sonst bei einer Frau und bin immer noch hart. »Geht so«, gestehe ich.

»Willst du darüber reden, was Harper gemacht hat?«

»Brauchst du Stoff für dein Kopfkino?«

Sie lacht leise. »Keine Sorge, ich bin mir sicher, sie hat nichts mit dir angestellt, was ich in meiner Fantasie nicht auch schon mit dir angestellt habe.«

*Sie träumt von mir?* »Was zum Beispiel?«, frage ich sie und stütze mich über ihr auf, um ihr in die Augen sehen zu können.

»Findest du nicht, jetzt ist der falsche Zeitpunkt, um darüber zu reden?«, gibt sie zurück und kämmt mir erneut zärtlich durch die Haare.

»Ich will es wissen«, sage ich.

»Du zuerst! Was war mit Harper?«

»Sie hat mir ein Halsband und eine Kette angelegt.« Ich denke wieder an den Moment, und es schüttelt mich.

»Das hat dich schon gestört?«

»Sagen wir es mal so: Ich finde diese Dinge an euch Frauen hübscher«, erwidere ich und streife mit den Fingerspitzen ihren Hals.

Sie atmet schwerer. Weil ihr das gefällt. »Und dann?«, fragt sie.

»Dann wollte sie, dass ich mich ausziehe.«

»Das kann doch nicht so schlimm gewesen sein! Beim Sex bist du schließlich auch nackt.«

»Mag sein. Aber es ist anders, wenn man auf Befehl handelt.«

»Also hat dir nicht mal das gefallen?«

»Ich hab mir vorgestellt, wie es wäre, wenn du es bist. Dann ging es.«

Ihre Augen funkeln, weil ihr die Antwort gefällt. »Böser Junge! Sei froh, dass Harper das nicht mitbekommen hat. Wie du sicherlich weißt, mögen wir Doms es nicht, wenn unsere Subs mit den Gedanken woanders sind.« Ihr Lächeln verblasst. »Außerdem ist das gefährlich, Quinn. Das solltest du wissen.«

*Süß, wenn sie so ist!* »Wird nicht wieder vorkommen, Ma'am«, sage ich scherzhaft und brauche meine ganze Willenskraft, um sie jetzt nicht zu küssen.

»Und dann?«, fragt sie weiter.

Ich denke daran, wie Harper mein bestes Stück bearbeitet hat. Nichts für Peachs Ohren. »Ein Gentleman schweigt.«

»Rede mit mir, Quinn!«

»Du gibst nicht auf?«

»Nein.« *Typische Peach-Antwort.*

Ich lasse mir Zeit, spiele mit ihren Haaren, genieße die Nähe. »Harper hat meinen Schwanz massiert«, erzähle ich schließlich. »Und sie hat verlangt, dass ich nicht komme.«

»Ein Klassiker«, sagt Peach verträumt lächelnd, als wäre das etwas, das sie auch machen würde.

»Richtig, ein Klassiker«, gebe ich ihr als Dom recht. »Und wie zu erwarten, habe ich versagt, und sie hat mich prompt bestraft und –« Die Pause ist Absicht. So als wäre mir das Ganze doch nähergegangen als gedacht.

»Ist gut«, meint Peach beschwichtigend. »Du musst nicht zu Ende erzählen. Tut mir leid, dass ich gefragt habe. Du hast es geschafft. Ich bin stolz auf dich. Es wird nicht wieder vorkommen.«

Ihre Worte beruhigen mich. Bis mir klar wird, dass sie die nicht nur für mich sagt, sondern auch für sich selbst. *Fuck, Cherry!*

Ich will mich aufrichten und sie zur Rede stellen, doch sie ist schneller, streift mit ihren Lippen nur verdammt kurz meine und ist bereits vom Sofa aufgestanden.

»Bleib liegen, Quinn, und ruh dich weiter aus«, sagt sie. »Ich kümmere mich um deinen nächsten Kunden.« Sie tippt auf die Liste mit den Kandidaten für den Job. »Wenn du so weit bist, gib mir die zehn Leute durch, die du dir ansehen willst. Megan sollte auf jeden Fall dabei sein. Ihr Lebenslauf ist klasse. Ich veranlasse dann alles Weitere. Wir sehen uns!«

»Warte! Du musst das nicht tun«, rufe ich. »Ich bin fit genug.«

»Ich will es aber.«

»Sag bloß, du bist mal nett zu mir?«, necke ich sie.

»Und wenn es so wäre?«, entgegnet sie unerwartet ruhig.

»Warum?«

»Weil ich mich schuldig fühle. Also, tu mir den Gefallen und lass es mich wiedergutmachen. Leg dich hin, ruh dich noch aus und –« Sie hält inne und grinst. »Und wenn du fit genug bist, streit ich mich wieder mit dir.«

*Wieso warten?*, denke ich. »Peach!«, rufe ich, bevor sie die Lounge verlässt, und bete, dass sie sich noch mal umdreht.

*Tut sie!* »Ja?«

»Danke, Ma'am, dass du dich so gut um mich kümmerst«, sage ich frech.

»Fick dich, Quinn!«, ist ihre Antwort. Dabei gefällt ihr das.

»Danke für die Erlaubnis. Danke, danke, danke.«

Früher hätte sie irgendwas nach mir geworfen. Doch nun lacht sie schallend, wirft mir eine Kusshand zu und verlässt den Raum. Mit deutlich mehr Farbe im Gesicht als vorher.

Ich lege mich wieder aufs Sofa und merke, dass ich doch ziemlich fertig bin. Aber jetzt, da ich mit Peach gesprochen und sie einen Moment in meinen Armen gehalten habe, lässt ein Teil meiner Anspannung nach. *Es gibt nichts, das ich noch tun könnte, um Peach zu erobern. Aber vielleicht tut sie ja zur Abwechslung mal was …*

# 12. Kapitel

## PEACH

*Verdammt, was war das denn? Quinn und ich hatten Spaß. Wie seltsam!*

Aufgewühlt begrüße ich Howard Wineyard, einen Anwalt, der die meiste Zeit auf seiner Segeljacht verbringt, und erkläre ihm, dass ich heute die Massage übernehme. Ja, ich bin kein Profi, aber ein bisschen Öl und Streicheleinheiten verteilen kann ich.

Ich halte mich an Quinns Ablauf, lasse mir Zeit und bin erleichtert, als Howard selig seufzt. *Es geht doch nichts über glückliche Anwälte!*

Danach säubere ich den Massagebereich, so wie ich es von Quinn kenne, und bereite alles für den nächsten Kunden vor.

*Umsichtig wie eh und je, Peach!*

Als ich noch mal in das Nebenzimmer gehe, um meine persönlichen Sachen zu holen – und um nach Quinn zu sehen –, finde ich ihn schlafend vor. *Weil das eben doch zu viel war,* denke ich mir.

Ich erlaube mir, ihm eine Weile zuzuschauen, genieße den Frieden und die Illusion, dass alles okay ist. Dabei sagt ein Hauch von Arnika, der in der Luft liegt, das Gegenteil. Weil er sich den Hintern eingecremt hat.

*Blödmann! Wie konnte er ausprobieren, Sklave zu sein, noch dazu mit Harper? Das ist, als würde man sich für die Olympischen Spiele melden, ohne zu wissen, ob man schwimmen kann. Das war leichtsinnig.*

Dabei kenne ich die Antwort. Er hat das meinetwegen getan, weil er trotz unserer Streitereien an uns glaubt. Er ist mir entgegengekommen. Leider habe ich umgekehrt keine Ahnung, wie ich ihm entgegenkommen kann. Aber ich weiß plötzlich, dass ich es will. *Unbedingt.*

*Spinner! Dieser Spinner!*

Ich schnaufe frustriert und sammele meine Sachen zusammen, um zu gehen. In dem Moment regt sich Quinn. »Lief alles gut mit Howard?«, fragt er verschlafen und stemmt sich hoch.

»Bleib liegen!«

Quinn tut natürlich nicht, was ich will, sondern richtet sich auf und fährt sich über das Gesicht. Und wartet auf eine Antwort.

»Ja, es hat alles problemlos geklappt«, sage ich. »Du hast noch eine volle Stunde, bis dein nächster Kunde kommt. Also, lass dir Zeit.«

»Willst du duschen?«, fragt er, weil er sich nach jedem Termin wäscht.

Ich schüttele den Kopf, denn meine Hände habe ich bereits gewaschen, und so nah bin ich Howard nicht gekommen. Aber es rührt mich, dass Quinn nachfragt. »Kümmerst du dich jetzt um mich?«, witzele ich.

»Was dagegen?«

Wärme durchflutet mich. Wärme, die ich nicht verspüren sollte. »Ja«, sage ich deshalb. »Mächtig was dagegen. Schon dich noch.«

»Es geht«, sagt er. »Mach dir keine Sorgen.«

»Es geht?« Skeptisch runzele ich die Stirn. Ich kann mich lebhaft an meine ersten Sessions erinnern. Die haben mich immer komplett ausgepowert. Dabei sind dort nur Dinge passiert, die ich wollte. »Du musst nicht so tun, als wärst du der starke Kerl«, ziehe ich ihn auf, mit der Tasche in der Hand.

»Ich tu nicht nur so.« Er spannt seinen Bizeps an, was unverschämt sexy aussieht. »Nur Muskeln, Cherry!«

Erleichtert lache ich. *Womöglich sehe ich nur Gespenster.* Doch als er aufsteht, merke ich, dass er sich anders bewegt, weil ihm der Hintern wehtut, und sofort ist das miese Gefühl zurück.

»Es tut mir leid«, sage ich.

»Du hast nichts getan, wofür du dich entschuldigen müsstest«, antwortet er. »Zur Abwechslung.«

Er sagt es flirtend. Aber ich steige nicht darauf ein. »Doch, habe ich«, beharre ich. »Ich hab dich dazu gebracht, Dinge auszuprobieren, die dir ohne mich nie in den Sinn gekommen wären. Und wenn ich könnte, würde ich das alles wiedergutmachen.«

»Ich bereue es nicht«, sagt er ruhig.

»Echt nicht?«

»Nein, Peach.« Ohne dass ich es kommen sehe, nimmt er mich plötzlich in den Arm. »Jetzt weiß ich, wie es ist, Sub zu sein. Das ist nichts Schlimmes.«

Ich will ihm glauben. Dann rieche ich wieder intensiver die Arnikasalbe und kann es nicht. »Trotzdem«, sage ich daher nur.

»Ach, so ist das eben, wenn man Dinge ausprobiert«, meint er und reibt mir über den Rücken. »Was denkst du, wie viele Leute einmal in ihrem Leben Bungee-Jumping machen?«

»Ein paar«, rate ich und frage mich, worauf er hinauswill.

»Und wie viele machen es ein zweites, drittes, viertes Mal, weil sie süchtig danach werden?«

»Weniger«, rate ich wieder.

»Genau! Weil man etwas erst probieren muss, um zu wissen, ob man es mag. Und das hab ich getan.«

*Schwacher Aufmunterungsversuch!* »Ich bin nicht überzeugt«, sage ich und schmiege mich enger an ihn, weil mir das hier hilft. Zu spüren, dass es ihm gut geht. »Harper hat dich geschlagen, aber doch nur meinetwegen.«

»Und du fühlst dich für das, was passiert ist, verantwortlich?«

Ich nicke.

»Das musst du nicht, Peach.«

Ich schnaube ungläubig.

»Okay, ich hab eine Idee, wie du deine Schuld begleichen kannst«, sagt er, und ein vertrautes Lächeln umspielt seine Lippen.

»Wie?«, frage ich automatisch. Denn wenn es etwas gibt, um es wiedergutzumachen, dann tue ich es.

»Küss mich!«

*Wie bitte?* Ich sehe Quinn an, als hätte er eben in der Session nichts am Hintern, sondern etwas am Kopf abbekommen. »Wie soll das denn helfen?«

»Küss mich und finde es heraus!«

»Hätte ich nicht umgekehrt was verdient, was ich nicht will?«, frage ich.

Seine Lippen kräuseln sich, weil er versucht, ein Lachen zurückzuhalten.

»Was ist?«, zische ich.

»Du hast gerade gesagt, dass du mich küssen willst.«

»*Das* habe ich garantiert nicht!«, rufe ich empört.

»Oh doch!«, bestätigt er.

»Das hast du falsch verstanden«, wende ich ein, belecke mir dabei aber die Lippen und schaue verboten oft zu seinen Lippen. Tollen Lippen, über die ich genau jetzt viel zu intensiv nachdenke.

»Peach will mich küssen! Peach will mich küssen! Peach will mich küssen!«, zieht mich Quinn auf und treibt meinen Blutdruck weiter nach oben. Ebenso wie meinen Wunsch, meine Lippen auf seine zu drücken, damit er die Klappe hält.

»Ach, glaub doch, was du willst!«, fluche ich. Dabei ist es anders als sonst, weil er mich nach wie vor hält und ich ihn. »Spinner!«

»Du hast recht, nur ein Kuss macht nichts wieder gut«, sagt er. »Aber weißt du, was hilft?«

»Na was?«, spiele ich mit.

»Wenn du mir die Füße küsst. Oder magst du die etwa auch?«

»Igitt! Nein!«

»Na, dann ist ja alles geklärt. Küss mir die Füße!«

»Aber, aber, aber …« Ich sehe ihn entgeistert an.

»Cherry?« Quinn benutzt meinen Kosenamen zum Spielen und wartet. Und mit jedem Atemzug, den ich nehme und mich nicht rühre, wird sein Gesichtsausdruck ungeduldiger.

*Er tut das für mich*, wird mir klar. *Damit es mir besser geht.* »Sehr gerne, Sir«, sage ich daher und knie mich vor ihm hin.

## QUINN

*Das nächste Mal bittest du sie um einen Blowjob*, denke ich und muss grinsen. *Aber dir die Füße küssen zu lassen war längst überfällig.*

Ich setze mich aufs Sofa und ziehe mir die Schuhe aus. »Na los, fang an, Cherry!«

Sie schaut zu mir auf, und ich sehe förmlich, dass ihr mal wieder irgendein fieser Kommentar durch den Kopf geht. So ist Peach. Keine Ahnung, ob sie auch bei anderen Doms ständig Kontra gibt. Doch bei mir fällt es ihr extrem schwer, sich zu zügeln. Umso mehr bedeutet mir, dass es ihr jetzt gelingt. Sie kann gehorsam sein. *Wer hätte das gedacht?!*

Auf Knien rutscht sie zu mir und streicht mir mit den Händen über den Fußrücken. »Also gut …« Sie nimmt einen meiner Füße in ihren Schoß und beugt sich ergeben vor. Wobei ihr die Haare ins Gesicht fallen. Dann hauchen ihre weichen warmen Lippen einen feuchten Kuss auf meine Haut.

*Fuck, ist das sexy!* Ich atme flacher, sie auch. Aber es ist nur ein oberflächlicher Kuss. »Wehe, du kneifst!«, sage ich.

»Habe ich nicht vor, Sir«, haucht sie atemlos.

»Worauf wartest du dann, Cherry?«, frage ich und streiche ihr die Haare hinters Ohr.

Zittrig holt sie Luft, genießt die Berührung. Dann beugt sie sich wieder zu meinem Fuß, umschließt meinen Zeh mit ihren Lippen und nimmt ihn tief in ihren warmen Mund.

»Oh Gott!«, stöhne ich. *Das ist kein Blowjob, aber fast genauso gut.* Mein Schwanz wird schmerzhaft hart und drückt gegen die Hose. Ungeniert greife ich mir in den Schritt, um den Druck besser zu ertragen.

Peach gleitet mit ihren Lippen meinen Zeh entlang und grinst.

»Irgendwie werde ich das Gefühl nicht los, dass du hier gar keine Buße tust, sondern dir das gefällt«, knurre ich.

»Ich tue nur, was mein Sir verlangt«, haucht sie, packt meinen Fuß fester und streift mit ihren Zähnen der Länge nach über meinen Zeh, nur um gleich darauf den sanften Schmerz mit ihrer Zungenspitze zu lindern.

*Und da ist sie wieder, meine aufmüpfige Sub!* »Das heißt, deine Pussy ist nicht feucht?«, frage ich sie mit rauer Stimme.

Sie zögert. *Verräterisch.*

»Antworte mir, Cherry!«

»Sie ist nicht feucht«, sagt sie brav, allerdings mit diesem herausfordernden Blitzen in den Augen.

»Lügst du mich an?«, forsche ich nach.

»Nein, Sir. Das würde ich nie!« Wieder stülpt sie die Lippen über meinen Zeh und saugt daran so intensiv, als bekäme sie nicht genug.

*Das würde sie nie? Von wegen!* »Ich könnte das nachprüfen.«

»Mein Gewissen ist rein, Sir.«

Misstrauisch kneife ich die Augen zusammen. »Was ist sie dann?«

Sie umspielt erneut meinen Zeh, gibt sich richtig Mühe und widmet sich danach meinem anderen Fuß.

»Ich warte auf eine Antwort, Cherry.«

»Nass, Sir«, raunt sie mir zu. »Ich bin ganz furchtbar nass.« Mit diesen Worten umschließt sie mit ihrem warmen Mund meinen zweiten Zeh, während ich plötzlich das Verlangen nach ihr kaum noch aushalte.

»Genug Buße getan?«, frage ich sie.

»Kommt drauf an, wie es dir geht, Sir.«

»Gut«, stöhne ich. *Verfickt gut, wenn man darauf steht, einen Ständer zu haben.*

»Du klingst nicht so«, sagt sie zwischen zwei Saugbewegungen.

»Stimmt aber«, erwidere ich sanft und ziehe meinen Fuß zurück. »Und jetzt küss mich!«

»Warum?«, fragt sie widerstrebend, beleckt sich jedoch die Lippen.

»Weil ich es will«, sage ich. »Und weil du es auch willst.«

»Mit Fußpilz an den Lippen?«, kann sie sich nicht verkneifen.

*Frech!* Aber genau das liebe ich an ihr. »Klar, wenn du Fußpilz an den Lippen hast, will ich auch welchen.«

»Gib mir fünf Minuten«, sagt sie atemlos, obwohl sie nicht angestrengt ist. »Dann fällt mir noch ein Grund dagegen ein.«

»Keine Chance«, murmele ich, lege ihr die Hand auf den Rücken, führe sie näher zu mir heran und streife mit meinen Lippen ihre. Nur hauchzart.

»Ich hab Knoblauch gegessen«, sagt sie da hastig, aber fährt mit der Zungenspitze über ihre Lippen, als würde sie meinen Geschmack suchen.

»Du lügst«, antworte ich ruhig. »Und selbst wenn, dann wäre mir das egal.« *Ausnahmsweise.* »Auch starker Käse, Pizza und Bier werden mich nicht aufhalten.«

»Ich küsse nicht jeden.«

»Gut für mich.«

»Das ist verdammt noch mal Nötigung, Quinn!«

»Nötigung, die dir gefällt«, sage ich leise und streiche mit dem Daumen über ihre Lippen. Eine sehr intime Geste, bei der sie einfach nur stillhält und nicht zurückzuckt und mir damit alles sagt, was ich wissen muss.

»Quinn, nei–« Ihr Einspruch verstummt, als ich ihren Mund mit meinem verschließe. Ja, das hier ist grenzwertig, und für eine Millisekunde mache ich mir Sorgen, dass ich Ärger kriegen könnte. Doch da schlingt sie bereits ihre Arme um meine Schultern und erwidert den Kuss mit einer Dringlichkeit, die mir an die Eier geht.

Ihre Hände krallen sich in meinen Nacken. Ich ziehe sie an der Hüfte enger, muss sie spüren lassen, wie hart sie mich gemacht hat. Sie stöhnt, und ich atme ihren Atem ein, streiche mit meiner Zunge an ihrer entlang, plündere ihren Mund so wild und roh, dass ab und zu unsere Zähne aneinanderschlagen. Was uns aber nicht aufhält, sondern uns nur frustriert stöhnen lässt, weil wir beide noch mehr vom anderen wollen.

»Hör auf!«, japst sie, mich wie verrückt zurückküssend.

»Ist nicht deine Entscheidung.«

Ich dränge sie zu Boden, habe nicht den Nerv, mit ihr aufs Sofa zu wechseln, sondern finde den Teppich gut genug. *Endlich verstehe ich, warum der Innenausstatter des Klubs Wert auf eine dichte, dicke Webweise gelegt hat!*

Peach öffnet mir die Beine, und tiefe Zufriedenheit durchströmt mich zusammen mit rasender Lust. *Denn sie gehört mir, mir allein.*

»Quinn, bitte! Du machst alles nur schlimmer!«, bettelt sie zwischen zwei Küssen, damit ich aufhöre, krallt sich aber gleichzeitig in meine Haare, sodass ich das nicht kann.

Ich brauche mehr von ihrer Haut, mehr von ihr, und pinne sie mit meinem Körper am Boden fest, löse eine Hand und schiebe sie zwischen ihre Beine.

»Oh Gott«, stöhnt sie, windet sich und schiebt mir die Hüften entgegen.

Ich küsse ihren Hals, knabbere an der Stelle, wo ihr Puls vor Lust rast, verschlinge sie wie ausgehungert und bekomme gleichzeitig nicht genug von ihr.

*Wehe, sie rennt gleich wieder weg! Wehe, sie lügt mir ins Gesicht und sagt mir, dass das hier nichts zu bedeuten hat! Wehe –*

»Nein, stopp!«, keucht sie.

*Fuck!* Ich zittere, so schwer fällt es mir, die Kontrolle zurückzuerlangen. Doch in dem Moment presst sie sich erneut enger an mich.

»Du hast eine komische Art, Nein zu sagen«, murmele ich an ihrem Hals, küsse mich wieder hoch zu ihren Lippen und genieße einen weiteren tiefen, gefühlvollen Kuss.

»Und du hast eine komische Art, meine Befehle zu ignorieren«, seufzt sie, boxt mich frustriert – und küsst mich gleichzeitig.

*Scheiße! Was tun wir hier?* Wenn wir nicht aufhören, haben wir auf dem Boden in weniger als fünf Minuten Sex.

Obwohl es mir schwerfällt, halte ich inne.

»Was ist?«, fragt sie überrascht. Was mir bestätigt, was ich längst weiß. Ihr Nein war kein Nein.

»Nur ein Kuss, Peach. Das hatten wir vereinbart«, sage ich und genieße es, sie unter mir zu haben und ihre Beine um mich geschlungen zu spüren. »Hier ist das, was auch immer es ist, zu Ende.«

Wie zum Protest holt sie Luft, und ich lege ihr meinen Finger auf die Lippen.

»Glaub mir, nichts würde ich lieber tun, als dir den feuchten Slip von den Hüften zu reißen, meinen Schwanz zu befreien und mich in dir zu vergraben.« Wir beide erschauern, so unbedingt wollen wir es. »Aber es wäre falsch, Peach.«

Wieder holt sie wie zum Protest Luft.

»Ich mag gerne spielen, aber ich bin nicht der Mann, der einfach so mit einer Frau schläft«, wende ich ein, bevor sie sprechen kann. »Wenn ich das tue, dann hat es etwas zu bedeuten. Sorry, wir müssen aufhören.«

Sie boxt mich frustriert. »Lass mich auch mal zu Wort kommen!«

Zärtlich streichele ich sie an der Schläfe, kann mich noch nicht von ihr und diesem Gefühl, ihr nahe zu sein, lösen. »Na gut, rede!«

»Also … So schnell geht das nicht«, sagt sie nun überrumpelt.

*Peach Stone fehlen die Worte? Premiere!*

»Küss mich einfach noch mal!«, verlangt sie. »Da ist doch nichts dabei.«

»Jetzt hab ich Knoblauch-Atem«, sage ich scherzhaft, um nicht erneut über sie herzufallen, weil ich genau weiß, dass ich mich dann nicht mehr werde zurückhalten können.

»Quinn!«, quengelt sie protestierend.

»Warum?«, frage ich sie.

»Weil es schön war.«

»Das ist kein guter Grund, Peach.«

»Ist es wohl!«

»Du hattest schon mal bessere Argumente.«

»Da hat auch kein Ein-Zentner-Kerl auf mir gelegen.«

*Und die Kratzbürste ist zurück!* »Quetsch ich dir etwa Blutbahnen zum Gehirn ab?«

»Das müsste ich eher dich fragen, wenn ich nach dem gehe, was ich an meiner Mitte spüre.« So als würde ich nicht wissen, worauf sie anspielt, bewegt sie sich, und ich komme fast in meine Hose. *Sehr erwachsen!* Aber damit kriegt sie mich nicht rum.

Ich will von ihr aufstehen, doch sie spannt ihre Schenkel an und hindert mich daran.

»Lass es, Peach«, sage ich ernst. »Mach es nicht noch komplizierter. Wir sollten mit dem hier wirklich aufhören.« *Mit dem Necken und damit, uns gegenseitig in den Wahnsinn zu treiben. Und vor allem damit, uns näherzukommen.*

»Okay, ich versuch es«, sagt sie ernst.

»Danke.« Ich will erneut aufstehen, aber sie hält mich noch fester.

»Hast du mir nicht zugehört, Quinn?«, faucht sie. »Ich *versuche* es.«

Verwirrt runzele ich die Stirn. »Das hier ist das Gegenteil von Aufhören.«

»Richtig. Weil ich was anderes meine«, sagt sie und wirkt nervös.

»Was?«

Sie fährt mir durch die Haare und zieht meine Lippen für einen schnellen Kuss zu sich. »Das hier ist gut, zu gut, Quinn. Ja, wir wollen verschiedene Dinge.« Sie räuspert sich. »Brauchen verschiedene Dinge.« Wieder ein Luftholen. »Aber vor allem brauchen wir einander.« Sie schluckt und sieht mich unsicher an. »Oder?«

»Richtig, Peach, aber worauf zum Henker willst du hinaus?«

»Ist das nicht offensichtlich?«, sagt sie. »Ich versuche, devot zu sein. Nur devot.«

»Für mich?« Ich kann es nicht glauben. »Sicher, dass du das willst?«

»Ganz sicher.«

»Und dir wird nichts fehlen?«

»Ich probiere es aus. Wenn du dir die Kandidaten für die neue Stelle ansiehst, werde ich mich einen ganzen Tag lang benehmen. Wenn du den Bewerbern Befehle gibst, Massagetechniken an einer der Klub-Subs demonstrierst oder mit deinen Händen jemand anderen zum Stöhnen bringst, schaue ich einfach nur brav zu.« Sie streicht mir durch die Haare. »Ich bin ein Mal im Leben die beste, mustergültigste Sub der Welt. Und wenn das für mich okay ist, dann ist es das auch in Zukunft. Mit uns.«

*Die Frau ist wirklich der Wahnsinn!* »Also gut, versuch es«, sage ich, ohne zu zögern, würde sie am liebsten wieder küssen, so glücklich bin ich, aber stehe stattdessen auf und helfe ihr ebenfalls hoch.

»Und jetzt?«, fragt sie eine Spur unsicher.

»Jetzt kriegst du die Kandidaten, die du für die neue Stelle einladen solltest«, sage ich, überfliege die Liste und kürze sie auf zehn Namen runter. Mit Megan, die tatsächlich einen tollen Lebenslauf hat, und noch zwei Leuten, auf die ich mich freue: Hank und Stella.

»Das ist alles, was du dazu sagst?«, fragt sie und steckt die Papiere ein.

»Nein, eines hab ich vergessen«, sage ich grinsend. »Ich freu mich auf den Tag.«

»Und ich mich erst«, sagt sie zufrieden und wendet sich zum Gehen. »Mistkerl!«

Lächelnd lasse ich ihr das letzte Wort. Denn wenn es klappt und es Peach ausreicht, nur devot zu sein, dann werde ich mich für jedes Schimpfwort genüsslich rächen. *Na gut, vielleicht auch nur für jedes zweite. Schließlich mag ich, wie frech sie ist …*

# 13. Kapitel

## PEACH

»Bereit?«, fragt Reece eine Woche später, als die zehn Bewerber für die Stelle als Masseur im Foyer des Randall Tower darauf warten, abgeholt zu werden.

Ich streiche meinen Rock glatt, zupfe an meiner Bluse, ziehe mir die Lippen mit Lippenstift nach und nicke. »Bereit.«

»Und du kommst klar?«

Stirnrunzelnd sehe ich ihn an.

»Ich meine: Du und Quinn, ihr reißt euch nicht die Köpfe ab?«

»Oh! Das!« *Wie seltsam! Noch vor einem Monat hätte ich sofort gewusst, wovon er redet. Aber so vieles hat sich in den letzten Wochen geändert …* »Nein, wir reißen uns nicht die Köpfe ab.«

»Was macht dich so sicher?«

»Ich hab versprochen, brav zu sein«, sage ich wahrheitsgemäß und muss lächeln. *Sehr, sehr, sehr brav.* Schließlich weiß ich, was auf dem Spiel steht.

»Brav?«, wiederholt Reece, grinst nun allerdings, weil er eins und eins zusammengezählt hat. »Also, Quinn und du?«, meint er nur. »Ich hätte es mir denken können.«

»Schlimm?«, frage ich.

»Na ja … Damit habe ich den ersten Monat Nachtschicht, wenn Mini-Audrey auf der Welt ist und schreit.«

»Audrey und du habt Wetten auf uns abgeschlossen?«, rege ich mich auf.

»Es war ihre Idee!«

»Das sagst du nur, weil du weißt, dass ich mich nie mit einer hochschwangeren Frau streiten würde!« *Gewieft!* »Und worauf hast du getippt?«

»Dass du Quinn Handschellen anlegst und sie erst wieder aufschließt, wenn er sich benimmt.«

»Das würde ich nie …« *Die Vorstellung ist tatsächlich ziemlich heiß.* Ich räuspere mich. »Also ist es okay, wenn Quinn und ich zusammen sind?«

»Ich kann schlecht was einwenden, wenn sowohl ich als auch Ian jemanden durch den Klub kennengelernt haben.«

*Das stimmt!* »Wir verhalten uns natürlich weiterhin professionell«, schiebe ich hinterher.

»Davon gehe ich aus.« Er kommt zu mir und zupft nun ebenfalls an meinem Outfit herum, benimmt sich weniger wie mein Boss und mehr wie mein großer Bruder, der möchte, dass seine kleine Schwester adrett aussieht. »Dann mal los!«

Aufgeregt nehme ich meine Schlüsselkarte und mein Handy und fahre ins Foyer, um die Bewerber abzuholen.

***

»Herzlich willkommen im Randall Tower! Mein Name ist Peach Stone. Ich werde Sie heute begleiten und stehe Ihnen bei Fragen mit Rat und Tat zur Seite. Wenn Sie mir bitte folgen würden …«, begrüße ich die Gruppe.

Wir betreten den geräumigen Fahrstuhl, und ich nutze die Zeit, die Kandidaten zu beobachten. Wer wirkt schüchtern, wer ungepflegt und wer schlecht gelaunt. Im Stillen verabschiede ich mich auf dem Weg bereits von zwei Leuten, die in meinen Augen nicht zum Tease & Please passen. Auf dass Quinn das später genauso sieht und wir uns nicht streiten. Ich liebe es, wenn die Fetzen fliegen. Nur bitte nicht heute.

*Also Konzentration, Peach!*

Sobald wir halten, führe ich die Gruppe in den großen offenen Raum, den ich eigens für heute habe herrichten lassen. Am Eingang stehen Dallas und Jordan vom Sicherheitsteam, die den Test überwachen. Quinn ist ebenfalls schon da und hat die Kollegen aus dem Klub eingewiesen, die als Übungspartner zur Verfügung stehen und es sich bereits unbekleidet auf den Massageliegen bequem gemacht haben.

*Quinn, der seine wie üblich locker sitzende Hose und ein weißes Shirt trägt, das sich um seine Brust spannt …*

Unsere Blicke treffen sich, und mir wird furchtbar heiß. Doch anders als sonst steigt mein Puls nicht so sehr, dass ich nicht mehr an mich halten kann, sondern all die Energie staut sich einfach nur warm in meiner Mitte, und ich muss breit lächeln. So breit, dass ich meine Mundwinkel kaum zurück nach unten bekomme. Bis ich die Unruhe hinter mir bemerke. *Stimmt, ich habe einen Job zu erledigen.*

Räuspernd wende ich mich an die Gruppe. »Hallo! Sie sind heute hier, um uns von Ihrem Können zu überzeugen. Bitte gehen Sie jeweils zu einer Liege. Dort finden Sie Kleidung. Ziehen Sie sich um und kommen Sie dann wieder her. Bis gleich!«

»Ich würde meine Sachen lieber anlassen«, meldet sich Hank, ein Anfang Zwanzigjähriger, der seit drei Jahren in einem Luxushotel arbeitet.

»Warum?«, frage ich.

Er schweigt – und schwitzt. *Das ist schlecht.*

»Wenn Sie keinen Grund nennen, muss ich darauf bestehen.«

»Später mache ich es ja. Nur heute würde ich wirklich gerne passen.«

*Seltsam … Weil er dreckige Unterwäsche trägt?* »Noch mal: Warum?« Wenn wir im Klub Ausnahmen machen, brauchen wir Gründe.

»Darum«, sagt Quinn, der die Diskussion mitbekommen hat, zu uns gekommen ist und nun Hanks Pullover hochzieht und einen abheilenden Hautausschlag enthüllt. *Klasse!*

»Sorry, doch Sie sind raus«, sage ich streng.

»D-d-das ist nur temporär«, stammelt er. »Und nicht ansteckend. Mein Arzt kann Ihnen das bestätigen.«

»Das mag sein«, erwidere ich. »Aber das hätten Sie angeben müssen, als wir Sie eingeladen haben. Nicht jetzt. Wir legen im Tease & Please Wert auf Offenheit und Ehrlichkeit. Jeder kann mal allergisch auf ein Öl oder ein Parfüm reagieren. Das passiert. Doch wenn Sie heute Dinge verschweigen, werden Sie das auch später tun. Und darauf können wir im Klub verzichten.« Ich sehe jeden Einzelnen aus der Gruppe ultrastreng an, während Hank bereits nach draußen begleitet wird. »Weitere Einschränkungen, von denen wir wissen sollten?«

Kollektives Kopfschütteln.

»Gut, dann ziehen Sie sich jetzt um«, sage ich zufrieden mit meiner kleinen Warnung. »Jordan zeigt Ihnen die Umkleiden, und in fünfzehn Minuten treffen wir uns wieder hier.«

Ich beobachte, wie jeder seine Sachen nimmt und geht, und bin mir plötzlich zu bewusst, wie nah Quinn neben mir steht.

»Hi«, hauche ich nun gar nicht mehr stark, sondern geradezu schüchtern.

»Hi«, raunt er mir ins Ohr. »Das ist ziemlich sexy, wenn du das Sagen hast.«

Schauer überziehen meine Haut, und ich bin drauf und dran, die Kontrolle zu verlieren. Was ich heute nicht darf. Auf keinen Fall. »Wechselst du jetzt doch die Seiten?«, witzele ich daher.

»Vorsichtig, Cherry. Brav sein! Das war der Deal.«

*Brav heißt doch nicht humorlos, oder?*, denke ich finster, aber schlucke den Kommentar gerade rechtzeitig hinunter.

»Schon besser«, murmelt er. »Bereit, weiter brav zu sein?«, fragt er, als die Kandidaten umgezogen zurückkommen und sich an den Liegen aufstellen.

Mein Herz rast, weil so viel auf dem Spiel steht. »Bereit, Sir.«

## QUINN

Zufrieden hauche ich Peach einen Kuss auf die Wange. Das eben war genau genommen eine unserer kleinen Reibereien. Aber ich sehe keinen Grund, sie dafür zu maßregeln. *Sie ist selbstbewusst. Was wäre ich für ein Mann, wenn ich damit nicht klarkäme?* Außerdem entgeht mir nicht, wie sehr sie sich bemüht, brav zu sein, und das macht mich wahnsinnig stolz. Mehr kann Mann und Dom nicht verlangen!

»Alle auf ihre Plätze!«, rufe ich, um zuallererst die anatomischen Kenntnisse der Bewerber zu überprüfen. Jeder Masseur muss wissen, wo Muskeln und Sehnen verlaufen. Das gehört zur Grundausbildung. Und ich will sehen, wie sicher sie in dem sind, was sie tun. Und wer zu den Nachbartischen schielt.

Ich sage Körperpartien an und beobachte, wer meinen Anweisungen folgt und wie die Kollegen aus dem Tease &

Please auf die Berührungen reagieren. Ob sie entspannt schauen oder zu grob angefasst werden.

»Hey, du da!«, rufe ich zu einem Lateinamerikaner.

»José«, raunt mir Peach seinen Namen zu.

»José! Schau auf deinen Tisch, nicht auf Megans!«

»Natürlich«, murmelt er eifrig und ist clever genug, es nicht abzustreiten. Leider aber nicht clever genug, um es zu lassen. Denn als ich eine Stelle am unteren Rücken nenne, sieht er erneut zur Seite.

»Zweite Ermahnung, José«, sage ich. »Gibt es ein Problem?«

»Kein Problem, Sir«, meint er.

*Will er mich verarschen?* Ich folge seinem Blick zum Nachbartisch und merke, dass er nicht auf die Hände seiner Konkurrentin, sondern den Schritt von Francesca schaut, eine der Switcherinnen des Klubs. Und der ist, trotz eines Handtuchs, das ihre intime Stelle abdeckt, eindeutig als feucht glänzend zu erkennen. Wenn ich raten müsste, weil Megan ihren Job gut macht.

»Und wenn die Dame am Nebentisch kommt, haben wir dann ein Problem?«, frage ich José, der erneut zur Seite blickt. Schließlich ist ein Orgasmus nichts, was einen aus der Ruhe bringen sollte. Erst recht nicht, wenn man für den exklusivsten BDSM-Klub der Stadt arbeiten will.

»Nein … also … nicht wirklich … ich meine …«, stammelt José.

*Versucht er es ernsthaft abzustreiten?* »Sorry, doch auch unsere Wege trennen sich hiermit.«

»Aber –«

»Ich steh nicht auf Diskussionen«, sage ich und wende mich an alle. »Und die Kunden im Klub auch nicht. Entweder Sie haben sich unter Kontrolle, oder Sie gehen. Verstanden?«

»Ganz schön hart«, murmelt eine Frau.

»Und ist das ein Problem?«, frage ich zurück.

Sie reckt ihr Kinn. »Also, ehrlich gesagt habe ich mir die Arbeitsatmosphäre entspannter vorgestellt.«

Ich sehe aus den Augenwinkeln, dass Peach sich ein Lächeln verkneift, aber bleibe auf die Frau konzentriert. »Nun, der Klub hat Regeln, und Sie werden sich daran halten müssen. Zum Wohl der Gäste. Meinen Sie, Sie kriegen das hin? Sie schlagen sich nämlich gut, und ich fände es schade, wenn Sie jetzt schon ausscheiden.«

Das Lob wirkt. »Doch, natürlich krieg ich das hin.«

»Großartig!«

Wir machen weiter, bis die erste Unterbrechung folgt. Die Testpersonen brauchen eine Pause, die Bewerber auch. Peach hat Getränke und Snacks organisiert, und etwa die Hälfte greift zu, die andere wäscht sich die Hände und nutzt die Zeit für Dehnübungen.

Nach der Pause gehe ich zu einer Liege, auf der Violet liegt, eine Sub des Klubs. An die Gruppe gewandt erkläre ich ausführlich, was die häufigsten Probleme sind – verkrampfte Waden, überlastete Schultern oder verspannte Arme – und beobachte, wer meinen Anweisungen folgt.

»Cassy, Sie sind auch raus«, sage ich zu einer Blondine mit Locken, die ihre Grundausbildung so wie ich in Thailand absolviert hat – und die leider nur ihr übliches Programm durchzieht.

»Sicher, Quinn?«, fragt sie zurück und verlagert ihr Gewicht, sodass ihre Hüfte und ihr Busen zur Geltung kommen. »Willst du es dir nicht anders überlegen?«

*Will sie mich damit etwa umstimmen?* »Total sicher«, antworte ich trocken. Es gibt nur eine Frau, die mich rumkriegt. Und das schafft sie nicht mit ihrer Oberweite, sondern mit ihrem frechen Mundwerk. *Apropos …* Ich sehe zu Peach, die sich gerade etwas auf dem Tablet notiert – und dabei ihre Lippen zusammengekniffen hat, als müsste sie sich arg zügeln. *Sehr gut.*

Während Cassy den Raum verlässt, erkläre ich die nächste Massage. Und als ich nach beinahe einer Stunde erneut für eine nun längere Pause unterbreche, gehe ich zu Peach.

»Alles okay?«, frage ich sie, wie es ein Dom in einer Session tun würde, um sicherzustellen, dass es der Partnerin gut geht.

»Ich bin ziemlich brav, findest du nicht auch?«, sagt sie stolz.

»Total brav«, gebe ich ihr recht. »Kein fieser Kommentar, keine Einmischung, kein Mucks. Ich bin beeindruckt, dass du das kannst.« Bin ich wirklich, weil das zeigt, wie sehr sie will, dass das mit uns klappt.

»Hast du schon einen Favoriten?«, fragt sie und nickt zu den nun leeren Liegen.

Ich folge ihrem Blick und erinnere mich an die Leute, die eben noch dort gestanden haben. »Die beiden Frauen mit den Kurzhaarschnitten gefallen mir«, sage ich.

»Das sind Stella und Michelle«, klärt sie mich auf. »Beide dominant.«

»Willst du mir damit was sagen?« *Für die Arbeit spielt das nämlich keine Rolle.*

»Ja, nimm dich vor ihnen in Acht. Schließlich magst du es ja nicht, den Hintern versohlt zu bekommen«, neckt sie mich, beißt sich dann jedoch erschrocken auf die Zunge. »Ups, Sir. Ich war immer noch brav, oder? Du hast mich doch nach meiner Meinung gefragt.«

*Knapp gerettet!* »Alles okay, Cherry.«

»Wirklich, Sir?«

»Wirklich.«

Ich beobachte die beiden Frauen und sehe jetzt auch, was Peach meint. Es ist so offensichtlich, dass ich mich wundere, wie mir das entgehen konnte. »Hast du denn einen Favoriten?«, will ich wissen.

»Ich mag Jared«, sagt sie.

»Wer ist das?«, frage ich und lasse meinen Blick durch den Raum schweifen.

»Der stabile Kerl.«

*Der Zwei-Meter-Mann, der die Muskeln eines Bodybuilders hat?!* »Sag bloß, du hast eine neue Vorliebe?«, ziehe ich sie auf.

»Eifersüchtig?«

»Möglich«, gebe ich zurück.

»Uhhh, na dann hab ich sogar eine riesengroße Vorliebe«, trällert sie. »Er hat nämlich eine tolle Fingertechnik, und seine Partnerin Jane wirkt ziemlich angetan von ihm.«

*Okay, Peach hat ihn seeehr genau beobachtet.* Ich erinnere mich, wie er die Übungen absolviert hat. »Stimmt, er ist gut.«

»Quinn Version 2.0«, sagt sie nur.

*Jetzt will sie mich aber mit Absicht ärgern, oder?* »Denk nicht mal dran, dass es mich in einer generalüberholten Version gibt!«

»Keine Sorge, ich mag Originale«, entgegnet sie und zwinkert mir zu. »Oh mein Gott, oder war das jetzt frech?« Sie sieht mich erschrocken an.

»Grenzwertig«, sage ich.

»Und das heißt, Sir?«

»Du solltest aufpassen, was du sagst, Cherry. Der Tag ist noch lang.«

»Tue ich«, sagt sie. »Versprochen.«

*Hoffentlich …*

# 14. Kapitel

## PEACH

So wie Quinn es will und so wie es richtig ist, halte ich mich im Hintergrund. Und es gelingt mir. Es gelingt mir sogar ziemlich gut.

Doch je länger der Tag wird, desto unruhiger werde ich. Ich weiß, dass Quinn nur seinen Job erledigt. Dennoch verspüre ich jedes Mal, wenn er eine der Frauen anlächelt, einen Stich in der Brust.

*Ja, ich muss, aber wie soll man da brav bleiben?*

Tief durchatmend gehe ich zum Tisch, auf dem die Getränke für die Kollegen und die Bewerber stehen, und bereite mir einen grünen Tee zu, um mich etwas zu entspannen. *In der Ruhe liegt die Kraft, richtig?*

Doch es funktioniert nicht. Ich nehme wenig später die ersten Schlucke und nichts ändert sich.

Als Megan ihre Hand wie zufällig an Quinns Hütte legt und er sie daraufhin anlächelt, so offen, wie ich es bei ihm noch nie erlebt habe, setze ich mich in Bewegung.

Keine Ahnung, was ich an ihr auf dem Papier so toll fand, in echt ist sie wenig überzeugend. Für mich zumindest. *Blöde Kuh!*

»Hier, du solltest was trinken«, sage ich zu Quinn und reiche ihm eine Wasserflasche.

»Gute Idee, Peach. Vielleicht sollten wir an der Stelle eine Pause einlegen.« Er wendet sich an die Gruppe und verkündet eine kurze Unterbrechung und dass sich jeder zwischendurch natürlich was zum Trinken nehmen kann.

»Hier«, sage ich wieder, weil er die Flasche noch nicht genommen hat.

»Gib sie ihr«, sagt er zu mir. »Ich hol mir selbst ein Wasser.«

*So war das nicht gedacht!* Aber Quinn geht schon zum Getränketisch, und notgedrungen reiche ich Megan die Flasche und wünschte, der Inhalt wäre vergiftet.

»Ist er single?«, fragt sie mich, nachdem sie ein paar Schlucke getrunken hat, worauf sie endgültig von meiner Favoritenliste fliegt. Und zwar hochkant. Das hier ist ein Bewerbungsgespräch, keine Datingbörse.

»Nein, ist er nicht«, sage ich angespannt.

»Echt nicht? Er flirtet, was das Zeug hält.«

*Ach was?*, denke ich mir finster, zucke jedoch gespielt gleichgültig mit den Schultern. »Stimmt aber.«

»Vielleicht kriselt es gerade«, murmelt sie. »Er ist megacharmant.«

»Das ist er bei jedem.«

»Glauben Sie mir, sooo charmant ganz sicher nicht«, sagt sie und frisst ihn mit ihren Blicken förmlich auf.

*Was zum Henker hat er noch getan?*, frage ich mich. *Er wird wohl kaum mit ihr gespielt haben, während wir miteinander spielen?*

Die Fragen brennen mir auf der Zunge, aber ich schlucke sie hinunter, um kein Theater zu machen.

Mit einem »Sie entschuldigen mich?« gehe ich, bevor ich platze. Vergessen kann ich den Zwischenfall jedoch nicht.

Ich nutze die Pause, um Handtücher nachzulegen und Ersatzmassageöl bereitzustellen – sprich um mich zu beschäftigen, damit ich nicht durchdrehe …

»Wie läuft es?«, fragt mich Ian, als der Test weitergeht – ohne dass Quinn dieses Mal in der Pause mit mir gesprochen hätte.

»Neugierig?«, frage ich ihn, weil er nach der Prüfung der Kandidaten nicht mehr beim weiteren Einstellungsprozedere beteiligt ist.

»Erwischt«, sagt er lächelnd.

»Ganz gut«, antworte ich auf seine ursprüngliche Frage und nicke zur Gruppe. »Wir haben drei Favoriten.«

»*Drei?*« Ian grinst. »Ich würde sagen, Quinn hat nur eine.«

*Also ist es keine Einbildung. Ian fällt es ebenfalls auf.*

Ich starre zu den Liegen und beobachte, wie Quinn seine Hände auf Megans legt. Mit ruhigen Bewegungen führt er sie über den Rücken von Violet, verlagert sein Gewicht, berührt Megan mit seiner Hüfte …

*Nicht gut!*

Obwohl ich nur Tee zu mir genommen habe, habe ich das Gefühl, mich gleich übergeben zu müssen. Mein Puls klettert in die Höhe, Sterne tanzen vor meinen Augen, und mir wird im Wechsel heiß und kalt. Alles in mir will vorpreschen und ihm eine Szene machen, an die er sich noch in hundert Jahren erinnern wird. Weil ich mir ein derartiges Verhalten nicht bieten lasse! Im gleichen Augenblick trifft mich die Erkenntnis: Ich habe verloren. Ich kann nicht nur die brave Freundin sein. Nie! *Mist!*

»Ian, kannst du kurz für mich übernehmen?«, sage ich, weil ich hier wegmuss. Sofort. Entweder das, oder ich explodiere.

»Sicher.« Er dreht sich zu mir, doch ich laufe schon los. »Alles in Ordnung mit dir, Peach?«

»Nein«, murmele ich nur. *Ich bin die Frau, die für alles eine Lösung hat.* Aber in diesem Augenblick habe ich keine Ahnung, was ich tun soll. Da ist nur eine Erkenntnis: Das alles war ein Fehler, ein Riesenfehler.

Mit Quinns Stimme im Ohr, der gerade eine neue Ansage macht, verlasse ich die Etage und nehme den Fahrstuhl zu den Büroräumen.

»Seid ihr schon fertig?«, fragt mich Reece, als er mich sieht.

»Nein, nein, nein …«, sage ich zerstreut, schließe meine Schreibtischschublade auf, hole meine Handtasche und schalte den Rechner aus, an dem ich sonst noch weitergearbeitet hätte.

»Was ist los?«, fragt er.

»Mir geht es nicht so gut.« *Leicht untertrieben, aber wahr.*

»Soll ich Collins vorbeischicken?«

*Den Klubarzt?* Ich schüttele den Kopf. »Nicht nötig.«

»Ist was passiert?«

»Nein«, sage ich und werde immer hektischer, weil mir Tränen in die Augen treten. *Gott, wie kitschig! Tränen!*

»Hey!«, meint Reece und stoppt mich am Fahrstuhl.

»Jetzt nicht!«, rufe ich. *Sieht er das nicht?*

»Schon gut.« Er nimmt mich in den Arm, obwohl es mir unangenehm ist.

»Audrey wird mich hassen.« *Weil ich mit ihrem Mann kuschele.*

»Quatsch«, sagt Reece. »Sie wird eher mich hassen, wenn ich dich hier so stehen lasse. Komm, ich fahr dich nach Hause.«

Ich will protestieren.

»Keine Chance, Peach. Sonst hast du immer recht, aber nicht in diesem Fall. Außerdem bin ich dein Chef, und solange du in diesem Gebäude bist, habe ich das Sagen.«

»Okay«, schluchze ich.

Ich müsste mich beruhigen, doch es gelingt mir nicht.

*Mit Quinn und mir ist es endgültig aus.*

## QUINN

Während ich mit den Kandidaten verschiedene Massagetechniken durchgehe, kriege ich mit, dass Ian dazukommt und Peach wenig später den Raum verlässt. *Warum auch nicht?*

Aber sie kehrt nicht zurück. Weder nach fünf Minuten noch nach zehn oder nach fünfzehn …

Am liebsten möchte ich sofort nach Peach suchen. Weil etwas nicht stimmt. Doch das geht nicht. Ich bin der Einzige, der Ahnung von der Materie hat, und kann nicht weg.

Ungeduldig führe ich durch den letzten Teil der Übungen und beende schließlich den Test.

»Danke, dass Sie alle heute hier waren«, sage ich zu den anwesenden Masseuren. »Sie hören im Laufe der Woche von uns.« Ich sehe mich um und nicke den beiden Sicherheitsleuten zu. »Sie können sich noch waschen und umziehen. Jordan wird Sie nach unten begleiten.«

Dann gehe ich zu Ian, der mich seltsam verärgert ansieht.

»Hättest du auch gerne eine Massage bekommen? Oder bin ich zu weit gegangen, Herr Anwalt?«, frage ich Ian bemüht locker.

»Nicht witzig, Herr Masseur«, kontert er mit knirschenden Zähnen.

»Okay, was ist los? Und wo steckt Peach?« Ich kann sie nämlich immer noch nicht entdecken.

»Komm mit«, meint er nur und gibt mir ein Zeichen, ihm zu folgen.

Wir verlassen den weitläufigen Raum, steuern die Fahrstühle an, und kaum sind wir um die Ecke gebogen, trifft mich eine Faust direkt in den Magen. Kein warnender Schlag, sondern einer, der maximal wehtun soll.

»Bist du verrückt geworden?«, keuche ich mich krümmend. Körperverletzung sieht einem Anwalt wie Ian nicht ähnlich.

»Der ist von Peach«, sagt er ungerührt.

»Das ist nicht ihr Stil«, presse ich heraus.

»Hättest du lieber eines eurer Wortgefechte? Kannst du haben, Arschloch!«

Ich runzele die Stirn und habe Mühe, aufrecht zu stehen, aber schaffe es. »Fuck, Ian, was ist los?«

»Du kapierst es echt nicht?«

*Bin ich Hellseher?* »Nein!«

»Sagen wir es mal so: Wenn ich mit einer anderen Frau machen würde, was du gerade mit der Tussi dort angestellt hast, dann sollte ich Kurse im Betteln nehmen. Denn es würde sehr lange dauern, bis mich Catherine wieder in ihre Nähe lassen würde.«

*Glaubt er, ich würde ohne triftigen Grund mit einer anderen Frau herummachen?* »Das eben war so geplant«, verteidige ich mich. »Und mehr oder weniger harmlos.« Zumindest weit von dem entfernt, was man in einer Session machen kann.

»Sind dir deine ätherischen Öle zu Kopf gestiegen?«, zischt er. »Wenn das harmlos war, bin ich Chorknabe!«

»Ich hab zwischendurch mit Peach gesprochen. Es ging ihr gut.«

»Nun, als ich kam, ging es ihr nicht mehr gut. Sie war total aufgelöst, und wir wissen beide, dass Peach nie aufgelöst ist.« Er sieht mich streng an, stützt mich jedoch nun, statt noch mal zuzuschlagen. »Nie, Quinn.«

»Fuck!«, fluche ich. »Wo ist sie jetzt?«

»Keine Ahnung«, sagt Ian. »Sie ist einfach gegangen.«

*Doppel-Fuck! Was heißt das? Dass es endgültig vorbei ist?*

Ich spiele kurz mit dem Gedanken, mich umzuziehen. Massageöl klebt an meinen Klamotten, und das Shirt ist unter den Achseln verschwitzt. Aber ich will keine weitere Zeit verlieren. Ich muss Peach sprechen. Sofort. Denn es darf nicht vorbei sein. *Sie war brav! Wehe, sie glaubt, dass sie einfach ohne ein Wort verschwinden kann!*

Da der Fahrstuhl nicht schnell genug kommt, nehme ich die Treppe und stürme direkt in ihr Büro – das jedoch verlassen ist, wie ich wenig später sehe. Ebenso wie Reeces Büro. Nur ihr Duft hängt noch in der Luft, mehr nicht.

Für einen Moment kann ich keinen klaren Gedanken fassen. *Konnten sie und Reece ein Meeting haben? Einen Kunden treffen? Zum Klub gefahren sein?*

Mir wird schwindlig, und ich stütze mich auf der Tischplatte auf. Ich konzentriere mich auf beruhigende, gleichmäßige Atemzüge. Tief einatmen und mit fünf Zählzeiten die Luft langsam entweichen lassen. Nur dass ich dabei erneut nur an Peach denke. Einatmen – Peach. Ausatmen – Peach, Peach, Peach, Peach, Peach …

»Wenn du Peach suchst: Reece hat sie nach Hause begleitet«, lässt mich eine Frauenstimme aufschrecken. Ich drehe mich um und sehe Audrey im Büro stehen, die zwar hochschwanger ist, mich aber dennoch unglaublich an Peach erinnert, weil beide Frauen eine ähnliche Statur und diese sexy dunklen Haare haben.

»Sicher?«, frage ich nur.

Sie hebt ihr Handy. »Er hat mich gerade angerufen und gesagt, dass sie jetzt schläft und er zurückkommt.«

»Das heißt, Peach ist im Augenblick allein?«, werde ich ungehalten.

»Hey, mäßige deinen Ton«, sagt Ian, der mir gefolgt ist.

»Blödmann!«, knurre ich nur und muss daran denken, wie oft mich Peach so genannt hat. Nicht weil sie es ernst gemeint, sondern weil sie emotional überreagiert hat. So wie ich gerade. »Nein, er hat einen ihrer Brüder angerufen, der jetzt bei ihr ist«, erklärt Audrey. *Immerhin etwas.*

»Wo wohnt sie?«, frage ich beherrschter.

»Du kennst noch nicht mal ihre Adresse?«, gibt Ian zurück.

»Würde ich sonst fragen?«

»Hier«, sagt Audrey und schreibt mir die Straße auf einen Zettel.

»Danke dir.« Sie hat echt was gut bei mir.

Ich jogge los, weil ich zu Peach muss. Ian will mir folgen, aber Audrey hält ihn zurück.

»Das ist seine Sache«, meint sie nur.

*Da hat die Frau verdammt recht!*

***

Als ich vor Peachs Wohnung ankomme, schlägt mir das Herz bis zum Hals. Ich habe keine Ahnung, was ich ihr gleich sagen werde, aber ich habe auch nicht die Geduld, mir die passenden Worte zurechtzulegen. Ich will sie einfach nur in den Arm nehmen und mich davon überzeugen, dass sie okay ist. Mehr brauche ich nicht. Für den Anfang.

Nervös klingele ich an ihrer Tür. Ich habe Licht hinter ihrem Fenster gesehen, und als sie nicht sofort öffnet, klingele ich wieder. Und wieder und wieder und wieder … Bis ein riesiger Kerl die Tür aufreißt. In einem maßgeschneiderten Anzug, moderner Krawatte, teurer Uhr und italienischen Lederschuhen. Und mit ihren Augen. Einer ihrer Brüder.

»Ja?«, sagt er bemüht neutral.

»Ich will zu Peach«, erkläre ich und merke, wie sich im Hintergrund noch ein paar Schränke bewegen, so als hätte einer die anderen informiert. *Klasse! Hätte sie mal erwähnen können, dass sie bei den Musketieren aufgewachsen ist!* »Darf ich reinkommen?«

»Nein!«, meint der Typ nur und will die Tür wieder zuschlagen.

Schnell stelle ich meinen Fuß in den Türspalt und jaule auf, als die Kante mich trifft.

»Geschieht dir recht«, knurrt er und nickt zu meinem Fuß, weil er möchte, dass ich den wegnehme.

*Keine Chance.* »Bitte, ich muss zu ihr.«

»Das kostet.«

*Ernsthaft?* »Sehe ich aus, als würde mir meine Kreditkarte zwischen den Eiern kleben?«, schnaube ich, weil ich nur mein Handy und die Autoschlüssel in der Hand habe. Mehr nicht.

»Sehe ich aus, als tue ich Gefallen umsonst?«, gibt der Kerl ungerührt zurück – und erinnert mich mit seiner Dreistigkeit an Peach.

»Ich bin mir sicher, Peach würde das mächtig ärgern, wenn ich mir den Weg zu ihr erst freikaufen muss«, sage ich.

Der Typ lacht leise, und seine Augen funkeln. Auch etwas, das ich von Peach kenne. »Stimmt, würde es. Aber –« Er zuckt mit den Schultern. »Was sie nicht weiß, macht sie nicht heiß. Du willst hier rein, und das kostet. Wenn du deine goldene Kreditkarte also nicht dabeihast, dann schwirr ab und hol sie.«

*Scherzkeks!* »Das werde ich ganz sicher nicht tun.« Hätte ich eine Schwester, ich würde sie in der Zwischenzeit außer Landes schaffen, um sie vor Vollidioten wie mir zu beschützen. Das Risiko kann ich nicht eingehen. »Hier, der Autoschlüssel für meinen nagelneuen Ford Fusion. 325 PS, ausgestattet mit Hybridantrieb, Sportsitzen und dem üblichen technischen Schnickschnack.«

»Dir ist klar, dass du diesen Wagen nie wieder zu Gesicht bekommst, wenn du mir den Schlüssel gibst?«

*Danke für den Hinweis!* Ich bin nicht reich, und mir zwei Neuwagen pro Jahr zu kaufen war nicht vorgesehen, aber diese Frau ist es wert. »Besser meinen Wagen nie wieder sehen als Peach, richtig?«

Der Typ grinst und macht Platz. »Guter Junge!«

Er lässt mich rein, doch als ich weiter zu Peach will, stoppt mich ein muskulöser Kerl mit Tattoos und drückt mich an die Wand.

»Verdammt, was soll das?«, knurre ich.

»Nur weil du Neal überzeugt hast, heißt das nicht, du hast den Rest von uns in der Tasche«, sagt er.

*Wäre ja auch zu einfach gewesen!* »Willst du mir jetzt mein Handy abziehen?«, witzele ich. »Hier bitte!« Ich gebe ihm mein Gerät, das er unbeeindruckt auf einer Kommode ablegt.

»Nein, eigentlich würde ich mich furchtbar gerne mit dir schlagen. Aber dann kriege ich Ärger mit Peach. Keine Gewalt und so«, sagt er.

»Es sei denn, sie verhaut die bösen Jungs selbst«, mischt sich Neal grinsend ein. »Nicht wahr, Sean?«

»Zählt es, wenn das schon unser Firmenanwalt übernommen hat?«, frage ich. Denn ich spüre Ians Treffer in meine Magengrube immer noch.

»Ist nicht das Gleiche«, sagt er.

»Klasse, und wie soll ich sonst beweisen, dass ich stark genug für sie bin?«, gebe ich leicht sarkastisch von mir. Denn offensichtlich will mich hier niemand verprügeln, sondern nur auf die Probe stellen.

»Hundert Liegestütze!«, befiehlt Sean.

»Hundert?«, ächze ich.

»Beschwer dich nicht, oder es werden zweihundert«, meint Neal.

*Na ja …* Hundert sind viel, vor allem, wenn man so wie ich bereits den ganzen Tag Leute durchgeknetet hat. Doch ich will zu Peach, also nehme ich die Position ein. Ich spüre meinen pochenden Fuß, der in der Tür eingeklemmt war, und meine schmerzenden Schultern vom Tag, aber lege los. Wobei ich schon nach zwanzig Stück ins Schwitzen komme.

»Fuck!«, keuche ich.

Peachs Brüder lachen. »Nur zur Info: Das war ernst gemeint. Wenn du versagst, ist hier Ende im Gelände.«

»Nur zur Info …«, presse ich heraus und knacke mit zunehmend zitternden Muskeln die Vierziger-Marke. »Wenn ich den Teppich vollkotze … ist für dich bei Peach … Ende im Gelände.«

»Stimmt, Sean, das würde Peach dir nie verzeihen«, meint Neal.

»Fein …« Statt mich zu erlösen, holt der aus der Küche eine Schüssel und stellt sie mir unters Gesicht. »Bevor er ins Wohnzimmer kotzt, hat er die hier.«

*Vollidioten, allesamt Vollidioten.* Kein Wunder, dass Peach so abgebrüht ist. Um mit denen mitzuhalten, braucht man Nerven aus Stahl.

Ich bin mittlerweile bei guten sechzig Wiederholungen, muss jedoch immer öfter innehalten, um mir die nächsten abzuringen. Wenn ich ausgeruht wäre, würde ich das schaffen. Aber jeder verfickte Muskel – *und dank meiner Ausbildung kann ich sie alle bei ihrem lateinischen Namen nennen!* – protestiert.

»Fuck!«, keuche ich und krache auf den Boden und halb in die Schüssel. *Alter, erschieß mich!*

»Tja, das war's dann wohl«, meint Sean trocken. »Raus!«

Ich rühre keinen Finger. *Zu anstrengend.* »Sorry, dazu müsst ihr mich schon rausschleifen.«

»So fertig?« Sean geht neben mir in die Hocke und klopft mir fest auf den Rücken. *Als hätte ich nicht genug gelitten!* »Komm, hoch mit dir, Sportsfreund!« Er dreht mich um und reicht mir Wasser. »Du kriegst jetzt keinen Herzinfarkt oder so?«

Ich trinke was und grinse. »Schiss vor Peach?«

Er legt eine entschuldigende Miene auf. »Ich schätze, sie lässt mich nachher zweihundert machen.«

»Dreihundert«, korrigiert ihn sofort Neal. »Schließlich weiß sie, wie fit du bist.«

Ich sehe wieder zu Sean, dem Kerl mit den Tattoos. »Professioneller Sportler?«, frage ich. »Oder Special Forces?«

»Ex-Special Forces und weltweit tätiger Fotograf in Krisengebieten.«

»Das ist … Wow!« Ich bin dem Tod nur knapp entronnen.

»Ja, ich bin hergekommen, sobald ich von der Scheiße mit euch gehört habe.«

»Indem du dich hergebeamt hast?«, rutscht mir raus. Denn niemand kommt so schnell von einem Ende der Welt zum anderen.

Die Männer lachen. »Sean war in Kolumbien und meint, er ist gekommen, sobald er erfahren hat, dass Peach einen Mann in ihrem Leben hat. Das war wann? Vor drei, vier Wochen?«

»Vier«, bestätigt der. »Irgendwie hab ich geahnt, dass sie mich braucht. Dass ich es zum Showdown geschafft habe, ist nur ein glücklicher Zufall.«

*Glücklich? Fragt sich, für wen?*

Ächzend stemme ich mich hoch und sehe zum dritten Mann, der sich bisher zurückgehalten hat. »Was muss ich für dich tun?«, frage ich, rücke automatisch den Sofatisch zurecht und räume die Schüssel wieder weg, die ich nicht vollgekotzt habe. Das ist immerhin Peachs Wohnung, kein Kriegsschauplatz.

Alle drei grinsen.

»Ich würde sagen, das hat sich erledigt«, meint Neal. »Oder Chris?«

Ich wende mich dem dritten Mann zu, der von allen am spießigsten angezogen ist.

»Peach liebt es ordentlich, und ich hätte dich hier putzen lassen«, erklärt er. »Aber du hast einfach so aufgeräumt.«

»Darf ich also jetzt zu ihr?«, frage ich und wundere mich, wo Bruder Nummer vier steckt.

»Darfst du. Aber sei leise«, sagt Neal und gibt den Weg endlich frei. »Verstanden?«

Was er meint, sehe ich, als ich die Tür zu Peachs Schlafzimmer öffne.

# 15. Kapitel

## PEACH

Ich kann mich nicht erinnern, wann meine Brüder und ich zuletzt alle zusammen waren. Das muss vor Monaten gewesen sein. Gut, dass Ben alle geholt hat und Sean auch noch überraschend gekommen ist. Auch dass meine Nichte Amy hier ist, finde ich schön. Ich wünschte nur, ich könnte es mehr genießen.

Aber immer wenn ich glaube, es geht langsam, laufen mir neue Tränen über die Wangen. Die man – wenn man sich nicht gerade beide Knie aufgeschürft hat – einer Sechsjährigen eher schlecht erklären kann.

»Tante Peachy, bist du schon wieder traurig?«, fragt Amy, auf dem Bett an mich gekuschelt, und wischt mir unbeholfen mit den Händen die Wangen trocken.

»Mmh«, mache ich nur, streiche ihr über den Kopf und schließe die Augen.

»Und müde?«, fragt sie.

»Ja, sehr müde«, sage ich mit erstickter Stimme.

»Was hältst du davon, wenn wir Tante Peachy eine Gutenachtgeschichte vorlesen?«, rettet Ben die Situation. »Willst du mal aus deiner Affentasche ein Buch holen?«

»Au ja!«, ruft sie begeistert und flitzt zu ihrem Rucksack, der die Form eines Schimpansen hat.

*Mist, es ist verdammt schwer, verletzt zu sein, wenn eine aufgeweckte Sechsjährige um einen herumschwirrt. Wahrscheinlich war genau das Bens Plan. Cleverer Bursche!*

Doch das lässt mich nicht vergessen, dass Quinn absichtlich mit Megan geflirtet hat – und mich damit echt getroffen hat. Mehr als es jedes gemeine Wort bisher konnte. Und dass es vorbei ist.

*Verdammt, es ist wirklich vorbei.*

Neue Tränen strömen mir über das Gesicht, die ich schnell wegstreiche, bevor Amy sie sieht. Freudestrahlend kommt sie mit dem Buch an meine Seite geklettert. Ben setzt sich an meine andere, und sie kommentiert die Bilder in der Geschichte.

»Verdammt, wo ist sie?«, höre ich plötzlich Quinns Stimme von draußen und zucke zusammen, während Amy einfach weiterplappert, als wäre nichts geschehen. *Kinder!*

»Keine Sorge«, flüstert mir Ben ins Ohr. »Wir passen auf dich auf.«

Ich lehne mich an ihn. »Danke.«

Amy erzählt weiter, was im Buch passiert. Ich verfolge allerdings nur am Rande die völlig absurde Geschichte eines Autos, das mit Enten durch Amerika trampt. *Wer denkt sich denn so was aus?!* Stattdessen versuche ich mitzukriegen, was draußen los ist.

Plötzlich wird es ruhig. *Ist er wieder weg?* Hoffnung und Schmerz kämpfen in mir. Dann öffnet sich meine Zimmertür, und Quinn erscheint – humpelnd und verschwitzt und ramponiert.

»Ben?«, sage ich nur, weil ich seine Unterstützung brauche.

»Gib ihm einen Moment, Peachy. Der Mann sieht so aus, als hätte er sich das verdient.«

Neue Tränen sammeln sich in meinen Augen. *Nein, ich kann jetzt nicht.* Ich schmiege mich enger an Ben und bin unglaublich dankbar, als er seinen Arm um mich legt und mich vor Quinn abschirmt.

»Tante Peachy, alles okay?«, fragt Amy, die erst jetzt mitbekommt, dass was nicht stimmt.

*Mist. Was sag ich ihr denn?*

»Ich glaube, sie möchte, dass wir die Geschichte weiter vorlesen«, rettet Quinn die Situation unerwartet. »Wollen wir das machen?«

*Was tut er da? Warum poltert er nicht einfach herum und ranzt mich an? Wieso ist er so einfühlsam? Und wie kann es sein, dass er so gut mit Kindern umgehen kann? Ich meine, mit Menschen, das verstehe ich. Er ist Masseur, selbstverständlich hat er ein Gespür für Menschen. Aber muss er auch noch so toll zu meiner Nichte sein?!*

»Tante Peachy?«, fragt Amy mich unsicher, weil sie den Mann nicht kennt, aber versteht, dass jemand, der in meiner Wohnung ist, irgendwie zur Familie gehören muss.

Meine Kehle ist wie zugeschnürt, ich kriege keinen Ton raus.

»Ist okay«, antwortet Ben an meiner Stelle.

»Achtung!«, sagt Quinn, und bevor ich begreife, was er tut, hat er meine Nichte angehoben und sie sich auf den Schoß gesetzt. Und er ist plötzlich an meiner Seite. So nah, dass ich seine Wärme spüre – und neben den Massageölen rieche, wie verschwitzt er ist.

*Was hat das alles zu bedeuten?*

Ich konzentriere mich auf die dämliche Geschichte der Ente und wie begeistert Amy sie erzählt. Schließlich liest

Quinn sie weiter vor, und ohne dass ich es merke, liege ich irgendwann nicht mehr an Bens Schulter, sondern an seiner. Ich kriege nur am Rande mit, dass mein Bruder mit Amy geht. Quinns Finger streichen gedankenverloren über meinen Arm. Ich schließe die Augen, lasse mich von dem Gefühl einlullen, dass alles gut ist, und schlafe ein.

## QUINN

»Und sie fuhren glücklich und zufrieden über den Highway, solange die Erde sich drehte«, lese ich leise zu Ende vor und schließe erst jetzt das Buch, dabei habe ich schon vor einer ganzen Weile bemerkt, dass Peach schläft. Mit verheulten Wangen.

*Fuck, der Anblick gefällt mir nicht. Ja, es gibt Doms, die auf verheulte Augen stehen. Ich nicht. Das hier, das hätte nicht passieren dürfen.*

Draußen im Wohnzimmer ist es ebenfalls ruhig geworden. Wenn ich raten müsste, dann weil ihre Brüder gegangen sind – und ich akzeptiert wurde als der Kerl, der doch irgendwie gut genug für Peach ist und sich weiter um sie kümmern wird. *Und das werde ich, und wie!*

Ich lege das Buch auf den Nachttisch, schalte das Licht aus und rutsche mit Peach im Arm etwas tiefer, damit wir richtig liegen können. Wobei ich das Gesicht verziehe, weil meine Schultern höllisch schmerzen.

»Quinn?«, fragt Peach im Schlaf an mich geschmiegt.

»Ich bin hier.«

»Ich hab den Test nicht bestanden«, murmelt sie.

»Ist nicht schlimm, Cherry.« *Nicht mehr.*

Sie schläft wieder ein, und ich drücke ihr einen Kuss ins Haar. Es stimmt, es macht nichts, dass sie durchgefallen ist. Denn ich will sie trotzdem.

Ich atme tief durch und muss an unsere letzte Unterhaltung denken, als sie mich gefragt hat, ob sie auch andere Spielpartner haben kann. Es gefällt mir nicht. Aber sie nicht zu haben gefällt mir noch weniger. *Fuck, es ist okay. Alles ist okay, wenn Peach nur wieder glücklich ist.*

Und während ich auf ihre gleichmäßigen Atemzüge lausche, schlafe ich ebenfalls ein.

# 16. Kapitel

## PEACH

Als ich wach werde, fühle ich mich wie gerädert. Stück für Stück erinnere ich mich an den Vortag. An Megan, Quinn, den Flirt, meine Flucht. Reece, meine Brüder. Und wieder Quinn. Der neben mir schläft, was für einen Kurzschluss bei mir sorgt. »Scheißkerl!«, entfährt mir. »Du verdammter Scheißkerl.«

Ich mache mich von ihm los und will möglichst viel Abstand zwischen uns bringen, als er mich packt und sich ziemlich plump über mich legt. Ich zappele zwar noch mit Händen und Füßen, kann jedoch nichts ausrichten. »Und jetzt erdrückst du mich!« *Penner!*

Statt etwas zu erklären, küsst er mich, verschließt meinen Mund mit seinem und verwöhnt mich, bis ich umgekehrt mehr einfordere. Dann hält er inne. Wir atmen beide schwer. Und er sieht mich äußerst zufrieden an.

»Ich krieg keine Luft«, presse ich unter ihm heraus.

»Geschieht dir recht.«

»Wie bitte?!«, empöre ich mich. »*Du* hast doch Mist gebaut!«

»Indem ich meinen Job erledigt habe?«

»Mit deinen Händen auf Megans?« *Das war echt zu viel.*

»Sorry«, sagt er unerwartet. »Aber nur auf diese Art konnte ich dich wirklich auf die Probe stellen. Das hatten wir so abgesprochen.«

Ich lasse mir seine Worte durch den Kopf gehen. »Stimmt«, gebe ich schließlich bedrückt zu.

»Warum bist du dann so wütend auf mich?«

»Weil ich bei dem Test versagt habe, dich aber immer noch will.«

»Das ist gut, denn ich will dich auch.«

»Ja?« Mein Herz rast plötzlich wie verrückt.

»Ja«, sagt er und wird ernst. »Deshalb hab ich noch mal über alles nachgedacht. Ich verstehe, wie wichtig dir deine dominante Seite ist, und ich erlaube dir nun doch, sie auszuleben. Für uns.«

»So, so, du *erlaubst* es mir!«, töne ich.

»Peach!« Er muss sich sehr beherrschen, mir gerade nicht den Hals umzudrehen. »Falscher Moment für Scherze!«

»Dir ist es also wirklich recht, wenn ich meine Fingerspitzen über einen fremden Männerhintern wandern lasse?« *Wow, wow, wow! Ich kann es gar nicht glauben!*

Ich mache es vor, schiebe meine Hand unter seine Hose und fahre mit meinen Nägeln sanft über seinen Hintern. Was ihm gefällt! Dabei dürfte er das als Dom nicht mögen.

»Und du kannst wirklich damit leben, dass ich einem anderen Kerl erlaube, mich zu lecken?« Ich grinse böse. »Wo ich will, Sir.«

»Dünnes Eis, Cherry!«

Ich muss lachen und will ihn länger zappeln lassen, aber halte es selbst nicht mehr aus. »Weißt du, mir wird gerade was ganz anderes klar«, sage ich. *Was Großes, was so offensichtlich ist, dass ich gar nicht verstehe, warum es mir nicht schon viel früher aufgefallen ist.* Ich recke mich, küsse ihn wieder und seufze, als ich seine Erektion bemerke, weil ich es kaum noch erwarten kann, ihn in mir zu spüren. *Ihm zu gehören.*

»Was ist dir klar geworden? Dass du nicht nur dominant, sondern auch sadistisch bist, und es magst, mich zu quälen?«, knurrt er und küssbeißt mich strafend.

»Gott, nein!«, keuche ich. *Was er immer denkt!* »Wann hattest du eigentlich zuletzt eine Beziehung?«

»Wieso ist das wichtig?«

»Wittere ich hier Geheimnisse?«, necke ich ihn. »Sag schon, oder ich nutze das Sicherheitssystem vom Klub, um es rauszukriegen.«

»Vor fast zwei Jahren«, antwortet er ruhig. »Zufrieden? Oder enttäuscht, dass ich nicht von Bett zu Bett springe?«

»Solange du es draufhast …«, entgegne ich frech.

»Glaub mir, das habe ich!«

*Bestimmt. Wer so geschickte Hände hat, der weiß auch, wie er seinen gesamten Körper einzusetzen hat!*

»Und seitdem lief nichts mit Frauen?«, frage ich zur Sicherheit nach.

Er schüttelt den Kopf.

»Bei mir ist es ähnlich«, sage ich. »Meine letzte Beziehung liegt Ewigkeiten zurück. Danach hatte ich nur noch Spielbeziehungen, um meine beiden Seiten auszuleben. Meine letzte Session war im Dezember vor einem Jahr.« Quinn sieht mich weiter abwartend an, fährt mir durch die Haare, hört einfach zu. »Und dann habe ich im Tease & Please angefangen und nie wieder gespielt.« *Bis auf das eine Mal neulich. Aber das zählt nicht, das war viel zu verkrampft.*

»Weil Reece dich wie ein Sklaventreiber arbeiten lässt?«

Ich muss leise lachen und schüttele den Kopf. »Nein, weil ich jemandem begegnet bin, den ich unglaublich sexy fand und mit dem ich mich unglaublich gut zoffen konnte.«

»Mich?«

»Lass mich kurz überlegen …«, verzögere ich die Antwort und werde dafür fies gekitzelt. »Ja, dich, dich, dich!«, japse ich lachend, und er hört auf. »Bei dir geht es für mich nicht darum, welche Seite ich lieber mag, sondern einfach nur darum, dass wir zusammen sind.«

»Und uns zoffen und gegenseitig in den Wahnsinn treiben?«

»Und uns bestrafen und lieben«, ergänze ich. »Mehr brauche ich nicht. Du weißt doch: Was sich neckt, das liebt sich. Keine Ahnung, warum immer alle eine harmonische Beziehung wollen. Harmonie ist langweilig. Findest du nicht?«

»Ich würde mich total gerne streiten, aber ich fürchte, du hast recht.«

»Gewöhn dich dran. Ich hab immer recht«, ziehe ich ihn auf.

»Gewöhn dich daran, dass ich dir das streitig machen werde.«

»Weil du der Super-Dom bist?«

»Weil ich der Mann im Haus bin.«

»Du Chauvi!«

»Du Frauchen.«

Lachend ringen wir miteinander, jeder kämpft um die Oberhand, und es ist perfekt, absolut perfekt. Nur eine Sache fehlt noch …

»Bitte, Sir, ich war doch so unartig«, sage ich und belecke mir die Lippen.

»Warst du«, sagt Quinn und sieht mich hungrig an. »Also, lass mich kurz überlegen, was ich deshalb mit dir anstelle.«

»Ich hätte da einen Vorschlag.«

»Welchen?«

»Quäl mich so lange, bis ich dich anbettele, mit mir zu schlafen.« *Gott, das würde uns beiden gefallen.*

»Gute Idee«, lobt mich Quinn und will anfangen. In dem Moment brummt mein Handy.

»Willst du nicht rangehen?«, fragt er.

Ich sehe aufs Display. Es ist Reece. »Nööö«, sage ich. Ich will viel lieber Quinn küssen. Doch gerade, als ich es tue, vibriert es erneut.

»Also entweder du gehst ran, oder ich mach das …«

»Oder ich stelle es lautlos«, schlage ich vor.

»Damit Reece hier vorbeikommt und nach dem Rechten sieht? Das ist keine gute Idee.«

*Stimmt. Das würde Reece tun. Schließlich sind wir im Klub nicht nur Kollegen, sondern wie eine große Familie.* Also melde ich mich.

»Geht es dir besser?«, fragt Reece.

Ich schmiege mich an Quinn, er drückt mich, und ein prickelnder Schauer durchläuft mich. »Ja, das tut es.«

Reece lacht unerwartet. »Und wie geht es Quinn?«

»Er lebt«, antworte ich, besagten Kerl angrinsend.

»Kann er auch mal kurz einen Ton von sich geben?«

»Glaubst du mir etwa nicht?!«, empöre ich mich und wuschele Quinn durch die Haare. »Los, sag mal was!«

»Hi, Reece«, meldet sich Quinn.

»Er lebt also wirklich«, sagt Reece.

»Klar! Ich bring ihn doch nicht um«, rufe ich. »Aber …« Ich huste künstlich. »Ich fürchte, uns beiden geht es nicht so gut.« Ich gebe Quinn einen Wink, dass er mit mir husten soll, was er prompt tut.

»Und ihr meldet euch krank?«, rät Reece amüsiert.

»Ja, Boss«, krächze ich. »Wir können heute auf gar keinen Fall arbeiten.«

»Du weißt, dass du unglaublich schlecht lügst?«, sagt er.

»Aber es ist die Wahrheit«, beharre ich.

»Peach fühlt sich tatsächlich heiß an«, pflichtet Quinn mir bei und schiebt seine Hand unter mein Shirt.

»Hey!«, keuche ich. *Kann er sich bitte etwas zurückhalten, während unser Boss am Telefon ist?* Ich berühre seine Stirn. »Oh mein Gott, Quinn glüht ebenfalls.« Ich muss ihn küssen, und als er den Kuss erwidert, vergesse ich Reece. »Du glühst total heftig … wirklich fies … extrem gefährlich …«, murmele ich.

»Peach? Peach!«, ruft Reece.

*Ups.* Ich sammele mich. »Ja?«

»Okay, ihr seid heute beide krank, verstehe. Aber vielleicht kann Quinn noch sagen, wen er als Kollegen haben will?«

»Stella«, sagt er.

»Die andere Frau?«, frage ich. Die ebenfalls dominant war.

»Findest du die Wahl schlecht?«, fragt er mich. »Eine Frau wäre ein guter Ausgleich. Und ich bleibe der einzige Kerl mit magischen Händen.«

»Mir gefällt die Idee«, meint Reece.

»Mir …« Ich zögere. »Die Frau wäre ja nie mit dir in einem Zimmer, oder?«, frage ich Quinn. *Mal wieder eifersüchtig.*

»Richtig«, sagt er. »Und sollte jemand eine Paarmassage buchen, wäre ich zwar mit ihr in einem Raum – allerdings zusammen mit den Kunden.«

»Gut, ich bin auch einverstanden. Stella hat sich perfekt benommen und ist wirklich nett. Ich glaube, ich mag sie.« *Schließlich war sie nicht Megan, die Sexbombe.*

»Dann nur noch eine Frage«, meint Reece. »Wer darf gleich wem den Hintern versohlen?«

»Bis morgen, Reece!«, flöte ich, und während er lacht, lege ich auf. Chef hin oder her, die Antwort wird er nie erfahren. »Lust, deine neue Mitarbeiterin zu feiern?«, frage ich Quinn.

»Klar«, sagt er und lässt mich seine Erektion spüren. »Stell dein Handy lautlos, und dann zieh mir das Shirt aus!«

## QUINN

»Jawohl, du Sklaventreiber«, pariert Peach mit blitzenden Augen. Was so frech ist, dass ich sie gleich noch heftiger will. Sie packt den Saum meines Shirts, hilft mir raus und seufzt, als ihre Hände über meinen nackten Rücken fahren und uns kein Stoff mehr trennt.

»Und jetzt dein Shirt!«, verlange ich.

»Ich glaub, ich brauche Hilfe«, meint sie.

»Ich glaub, du brauchst eher einen Klaps auf den Hintern«, gebe ich zurück und beiße ihr in die Unterlippe, weil sie, so wie sie unter mir liegt, natürlich keinen Klaps bekommen kann. »Also los!«

Ich mache es ihr nicht leicht. Aber sie ist so nah unter mir, dass ich noch erregter werde, als sie sich aus dem Oberteil windet.

»Und jetzt meine Hose?«, fragt sie. *Gierig, gierig!*

»Nein.« Ich grinse. »Jetzt legst du deine Hände brav seitlich neben deinem Kopf ins Kissen und lässt sie dort.«

Schwer atmend gehorcht sie, und ich fahre mit einer Hand über ihr Dekolleté, ziehe eine Linie zwischen ihren Brüsten und male einen Kreis um ihren Bauchnabel, nur um dann wieder höher zu gleiten. Ich umschließe eine ihrer Brüste und reibe mit dem Daumen über den Nippel. Der mich erneut an einen Kirschkern erinnert. Hart und dunkel, umgeben von süßem Fleisch.

»Quinn!«, keucht sie, weil sie eingreifen möchte.

»Sag bloß, das war gut?«, frage ich nach und spiele weiter sanft mit ihrem Nippel.

»Unglaublich gut.«

»Und wie ist das?« Ich beuge mich tiefer und sauge brutal an ihrer empfindlichen Brustwarze.

»Gott!« Ihre Hände greifen in meine Haare, und ich beiße sie, woraufhin sie wimmert und mich sofort wieder loslässt. Sie sollte sie schließlich auf dem Kopfkissen liegen lassen. »Mistkerl!«

*Sie hat ja keine Ahnung!* Ich gleite mit meiner Zunge besänftigend über den Zahnabdruck, den ich an ihrem Busen hinterlassen habe, und sauge genüsslich an der weichen Haut, bis Kussflecken die Stelle vervollkommnen.

»Bitte«, stöhnt sie.

»Aber gerne doch«, sage ich, wechsele die Seite und verwöhne ihren zweiten Nippel.

Sie gibt einen atemlosen Laut von sich, weil sie was anderes gewollt hat.

»Unzufrieden?«, hake ich nach.

»Total«, ruft sie frustriert.

»Keine Sorge, ich weiß Abhilfe.« Ich rücke etwas ab und streichele mit einer Hand über ihren Körper, genieße ihre Rundungen, registriere jede erogene Zone und mag, wie sie sich windet.

»Abhilfe wogegen ist die Frage«, mault sie erregt und ballt ihre Hände zu Fäusten, um nicht erneut nach mir zu greifen. »Bitte, mehr, Sir!«

»Na gut«, sage ich. »Du darfst jetzt dein Höschen ausziehen.«

Unglaublich flink schlüpft sie raus, und ich muss lachen.

»Hast du es eilig, Cherry?«

»Hast du etwa Erektionsprobleme, dass du dir so Zeit lässt?«

Ich drücke mich an sie und lasse sie spüren, dass ich sie genauso heftig will wie sie mich.

»Also gut, keine Probleme«, keucht sie. »Aber was ist es dann?«

»Es gibt immer nur ein erstes Mal zwischen zwei Menschen«, sage ich und fasse an ihren Schritt, erfühle, wie unglaublich nass und bereit sie ist und wie sehr sie mich will. »Warum sollte ich das übereilen?«

»Oh Gott!«, stöhnt sie.

»Heißt das, du gibst mir recht?«, frage ich sie.

»Das heißt, ich bin nicht so der Genießer!«, sagt sie. »Wenn mir was gefällt, schnappe ich es mir.«

»Aber dann ist der Genuss viel zu schnell vorbei.«

Sie grinst. »Dafür hol ich mir Nachschlag. Also, nimm mich!«

»Sag noch mal Bitte!«

»Sooft du willst: bitte, Quinn!« Ihr Blick wirkt geradezu verzweifelt. »Ich kann nicht länger warten, ich muss dich in mir spüren.«

»Ich brauche ein Kondom«, keuche ich.

Sie beugt sich an mein Ohr – und lässt mich dabei ihren heißen Oberkörper und ihre Brüste spüren. *Teuflisch!* »Also, ich brauche keines. Ich vertraue dir«, sagt sie. »Außerdem bist du sauber, wenn du zuletzt vor über einem Jahr jemanden hattest. Und ich bin es auch. Das sagt zumindest der Gesundheitscheck, den Reece uns alle im Klub regelmäßig machen lässt.«

*Unser erstes Mal ohne Kondom?* Ich lege meine Hände auf ihren Hintern und drücke sie noch enger an mich, weil eine sehr primitive Ader in mir das unglaublich geil findet. »Was, wenn du schwanger wirst?«, frage ich sie mit einem letzten Rest Anstand, denn eigentlich ist mir das gerade völlig egal.

»Werd ich nicht«, antwortet sie zu meiner Überraschung.

Unerwartet bin ich enttäuscht. »Nie?«

»Was? Doch!« *Na, Gott sei Dank!* »Nur nicht heute laut meiner Zyklus-App.«

»Nicht heute?«, wiederhole ich, weil sie die erste Frau ist, die ich kenne, die sich so sehr auf ihren Körper verlässt.

»Richtig«, bestätigt sie und küsst mich. »Also, genieß es!«

*Fuck, sie hat gewonnen!* Ich ziehe mir die Hose tiefer, befreie meinen harten Schwanz, drücke ihre Schenkel auseinander und dringe mit der Spitze in sie ein.

»Du Scheißkerl!«, flucht sie, will mir entgegenkommen, kann es jedoch nicht, weil ich die Kontrolle habe und sie genau dort halte, wo ich sie haben will.

Lächelnd küsse ich ihren Hals. »Was beschwerst du dich, Cherry? Du kriegst doch jetzt, was du willst.«

»Nimm mich tiefer!«, knurrt sie.

»Du hast hier nicht das Sagen.«

»*Bitte*, tiefer, Sir«, korrigiert sie sich hastig.

»Noch nicht.«

»Verdammt!«

Mir gefällt, wie sie zittert, wie sie flucht und wie gut sie sich anfühlt. Ich dringe in sie ein und ziehe mich zurück, dringe erneut ein und ziehe mich wieder zurück. Es kostet mich alles, dieses Spiel durchzuhalten, und ein Mal muss ich innehalten, weil ich befürchte, viel zu früh zu kommen. Aber dann lacht dieses Biest unter mir, und das ist Ansporn genug, sie weiter zu quälen.

»Ich geb dir noch fünf Sekunden«, warnt sie mich.

»Und was dann?«

»Wirst du ja sehen«, sagt sie und windet sich unter mir.

»Irgendwie ist das eine schwache Drohung.«

»Wetten nicht«, knurrt sie, nutzt aus, dass ich kurz unaufmerksam bin, dreht mich auf den Rücken und setzt sich auf mich, sodass ich ungewollt tief in sie gleite.

»Fuck, Peach!«, rufe ich, weil sie sich so gut anfühlt, dass ich fast sofort komme und es nur mit Mühe verhindern kann. Ich kralle mich in ihren Hintern, grob und fest, was sie allerdings nur mit einem zufriedenen Grinsen quittiert.

»Ich hab dich gewarnt«, sagt sie und bewegt ihre Hüften. »Oh ja! Himmel! Ich hab dich so was von gewarnt.« Sie wirft den Kopf in den Nacken und lacht. Ganz die sexy starke, selbstbewusste Frau, die mir so den Verstand geraubt hat. »Jetzt bin ich dran!« Sie reitet mich, reizt mich, zieht sich mehr als einmal eng um meinen Schwanz zusammen. Wenn ich sie ansehe, komme ich fast, so sehr macht mich ihr Anblick an. Und wenn ich die Augen schließe, wird es nicht besser, denn dann spüre ich sie noch intensiver.

Mehrmals bin ich an dem Punkt zu kommen und kann mich nur unter größter Anspannung zurückhalten. Bis es nicht länger geht. »Stopp, Cherry!« Ich packe sie so fest, dass sie sich nicht mehr rühren kann, was uns beiden klarmacht, dass ich sie eben nur habe gewähren lassen. Aber wenn ich möchte, habe ich das Sagen.

Sie spannt ihre inneren Muskeln so an, als würde sie protestieren, und Sterne tanzen kurz vor meinem Sichtfeld.

»Peach, nein«, wiederhole ich mürrisch, denn wenn sie diese eine Bewegung mit ihrem Unterleib nur noch ein Mal wiederholt, ist es vorbei. Viel zu schnell vorbei.

»Keine Chance.« Ein Hüftschwung folgt. »Keine Chance!« Noch einer. »Keine Chance, Sir!«

*Dieses Biest!* Ich kann mich nicht länger zügeln. Ich brauche sie, jetzt sofort, hemmungslos.

Mit Schwung werfe ich sie zurück auf den Rücken und dringe härter in sie, bis zum Anschlag, bis dieses fiese Lächeln von ihren Lippen verschwindet und in ihren Augen nur noch ein Wunsch steht: mit mir zu kommen.

Sie schlingt die Beine um meine Hüften, öffnet sich mir und greift in meine Haare. Ich halte sie mit einer Hand an ihrer Taille, damit sie genau in der Position bleibt, die sich für uns beide gut anfühlt, und stütze mich mit der anderen über ihr auf. Wir reden nicht mehr, unsere Körper kommunizieren miteinander und machen das verdammt gut.

Ich spüre, dass Peach kurz vor ihrem Höhepunkt steht. Doch auch sie versucht nun, den Moment hinauszuzögern. Damit sich mehr Spannung aufbaut und es gleich noch heftiger wird.

Ein erstes Zittern durchläuft ihren Körper, das mich zwingt innezuhalten. Schwer atmend sehen wir uns in die Augen. Keiner sagt etwas, keiner drängt den anderen. Vorsichtig fährt sie mit den Fingern durch meine verschwitzten Haare, so als würde sie mir sagen, dass es okay ist, wenn ich nicht länger durchhalte. Dann habe ich mich wieder im Griff.

Ich beuge mich vor, küsse sie und mache dort weiter, wo wir eben aufgehört haben. *Peach Stone gehört mir. Kein anderer Mann wird sie jemals wieder haben. Ihr Körper gehört mir, ihr Stöhnen gehört mir, ihre Lust gehört mir. Für immer.*

Als gelte es, das zu beweisen, schiebe ich meine Hand in ihren Nacken und erfühle diesen einen Punkt, der diese Frau alles vergessen lassen wird. Zu der Stelle, die ich bei unserer allerersten Begegnung vor über einem Jahr entdeckt habe. Diesem speziellen erogenen Punkt. Wir tauschen einen letzten Blick. Wir befinden uns direkt vor Moment X, und gleich beginnt ein neuer Abschnitt für uns beide.

Dann reibe ich mit dem Daumen über diesen einen Punkt, und es ist um Peach geschehen. Sie kommt, bäumt sich auf, hält ihren Kopf eng an meinem, zieht sich rhythmisch um meinen Schaft zusammen und reißt mich mit sich. Komplett und unaufhaltsam.

Ich komme ebenfalls und genieße, dass das hier perfekt ist und dass sie mir gehört, mir allein. *Krass, krass, krass!*

Bis die Welle langsam abebbt, und ich förmlich auf ihr zusammenbreche, weil jeder Muskel in mir seinen Geist aufgibt. Dann trifft mich ein Knie hart am Oberschenkel.

»Aua!«, rufe ich.

»Endlich hörst du mir mal zu, du Rhinozeros. Ich sag dir seit fünf Minuten, dass du mich zerquetschst!«

*Rhinozeros?* Ich muss lachen, als mich ihr empörter Blick durchbohrt. *Typisch Peach.*

Mit einem Ächzen drehe ich mich zur Seite und schließe erneut die Augen, weil ich völlig erledigt bin. Nicht unbedingt der Eindruck, den ich als Kerl bei Peach hinterlassen will. Aber ich bin eben keine siebzehn mehr.

»Toll, das habe ich auch nicht gewollt«, mault sie nun.

Ich höre, dass sie etwas sagt, brauche jedoch eine Weile, bis der Sinn ihrer Worte zu mir durchdringt. Denn eigentlich will ich schlafen. *Nun stört sie also, dass unsere Körper getrennt sind?* Normalerweise würde ich sie damit aufziehen. Aber nicht jetzt. Ich taste nach ihr, ziehe sie eng an mich, tätschele ihren nackten Hintern und genieße ihre weiche Haut an meiner. »Besser?«

Sie rutscht noch näher, bis sie mit ihrem kompletten Oberkörper an mir klebt, und legt ein Bein besitzergreifend über mich. »Besser.«

Ich muss lächeln. »Nutzt du jetzt aus, dass ich mich nicht rühren kann?«

»Wenn ich darf …«, sagt sie beinahe schüchtern.

Ich recke mich und küsse ihr Ohr, und sie kichert leise. »Ich gehör ganz dir, Cherry.«

»Und das ist okay für dich?«, fragt sie, schließlich weiß sie, dass Doms selten bis gar nicht die Zügel aus der Hand geben.

»Solange du auch mir gehörst, ja«, antworte ich.

»Tue ich«, bestätigt sie und räuspert sich. »Du fieser, besitzergreifender Dom.«

»Sehr schön, du garstige, herumnervende Kratzbürste!«

Statt nun jedoch meine Lage auszunutzen, schmiegt sie sich einfach nur enger an mich. Miteinander verbunden liegen wir da, genießen die Nähe des anderen und unterhalten uns leise über Gott und die Welt, ohne dass wir merken, wie die Zeit vergeht. Sie überrascht mich zum Beispiel damit, dass sie so wie ich schon in Thailand war und auf einem Elefanten geritten ist. Ich tippe darauf, dass sie das ihrem Bruder Sean zu verdanken hat. Und ich überrasche sie damit, dass ich nach dem College erst mal in einem Steuerbüro gearbeitet habe. So was Solides hätte sie mir nie zugetraut. Aber klar, ich bin kein Chaot, sondern im Grunde genauso organisiert wie sie.

Ich sehe mich genauer in ihrem Schlafzimmer um, entdecke Muffins, die sie allen Ernstes morgens im Bett isst, während sie ein Buch liest oder Filme schaut. Wäscheberge stapeln sich in einer Ecke, weil sie vor lauter Arbeit kaum mit ihrem Haushalt hinterherkommt. Ihre Blazer und Kostüme hängen wiederum nach Farben sortiert an einer Kleiderstange. Dass sie auf kinky Spiele steht, sieht man jedoch nicht.

»Was ist in dem Schrank dort?«, frage ich sie und zeige auf ein Modell, das nicht zur übrigen Einrichtung passt. So als hätte sie ihn später gekauft.

»Spielzeug.«

»Für deine Nichte?«

»Gott, nein!«, ruft sie kichernd. »Erwachsenenspielzeug. Dildos, Spreizstangen, Hanfseile, Ledermanschetten, Rohrstöcke, Wachs. Solches Zeug eben.«

Das ist quasi die halbe Klubausstattung. »Deine armen Subs«, sage ich. *Die müssen bei ihr ganz schön leiden.*

»Es hat sich noch nie jemand beschwert«, entgegnet sie.

»Natürlich nicht! Wer würde schon seiner Ma'am Kontra geben?«, ziehe ich sie auf.

»Sag bloß, du verzichtest auf all das? Du Kuschel-Dom!«

»Vorsicht«, warne ich sie. »Vielleicht bin ich ja ein Wolf im Schafspelz.« Ich werfe sie auf den Rücken, sie kreischt, und ich knabbere an ihrem Hals. »Ich tu nur so brav, aber dann zeig ich meine Krallen.«

Statt um Gnade zu flehen, lacht sie schallend und entschuldigt sich mit Küssen bei mir. »Du bist ein mieser Schauspieler, Quinn.«

»Du hättest wenigstens ein bisschen Angst vortäuschen können!«

»Nächstes Mal«, sagt sie und küsst mich wieder. »Was für Spielsachen magst du denn?«

»Keine«, antworte ich und fahre ihr durch die Haare. »Meine Lieblingsspielzeuge sind meine Hände.«

»Ist das nicht auf Dauer etwas langweilig?«

»Sag du es mir!« Mit einer Hand drücke ich ihren Arm ins Kissen, mit der anderen streiche ich mal fester, mal zärtlicher über ihren Körper, kitzele sie, kratze sie, entlocke ihr erst ein Stöhnen und schließlich ein Bitte, das mir genügt, um abschließend meine Hand sanft um ihren Hals zu legen. »Immer noch derselben Meinung?«

Sie schüttelt, so gut sie es in meinem Griff kann, den Kopf. »Sie sind wie fünf Spielzeuge in einem.« *Ja, das sind sie.* »Du könntest sie patentieren lassen, damit in Produktion gehen und steinreich werden.«

*Ha, ha, Cherry!* »Du würdest wirklich zulassen, dass diese Hände andere Frauen beglücken?«

Erschrocken reißt sie die Augen auf. »Ich ziehe das zurück, Sir. Massier bei anderen Knötchen und Verspannungen weg. Alle anderen Einsatzgebiete beanspruche ich hiermit für mich allein.«

»Genehmigt!«, sage ich, schiebe meine Hand in ihren Nacken, halte sie unter mir fest und küsse sie erneut. Sie greift auch in meine Haare. Neue Lust packt mich, und sobald sie mir ihre Beine etwas öffnet, dringe ich in sie ein, und wir lieben uns wieder. Nun allerdings langsamer, nicht mehr fiebrig-verrückt wie vorhin, sondern darauf bedacht, den anderen weiter kennenzulernen. Und weil meine Muskeln bei mehr Action protestieren, wie auch Peach nicht entgeht.

»So fertig von gestern?«, fragt sie, als wir nach einem weiteren Höhepunkt erneut aneinandergeschmiegt im Bett liegen.

»Total«, sage ich.

»Hast du nicht sonst auch Tage, an denen du nonstop Leute massierst?«

»Hab ich. Aber normalerweise mache ich danach keine hundert Liegestütze.«

Sie runzelt verwirrt die Stirn, und ich erzähle ihr, wie ihre Brüder mich auf Herz und Nieren geprüft haben.

»Die spinnen wohl!«, empört sie sich, als ich fertig bin.

*Wie erfrischend!* Sie regt sich mal nicht über mich, sondern andere auf. »Sie lieben dich eben«, sage ich.

»Jetzt nimmst du sie auch noch in Schutz?!«

»Sie gehören nun zu meiner Familie, richtig?«

Peach lächelt glücklich, lässt das jedoch nicht auf sich beruhen. Was irgendwie süß ist, weil das mehr als alles andere zeigt, wie wichtig ich ihr bin. Sie ruft Neal an, wünscht ihm zur Begrüßung die Pest an den Hals und fordert meine Autoschlüssel für mich zurück. *Meine Heldin!*

Sean wird als Nächstes zusammengestaucht, weil er laut Peach schuld ist, dass ich im Bett nicht mehr richtig performen kann. Woraufhin ich allerdings eingreife. *Denn: Hallo!*

*Die Frau bettelt mich nicht umsonst um mehr an. Ich hab es voll drauf. Und wie!*

Zwischendurch essen wir, verlassen ihr Bett jedoch quasi nicht. Und am Ende des Tages fühle ich mich so, als wären wir schon ewig zusammen. Was ja auch irgendwie stimmt, wenn man bedenkt, dass unsere Streitereien seit einem Jahr andauern. Mir geht durch den Kopf, wie viel Zeit wir dadurch miteinander verloren haben, und ich will nicht noch mehr verlieren.

»Zieh bei mir ein!«, sage ich und sehe ihr dabei tief in die Augen. »Es ist irgendwie überfällig.«

»Warum ich bei dir und nicht du bei mir?« Ich grinse, weil das kein Nein ist. »Magst du meine Wohnung etwa nicht?«

»Du meinst unsere Liebeshöhle? Doch, sehr. Aber ich hab mehr Platz, für dich und deinen Spielzeugschrank. Also?«

Sie holt tief Luft, als würde sie zu irgendwas Fiesem ausholen, dann lässt sie die Luft jedoch langsam entweichen und küsst mich. »Gerne, Sir. Allerdings nur unter einer Bedingung?«

*Das war so klar!* »Nur eine? Wie großzügig!«

Sie boxt mich in die Schulter. »Wenn du frech wirst, werden es mehr.«

*Mal sehen …* Ich knabbere an ihr. »Sind es jetzt zwei? Oder drei? Oder vier?«

Sie kichert, hält mich allerdings auf Abstand. »Erstens: Ja, ich lass mich von dir mit Smoothies abfüllen, aber ich darf trotzdem weiter meine Kuchenbackorgien veranstalten und Chips, Pizza und alles, wonach mir sonst noch ist, essen.«

»Und fett werden?«, necke ich sie.

»Ganz genau, total fett werden, du Gesundheitsfreak«, sagt sie. »Denn du hast mich gefälligst auch mit ein paar Pfunden zu viel zu mögen.«

Ich packe ihren Hintern, mag, dass sie sich so weiblich anfühlt. »Abgemacht.«

»Und zweitens …«

»Jetzt hast du wirklich mehr Bedingungen?«, entweicht mir überrascht.

»Deine Schuld«, erwidert sie grinsend. »Also zweitens: Ich bekomme einmal pro Woche eine Massage von dir!«

*Sehr bescheiden!* »Und ich eine von dir?«, verhandele ich.

»Wo du willst …«, flirtet sie.

»Okay«, sage ich und werde erneut härter, weil das ziemlich heiß ist. »Und was ist drittens?«

Sie stockt, grinst dann aber listig. »Ähm … drittens ist, dass ich einen Wunsch pro Woche frei hab.«

Ich muss lachen. »Du hast gar keine richtige Idee für Punkt drei!«

»Deshalb ja der Joker«, sagt sie mit unschuldiger Miene.

*Wie gerissen!* Gerade habe ich mich beruhigt, da muss ich wieder lachen. »Okay, dann hab ich aber zwei Joker.«

»Warum kriegst du mehr?«, fragt sie.

»Weil ich hier der Dom bin«, sage ich. *Topargument!*

»Wir könnten noch verhandeln.«

»Cherry, Cherry, Cherry! Willst du das wirklich?« Es würde für sie nicht besser werden, sondern auf drei Joker für mich hinauslaufen. Oder vier, fünf, sechs …

Sie verkneift sich Widerworte und fährt mir durch die Haare. »Ähm, nein, schon gut. Ich krieg einen Joker, du zwei. Abgemacht.«

»Das war es jetzt mit den Bedingungen?«, frage ich. »Du ziehst bei mir ein? Oder hast du noch einen vierten Punkt?«

»Habe ich. Du trägst meine Umzugskartons!«

»Ich hatte eigentlich vor, dich die schleppen zu lassen«, antworte ich, nur um sie aufzuziehen.

»Mit diesen Gummiarmen?!« Sie demonstriert mir ihren niedlichen Bizeps, der eher an eine kleine Bodenwelle als an einen Berg erinnert.

»Für die entsprechende Belohnung würdest du doch alles für mich tun, richtig?«

»Würde ich, aber …« Trotzig funkelt sie mich an. »Ich will, dass dir frischer Schweiß über die Brust läuft, Sklave.«

Da ist sie wieder, die Switcherin, die die Konfrontation braucht. Und es gibt nur eine Antwort darauf: »Jawohl, Ma'am.«

»Das heißt, du bist einverstanden?«

»Hast du es noch nicht begriffen? Ich bin mit allem einverstanden. Denn ich will, dass du glücklich bist. Ich mag Dom sein, doch in dem Punkt bin ich dir ergeben.« Und das beißt sich kein bisschen mit meiner dominanten Ader. Ist es nicht außerdem das, was eine Beziehung ausmacht? Klar kann man im Bett spielen, wie man will. Aber im Alltag sind wir alle mal diejenigen, die das Sagen haben, und mal diejenigen, die sich unterordnen.

»Ich liebe dich«, sagt sie da plötzlich leise, beinahe schüchtern und fast so, als wollte sie es wieder zurücknehmen. Aber das lasse ich nicht zu.

»Ich liebe dich auch, Peach«, sage ich ruhig und küsse sie. »Und ich habe noch eine fünfte Bedingung.« *Eine ziemlich gute.*

»Welche?«

»Dass wir darüber nie Scherze machen, Cherry.«

»Abgemacht, Sir.«

# Epilog

EINEN MONAT SPÄTER

## PEACH

*Dieser Mann!*

*Dieser Hornochse von Mann!*

Den ich liebe und mit dem ich zusammenlebe. *Aber* – ich starre auf die Absage des Termins, die dritte in Folge – *warum tut er das?* Ich dachte, über solche blöden Spielchen wären wir hinweg.

Frustriert probiere ich, Quinn auf dem Handy zu erreichen. Doch es meldet sich nur die Mailbox. *Das kann unmöglich sein Ernst sein!* Ein Pärchen möchte unbedingt ihren Hochzeitstag im Tease & Please feiern, und ich brauche Quinn, um die Paarmassage zu besprechen. *Jetzt!*

Ich nehme den Telefonhörer, um ihn noch einmal anzurufen, aber dann überlege ich es mir anders und gehe zu Reece ins Büro.

»Ist es okay, wenn ich für heute Schluss mache und in den Klub fahre?«

»Zum Spielen?«, fragt er schmunzelnd, als wäre das eine völlig normale Art, seinen Abend zu verbringen. So wie andere sich auf ein Essen oder einen Drink oder beides verabreden. *Schön wär's!*

»Nein, um Quinn McPherson in den Arsch zu treten«, knurre ich.

»Was hat er dieses Mal angestellt?«, fragt Reece lachend, weil er sich längst daran gewöhnt hat, dass wir uns bei der kleinsten Kleinigkeit in die Haare kriegen und danach küssen.

»Ich muss mit ihm den Hochzeitstag von Matthew und Sheila planen, und er stellt sich tot.«

»Aber sonst läuft es gut bei euch?«, hakt er nach. Dabei schmunzelt er immer noch, was mich irritiert. *Reece Randall ist kein Mann, der herumschmunzelt.*

»Alles bestens«, sage ich. »Andernfalls würden meine Brüder ihn sich vorknöpfen.«

*Es ist wirklich alles bestens*, denke ich. Weil ich mich trotz des aktuellen Ärgers schon auf den Feierabend freue. Es gibt Pizza – mit viel Gemüse belegt. Quinn will ein Football-Spiel schauen, und ich kriege die Füße massiert. An anderen Abenden liest er, während ich das Schlafzimmer für ein kleines Spiel vorbereite. Oder er übt Massagetechniken, und ich lese. Oder jeder von uns knallt die Tür hinter sich zu und faucht für fünf Minuten die Wände an, weil wir uns mal wieder auf die Palme gebracht haben. Doch der Ärger hält nie lange an, weil das letzte Wort immer ein geschriebenes »Ich liebe dich« ist. Außerdem gibt es danach fantastischen Versöhnungssex.

*Aber das hier, das ist Mist! Als stünden wir wieder ganz am Anfang. Was offensichtlich nur mich stört und niemanden sonst!*

Reece sieht auf seinem Computer nach und nickt dann. »Ist okay, fahr rüber zum Klub. Ich brauch dich heute nicht mehr.«

»Super, danke dir«, sage ich und will schon los.

»Und, Peach?«

»Ja?« Ich drehe mich an der Tür um – und seine Lippen kräuseln sich erneut amüsiert. *Sehr merkwürdig!* »Was noch?«

»Bringt euch bitte nicht um!«

»Keine Sorge. Wenn ich Quinn ermorde, kann ich ihm ja nicht mehr in den Hintern treten. Dann käme er viel zu leicht davon.«

Ich drucke die Agenda für den Hochzeitstag aus, nehme meine Handtasche, fahre ins Parkhaus, steige in meinen Wagen und verlasse mit quietschenden Reifen den Randall Tower.

*Auf dass Quinn einen guten Grund hat, sich nicht zu melden. Denn sonst kann er was erleben!* Ich mag in der Beziehung nicht meine dominante Ader ausleben können, aber ich bin durchaus fähig, ihm Sex vorzuenthalten. *Ha!* Und ich bin gewillt, ihn heute genau auf diese Art zu bestrafen. *Bis er mich anbettelt, dass ich ihn wieder ranlasse!*

***

»Alles okay?«, fragt mich Eric, als ich eine halbe Stunde später in den Klub stürme.

»Sag mir, dass Quinn noch hier ist.«

»Ist er.«

*Wundervoll!* »Dann ist bei mir alles in Ordnung, bei ihm allerdings gleich nicht mehr!«

Wütend renne ich weiter, reiße die Tür zu Quinns Studio auf, registriere, dass besagter Vollidiot merkwürdigerweise nur mit einem Handtuch um die Hüften geschlungen dasteht, lasse mich davon aber nicht beirren, sondern greife nach seinen Klamotten auf dem Stuhl und drücke sie ihm förmlich auf. »Zieh dich an, und dann lass uns über den Hochzeitstag sprechen!«, rufe ich.

»Also erst mal: Hi, Cherry!«, begrüßt er mich mit rauer Stimme, zieht mich an sich und drückt mir einen Kuss auf die Wange – der bestimmt meinen Mund treffen sollte, doch ich habe mich zu schnell weggedreht.

»Nichts Cherry, Quinn! Mach schon oder … oder … oder …« Keine Ahnung, was dann passiert. »Oder ich explodiere an Ort und Stelle.«

Ich versuche, mich loszureißen, aber Quinn ist eindeutig stärker als ich.

»Weißt du eigentlich, wie heiß du bist, wenn du so aus der Haut fährst?«, raunt er mir nun ins Ohr, und sein warmer Atem kitzelt mich.

*Ja, merke ich, weil ich seine Erektion spüre. Sehr unpassend!*

»Und weißt du eigentlich, wie unglaublich arschlochig du bist, wenn du nicht mit dir reden lässt?«, fauche ich.

»Arschlochig?« Er lacht und fährt mir durch die Haare – und es gefällt mir. *Natürlich tut es das!* »Das ist doch gar kein Wort!«

»Quinn!« Ich schüttele mich, damit er aufhört, mit meinen Haaren zu spielen. Das lenkt mich zu sehr ab. »Zieh dich an, und dann lass uns arbeiten.«

»Nein.«

*Hab ich richtig gehört?* »Nein?!«

Er drückt sich enger an mich, sodass ich seine Erektion noch deutlicher spüre. »Wie du merkst: Ich kann gerade nicht.«

*Ernsthaft?* Ich rolle mit den Augen. »So nötig kannst du es doch gar nicht haben. Wir hatten erst heute Morgen Sex.«

»Das ist sieben Stunden her!«

»Ganz genau, Stunden! Keine Jahre.«

»Fühlt sich aber so an«, sagt er sanft.

»Und was erwartest du jetzt? Willst du einen Blowjob? Soll ich mal eben Hand anlegen, damit wir uns wieder wie Erwachsene benehmen können?«, zische ich, sinke jedoch bereits auf die Knie und fahre mit meiner Hand über die Wölbung des Handtuchs.

Ich sehe in Quinns Augen, wie sehr ihn das Angebot erregt. Er ist der Dom, ich bin seine Sub, und wir beide lieben Blowjobs – obwohl ich die Umstände gerade wenig prickelnd finde. Aber wie so oft hat uns dieser kleine Streit angemacht. *Zumindest mich. Er war ja schon geil!*

Zu meiner Überraschung greift Quinn unter meine Achseln und zieht mich wieder hoch auf die Beine. *Nanu?*

»Was denn, lieber richtiger Sex auf dem Sofa?«, witzele ich, drehe mich und reibe meinen Hintern an seinem Schritt. »Oder ein Quickie im Doggie-Style?«

Mit einer schnellen Bewegung packt er mich, drückt mich mit dem Rücken an sich, fasst an meine Kehle und drängt meinen Kopf zurück, sodass wir uns über meine Schulter hinweg ansehen können. *Unbequem, aber heiß.*

»Du machst es mir gerade wirklich schwer, Peach.«

*Es? Was meint er mit Es?* Ich muss schlucken. »Ich bin nicht diejenige, die Termine einfach cancelt.«

»Ich auch nicht«, sagt er da zu meiner Überraschung.

»Du auch nicht?«, wiederhole ich begriffsstutzig.

»Ich war das!«, meldet sich eine dunkle Männerstimme. Quinn gibt mich frei, ich wirbele um die eigene Achse und entdecke Joe, einen der männlichen Subs des Klubs, auf Knien in einer Ecke sitzend.

»Du …?« Mir fehlen die Worte. Irritiert drehe ich mich zu Quinn um und verstehe nicht, was hier gespielt wird.

Und wie der Mann, der mein Leben dermaßen auf den Kopf gestellt hat, so verdammt zufrieden aussehen kann.

»Ganz schön frech von dem Kerl, oder?«, kommt mir Quinn zu Hilfe.

»Na ja … schon«, gebe ich zögerlich zu.

Quinn grinst. »Das ist alles, was du sagst? Bis eben dachtest du noch, ich hätte die Termine abgesagt, und mir wolltest du dafür den Kopf abreißen. Er bekommt nur einen bösen Blick?«

»Aber das ist Joe«, flüstere ich ihm zu. »Er ist immer nett zu mir.« Das ist er wirklich. Alle Angestellten des Klubs sind nett, aber Joe hat immer gute Laune, ist extrem hilfsbereit und lobt mich für meine Muffins, die ich nach wie vor backe und im Klub verteile.

»Nur heute ist er nicht brav«, sagt Quinn und umschließt mich von hinten mit seinen Armen, sodass wir gemeinsam zu Joe schauen, der ergeben zu Boden blickt. »Und was bedeutet das, Cherry?«

»Dass –« Mir wird ganz anders. Denn es gibt bestimmte Wörter, die dafür sorgen, dass ein Teil meines Verstandes sich zur Ruhe setzt und ein anderer Teil von mir übernimmt. Ein dunkler, dominanter.

»Was bedeutet das, Peach?«, wiederholt Quinn seine Frage. »Was macht man mit einem Mann, der nicht brav war?«

»Ich weiß nicht«, keuche ich und kämpfe gegen meinen Instinkt an, Joe Manieren beibringen zu wollen. Quinn ist mein Mann. *Nur* Quinn. Wir hatten uns darauf geeinigt, dass er der Dom ist und ich die Sub bin. Und dass unsere heftigen Wortwechsel mein Ventil sind. Und das funktioniert. Ich vermisse nach wie vor nichts. *Bis jetzt.*

»Du weißt es nicht, Peach?«, haucht Quinn mir ins Ohr. »Ich hoffe, dir fällt die Antwort recht bald ein.«

»Wieso?«, frage ich und genieße, wie Quinn mich berührt.

»Weil in drei Minuten Stellas Sitzung beendet ist und sie mich dann halb nackt sehen wird, weil sie hier reinschneit. Das willst du doch nicht, oder?«

»Nein«, wispere ich. *Gott, wirklich nicht!* Dieser sexy Mann gehört nur mir, so wie ich nur ihm gehöre.

»Was passiert also, wenn man nicht brav ist?«, fragt Quinn wieder.

Ein Schauer durchfährt mich. Und ich kapiere endlich, was das hier wird. Ich drehe mich in Quinns Armen und habe Tränen in den Augen, so ergriffen bin ich. »Wer nicht brav ist, der muss bestraft werden«, sage ich nun und spüre, wie meine Haut vor Aufregung kribbelt.

»Richtig, Cherry.« Quinn sieht mich voller Liebe und Verlangen an. »Wollen wir ihn daher gemeinsam bestrafen?«

»Du und ich zusammen?«, wispere ich. »Das ist wirklich okay?« Ich muss einfach nachfragen, denn Quinn hatte das zwar schon mal angeboten, aber ich weiß, dass das hier neu für ihn ist.

»Ist es«, bestätigt er und umschlingt mich enger. »Und alles, was du mit Joe machst, werde ich danach mit dir machen.«

Ein Schauer durchfährt mich, heiß und brennend. »Alles?«, hauche ich.

»Alles.«

»Du hast das so geplant?«, frage ich, obwohl es offensichtlich ist.

»Hab ich. Der Black-Velvet-Room gehört uns.«

Ich kann nicht anders, als das im System nachzuschlagen. Und tatsächlich, der Raum ist auf meinen und Quinns Namen als Dom eingetragen und Joes als Sub. Es stimmt. »Und Reece hat das gewusst?«

Quinn nickt. »Reece hat bereits alle Infos für den Hochzeitstag von mir.«

»Wow!« Ich bin überwältigt, dass sich Quinn all das für mich ausgedacht hat. Und erleichtert, dass Reece Randall nicht schmunzelt, weil er plötzlich schmunzelt, sondern weil er hiervon wusste. »Ich liebe dich!«, sage ich ergriffen.

»Ich liebe dich auch, Peach.« Er räuspert sich. »Jetzt haben wir übrigens nur noch eine Minute, bis Stella kommt. Das war kein Scherz. Sie müsste hier jeden Augenblick auftauchen.«

»Dann sollten wir wohl anfangen«, sage ich.

»Ja, das sollten wir.«

Zu dritt durchqueren wir den Klub, und ich genieße die neugierigen, bewundernden und neidischen Blicke auf mir. Ich bekomme heute alles, was ich will. Einen Sub und einen Dom im gleichen Spielzimmer. *Wahnsinn!*

Sobald wir im Black-Velvet-Room sind, einem Spielzimmer, das seinen Namen vom schwarzen Samt der Einrichtung hat, gehe ich zum Schrank mit den Halsbändern und durchstöbere sie nach einem passenden. Quinn stellt sich dabei hinter mich und sieht mir über die Schulter.

»Ich darf nehmen, welches ich will, richtig?«, frage ich.

»Darfst du, Cherry«, raunt er mir ins Ohr, und ich erschauere, als ich ihn so dicht hinter mir spüre.

Kurz vergesse ich, was ich hier tue. Dann habe ich mich wieder unter Kontrolle und nehme ein besonders weich gepolstertes Halsband mit fünf Ringen zum Anketten. »Und jetzt darf ich anfangen?«

»Ja, nur zu«, sagt Quinn und zieht sich dezent zurück.

Routiniert lege ich Joe das Halsband an. Das Gefühl ist geradezu berauschend. Man trägt als dominanter Spielpartner eine große Verantwortung, aber man genießt auch jede

Menge Freiheiten. Dabei denke ich daran, wie Quinn nachher das Gleiche bei mir machen wird, und fahre mit den Fingerspitzen einmal mehr als nötig unter das Leder, um den Sitz zu überprüfen. *Denn alles, was du jetzt machst, macht er später bei dir*, geht mir durch den Kopf.

»Bereit?«, frage ich Joe, nachdem er mir sein Safeword genannt und ich mit ihm seine Grenzen und Tabus durchgegangen bin.

»Ja, Mistress«, antwortet er.

Zufrieden umrunde ich ihn, wobei ich mit meinen Händen über seinen Körper fahre, wie zufällig seine Nippel streife, seinen Bauch, seinen Schritt, seinen Hintern. »Du warst ein böser Junge!«

»War ich, Mistress.«

»Und was passiert mit bösen Jungs?«

»Böse Jungs müssen bestraft werden, Mistress.«

»Ja, das müssen sie«, sage ich zufrieden, stelle mich vor ihm auf und greife nach seinem Schwanz, der eben noch schlaff war, aber in meiner Hand sofort härter wird. »Die Frage ist nur, wie. Richtig?«

»Richtig, Mistress.«

Ich reibe ihn fester, lasse mich von den Reaktionen seines Körpers leiten. Wie schnell sein Puls geht, wie warm sich seine Haut anfühlt, wie er sich auf die Lippen beißt. »Böse Jungs dürfen ganz sicher nicht kommen, oder?«, frage ich lauernd.

»Nein, Mistress.«

Ich bearbeite ihn härter. »Egal wie sehr sie es wollen …«

»Bitte!«, keucht er.

*Musik in meinen Ohren!* Und ich werde selbst ganz feucht bei der Vorstellung, dass Quinn das hier nachher mit mir anstellt, mit mir spielt, mir die Erlösung aber nicht schenkt. »Bitte was?«, frage ich.

»Darf ich kommen?«

Lachend fahre ich mit dem Daumen über seine feucht glänzende Eichel. »Nein, du darfst dich hinknien und den Kopf senken.«

»Aber –«

»Kleine Motivation!«, schneide ich ihm das Wort ab, greife nach einem Paar Nippelklemmen und schnappe damit vor seinem Gesicht herum. »Wenn du nicht bei drei auf den Knien bist, landen die nicht an deinen Brustwarzen, sondern an deinem Sack. Eins …«

Er sinkt sofort auf die Knie. *Nicht ganz das, was ich geplant hatte! Weder für Joe noch später für mich.*

Ich drehe mich zu Quinn um und ziehe tief die Luft ein, als ich seinen intensiven Blick auf mir spüre. »Du weißt, dass ich nicht so schnell gehorchen werde?« Weil ich locker angebrachte Klemmen an meiner Mitte durchaus mag.

Seine Mundwinkel zucken. »Keine Sorge, weiß ich, Cherry.«

»Gut«, sage ich erleichtert.

Ich wende mich wieder Joe zu, lege die Klemmen weg und gebe ihm dafür einen Klaps auf den Hintern. »Jede Seite hiervon kriegt fünf Schläge«, sage ich und grinse. »Und auch wenn es dir schwerfällt, sieh es als Strafe und nicht als Belohnung. Du wirst nicht kommen. Haben wir uns verstanden?«

»Verstanden, Mistress!«

Ich greife mir ein Paddle, schlage ein Mal auf die linke und ein Mal auf die rechte Seite seines Hinterns und befühle dann die wärmer gewordene, leicht rote Haut – woraufhin Joe keucht.

»Nicht kommen!«, ermahne ich ihn.

»Werde ich nicht, Mistress«, murmelt er, dabei fällt es ihm schwer, seine Erregung zu unterdrücken. So schwer, wie es mir nachher fallen wird. Denn so wie ich es liebe, die

Kontrolle zu haben, so sehr liebe ich auch das Gefühl, jemandem ausgeliefert zu sein.

Ich erschauere, als ich nur daran denke, und kriege mit, wie Quinn leise im Hintergrund lacht.

»Was?«, fauche ich und drehe mich zu ihm um.

»Ich hab nichts gesagt, Cherry!«

»Aber du hast was gedacht.«

»Stimmt«, antwortet er ruhig und lässt seinen Blick über mich gleiten, als wäre ich bereits nackt. »Ich denke ständig Dinge.«

»Was für Dinge?«

»Dinge, die dafür sorgen, dass du Joe vergisst und nur noch mich im Kopf hast.« Er räuspert sich. »Daher werde ich sie für mich behalten.« Er nickt zu meinem Sub. »Spiel erst mal weiter mit ihm.«

»Ist das ein Befehl?«

»Ja, Cherry.«

Ich will mich mit ihm streiten, aber ich halte mich im letzten Augenblick zurück und wende mich wieder Joe zu. Ohne Ankündigung verteile ich weitere Schläge mit dem Paddle, drei links, drei rechts, sodass seine Haut nun dauerhaft rot glüht – und sodass sowohl er als auch ich schwer atmen.

»Alles gut?«, frage ich ihn und fahre ihm durch die Haare.

»Wie viele Schläge sind es noch?«

»Je einer pro Seite«, sage ich und grinse. »Oder zwei woandershin.«

»W-w-woanders?«

Mir wird richtig heiß, und meine Mitte brennt, wenn ich mir vorstelle, dass Quinn das nachher bei mir macht. Für Joe ist das gemein, aber ich weiß, dass mir das gefallen wird.

»Spreiz deine Beine!«, befehle ich Joe.

»Was hast du vor, Mistress?«, fragt er schwer atmend.

»Gehorch einfach, sonst wird die Strafe noch schlimmer.«

Ergeben nimmt er die richtige Position ein, und ich schlage das Paddle relativ sanft von hinten halb auf seinen Hintern und halb gegen seine Hoden.

»Oh Gott!«, keucht er und zittert vor Erregung.

»Nicht kommen«, erinnere ich ihn.

Er nickt, weil er verstanden hat, aber nicht sprechen kann.

Ich schlage wieder zu.

»Fuck!«

»Und nicht fluchen!«

Er nickt, um Fassung bemüht.

»Alles okay?«, frage ich, gehe zu ihm, berühre ihn am Kinn und zwinge ihn, mich anzuschauen.

»Darf ich um mehr betteln?«, fragt er mich.

Gespielt überrascht ziehe ich die Augenbrauen hoch.

»Bis ich komme?«, fügt er hinzu.

Ich horche in mich hinein, ob mir das später gefallen würde.

»Mistress?«, fragt Joe ungeduldig nach. »Bitte.«

»Du bekommst mehr«, antwortet Quinn für mich.

Ich drehe mich erneut zu ihm und bemerke, wie schwer es ihm fällt, mir die Kontrolle zu überlassen. »Das hast du nicht zu entscheiden«, sage ich, weil das hier immer noch meine Session ist.

»Willst du Joe das hier wirklich versagen, nur um mich zu ärgern?«

*Punkt für Quinn, er kennt mich einfach zu gut.* Ich wende mich wieder Joe zu, nehme Blickkontakt mit ihm auf und genieße, wie erregt er meinetwegen ist. »Okay, du bekommst mehr. Viel mehr.«

Alle Zweifel, die ich gehabt habe, sind wie weggeblasen. Ja, Peach mag ihre dominante Seite im Alltag und mit unseren Reibereien ausleben können, aber dennoch ist das hier etwas, das sie ab und zu braucht. Mit anderen spielen. Und es ist für mich viel erträglicher als gedacht. Denn jede Minute verrät mir, was sie gleich selbst erleben möchte.

Mein Schwanz wird richtig hart, als ich sehe, wie sie nach der Strafe mit Joe und seiner Lust spielt. Ich will ganz sicher selbst keine Schläge auf meine Hoden bekommen, aber ich liebe die Aussicht, das Gleiche später mit ihrer Pussy zu tun. Und sie anstelle von Joe betteln und flehen zu hören.

Mir wird noch heißer, als sie das Spiel um einen kleinen Analdildo ergänzt, und ich will sie noch heftiger, sobald Joe seinen ersten Orgasmus hat und Peach den armen Kerl dann von einem Höhepunkt zum anderen treibt. Bis er diesen friedlichen Gesichtsausdruck bekommt, den ich auch von ihr kenne, und sie die Session beendet.

»Zufrieden, Sir?«, fragt sie mich, sobald sie Joe zum Ausruhen in eine der Suiten des Klubs gebracht hat, und wieder zurück im Spielzimmer ist. Dabei lässt sie ihren Blick hungrig über mich gleiten, weil ich das Handtuch abgelegt habe und ihr unverhohlen zeige, wie sehr sie mich anmacht.

»Du hast mit einem anderen Mann gespielt«, sage ich, trete näher, lege ihr ein Halsband um und knöpfe ihr die Bluse auf.

»Aber das durfte ich doch«, sagt sie und sieht mich groß an.

»Stimmt«, antworte ich, öffne die Bluse vollständig und lasse sie über ihre Schultern zu Boden gleiten. »Trotzdem verdienst du jetzt eine kleine Strafe, richtig?«

Sie erschauert. »Richtig, Sir.«

»Und du weißt genau, welche?«

Wieder erschauert sie. »Ja.«

»Worauf wartest du dann noch?«, hauche ich ihr ins Ohr. »Zieh dich aus und knie dich hin.«

Ohne mich aus den Augen zu lassen, legt sie ihren BH ab, und ich kann nicht widerstehen und muss ihre Nippel berühren.

»Das habe ich aber vorhin bei Joe nicht gemacht!«, keucht sie.

Grinsend hebe ich eine Augenbraue und reibe weiter mit dem Daumen über ihren Nippel. »Soll ich etwa aufhören?«

»Ja! Das heißt … Nein!«

»Also, was denn nun?«

»Mistkerl!«, zischt sie, ganz meine liebenswerte Kratzbürste.

»Vorsicht, nicht dass ich dir doppelt so viele Schläge verpasse.«

*Oberdämlicher Mistkerl*, wiederholen ihre Augen stumm.

Für einen Moment halten wir uns überhaupt nicht an das Skript der vorherigen Session, sondern küssen uns.

»Hopp, Cherry, auf die Knie!«, befehle ich schließlich, bevor mich das Verlangen nach ihr die Kontrolle verlieren lässt.

»Wie du willst!«, zischt sie, zieht sich noch schnell ihren Rock und ihren am Zwickel deutlich feuchten Slip aus und kniet sich dorthin, wo Joe vorhin gekniet hat.

»Zehn Schläge«, verkünde ich. »Und die hier an deiner Pussy.« Ich schnappe mit den Klemmen vor ihrem Gesicht herum. »Okay?«

»Mmh«, macht sie nur.

Ich greife an ihren Schritt und genieße es, sie endlich berühren zu können, in dem Wissen, dass sie mir gehört, voll und ganz. Ich reize ihre nasse Mitte und muss grinsen, als ich mit zwei Fingern in sie dringe und sie tief stöhnend ihre Augen zusammenkneift.

Obwohl es gemein ist, befühle ich weiter ihre Pussy, offiziell auf der Suche nach der passenden Stelle für die Klemmen, aber eigentlich nur, um sie ganz verrückt zu machen – und aus der Reserve zu locken.

»Du bist fies«, keucht sie. »Ich hab bei Joe keinen Handjob gemacht.«

»Ich bin dein Dom«, sage ich. »Ich kann mit dir anstellen, was ich will.«

Sie erschauert und zieht scharf die Luft ein, als ich die Klemmen links und rechts von ihrer Klit anbringe.

»Alles okay?«, frage ich.

»Ja«, haucht sie.

»Perfekt.«

Ich beginne, so wie sie es getan hat, mit zwei Schlägen auf den Hintern, pausiere kurz, lasse dann die sechs weiteren Schläge folgen und beende diese Pseudostrafe mit zwei Schlägen auf ihre nun sichtlich feuchte, pralle Pussy.

»Bitte«, wispert sie, als es vorbei ist, bleibt knien und gräbt ihre Finger in den Teppich, um die Kontrolle zu behalten.

»Nein, du darfst noch nicht kommen.«

»Bitte, Sir!«

Ich gehe neben ihr in die Hocke, streichele über ihren Rücken und ihre zartrosa Pobacken und schiebe dann meine Finger in sie. »Nein.«

»Oh Gott«, seufzt sie. »Schuft!«

Ich reize sie weiter, spüre ihre feuchte Enge und kann es gar nicht erwarten, sie nachher zu erobern. Doch vorerst liebe ich es, mit ihr zu spielen und sie an den Rand des Erträglichen zu bringen.

»Du weißt, dass mich zu beschimpfen dir nicht hilft?« Ich verteile ihre Feuchtigkeit an ihrem Anus, nehme einen kleinen Dildo und drücke die Spitze vorsichtig gegen die hintere Öffnung.

»Quinn, nicht!«, fleht sie, hält aber still.

»Warum nicht?«

»Weil ich nicht mehr kann.«

»Das ist ein schwacher Grund.« Sie genau beobachtend drücke ich den Plug tiefer, woraufhin ein Schauer über ihren Rücken läuft. Ihr ganzer Körper erzittert leicht, und sie bewegt ihr Becken, als wollte sie mehr. Und dann kommt sie, sichtbar feucht zwischen ihren Beinen. Weil sie sich nicht mehr zurückhalten kann.

»Mist, Mist, Mist!«, flucht sie.

»So schlimm?«, hauche ich ihr ins Ohr, ziehe sie an mich und halte sie.

Mit Tränen in den Augen sieht sie mich an. »Ich wollte mit dir kommen.«

»Scht«, mache ich, umarme sie fester und warte, bis sie sich umgekehrt an mich schmiegt. »Das ist okay.«

»Trotzdem«, wispert sie aufgewühlt – und so herrlich anhänglich, wie sie nur selten ist und was ich deshalb umso mehr genieße.

»Keine Sorge, Cherry«, behutsam spiele ich mit dem Plug, merke, dass sie sich nun von mir befreien will, aber lasse es nicht zu, »du kriegst einen zweiten Versuch. Halt dich dieses Mal zurück!«

Schwer atmend legt sie ihre Arme um meinen Hals, lehnt ihren Kopf an meinen und kämpft binnen Sekunden erneut darum, nicht zu kommen. »Nein«, stöhnt sie.

Ich bewege den Plug vor und zurück.

»Verdammt, nein, Quinn!«, wird sie lauter.

»Halt noch durch!«

»Ich kann nicht!«

»Du musst!«, sage ich rau, schiebe den Plug erneut tief in sie, fasse an ihren klatschnassen Schritt und löse die Klemmen. Aber sie hat nicht gelogen. Beim Lösen der zweiten Klemme streiche ich über ihre Klit – mein Fehler –, und sie kommt erneut, so sexy heiß, wie ich es liebe.

»Blödmann!«, motzt sie mich an.

»Gern geschehen.«

»Oberblödmann!«

Ich fasse in ihre Haare, biege ihren Kopf etwas zurück und sauge ihren sexy Blick in mich auf. »Bedank dich lieber.«

»Danke, Vollidiot. Besser?«

*Nicht wirklich! Scheiß auf den Plan, mit ihr die Session mit Joe nachzuspielen. Ich will sie, und ich brauche sie. Jetzt.*

Ich drücke sie zurück auf den Teppich, dringe in ihre feuchte Enge ein und lasse sie mit drei harten Stößen spüren, dass ich das Sagen habe und das auskosten werde. Unsere Blicke verbinden sich, und ich nehme sie tief und hart, liebe jede Erschütterung, die ich in ihr auslöse, und schlucke jeden Lustschrei, der über ihre Lippen kommt.

»Bedank dich noch mal«, hauche ich ihr zu und nehme sie langsamer, weil ich unseren Höhepunkt in die Länge ziehen möchte. »Diesmal richtig.«

»Danke, Sir«, keucht sie und grinst. »Danke dafür, dass ich in den Genuss deines prächtigen Lustschwertes kommen darf.«

»Lustschwert?«, knurre ich und bestrafe sie für diese Frechheit mit einem harten Stoß.

»Zauberstab«, verbessert sie sich.

»Peach! Reiz mich nicht.«

»Okay, dann danke für deine Fleischpeitsche.«

Ich sehe sie streng an.

»Deine verdammt harte, geile Fleischpeitsche«, sagt sie schnell und beißt sich auf die Unterlippe, weil ich sie weiterhin sauer anschaue. »Wie viel Lobpreisungen brauchst du noch für dein bestes Stück?«

*Diese Frau!* »Sag mir einfach, dass du mich willst, Cherry.«

»Wie verrückt, Sir«, antwortet sie ernst. »Oh Gott, wie verrückt.«

Dieses Mal zieht sie mich nicht auf, denn ihr Körper sagt mir, dass sie nicht mehr lange durchhält. Sie erzittert immer häufiger, muss immer öfter die Augen schließen, atmet stoßweise, bis sie mich schließlich einfach nur ansieht und stumm anbettelt, das eine Wort zu sagen.

»Komm, Cherry!«, erlöse ich uns beide. »Komm für mich. Jetzt!«

»Ja!«, stöhnt sie. »Ja, ja, ja!«

Ihr gesamter Körper erbebt, ich spüre, wie sich ihre Pussy eng zusammenzieht, wie heftig sie mich will. Und auch ich kann mich nicht länger zurückhalten und komme, nehme sie, vergrabe mich in ihr, hier, direkt auf dem Teppich, weil wir es nicht bis zum Bett geschafft haben.

*Fuck, diese Frau ist einfach unglaublich!*

Danach liegen wir Haut an Haut einfach nur erschöpft da, kommen zu Atem, sehen uns an, lächeln, streicheln uns und genießen die Nähe des anderen.

»Du musst aufstehen«, meint Peach schließlich.

»Warum?« Mir geht es verdammt gut auf und noch in ihr.

»Das Sicherheitssystem wird denken, du hättest mich umgebracht.«

»Ich dich?«, empöre ich mich. »Eher du mich!«

»Hey!«, ruft sie empört. »Fiesling!«

Wir streiten uns schon wieder. Aber eigentlich ist es kein Streit, sondern unser Vorspiel für die nächste Runde. Denn ich will sie erneut und sie mich. Was mich unfassbar glücklich macht.

»Quinn?«

»Ja, Peach?«

»Willst du mich noch länger so dämlich grinsend anschauen?« Sie räuspert sich. »Oder legst du endlich los mit Runde zwei?«

»Keine Sorge, ich bin gleich so weit. Nur eines noch, Miststück«, necke ich sie.

»Was denn, Vollidiot?«

Ich werde ernst, so wie wir es uns versprochen haben, und sie wird es auch. »Ich liebe dich, Peach.«

»Ich dich auch, Quinn.«

**Ende**

## DIE TEASE & PLEASE-REIHE:

Was im Tease & Please passiert, bleibt im Tease & Please. Normalerweise ... Denn jeder Band lässt dich weiter eintauchen in diese ganz eigene Welt!

BAND 1: BERÜHRT UND VERFÜHRT (AUDREY & REECE)
Liebesroman, 248 S. Kindle eBook, Taschenbuch, Hörbuch.

BAND 2: ENTDECKT UND ERWECKT (CATHERINE & IAN)
Liebesroman, 248 S. Kindle eBook, Taschenbuch, Hörbuch.

BAND 3: HART UND ZART (NIKKI & KOSTOLANY)
Liebesroman, 244 S. Kindle eBook, Taschenbuch, Hörbuch.

BAND 4: HEISS IM EIS (AUDREY & REECE)
Novelle, 152 S. Kindle eBook, Taschenbuch, Hörbuch.

BAND 5: WUT UND GLUT (PEACH & QUINN)
Liebesroman, 252 S. Kindle eBook, Taschenbuch, Hörbuch.

# VERPASS KEINE NEUIGKEITEN VON MIR!

**ABONNIERE MEINEN NEWSLETTER!**
Erhalte Neuigkeiten zu neuen Romanen, Preisaktionen & Gewinnspielen. www.philippalandersson.de/newsletter

**FOLGE MIR AUF INSTAGRAM!**
Schau dir an, was mich bewegt, und erhalte exklusive Infos in meinen Storys! www.instagram.com/philippal.andersson

**ABONNIERE ODER LIKE MICH AUF FACEBOOK!**
Erhalte alle Infos und bleib mit mir in Kontakt! www.facebook.com/PhilippaL.Andersson

**FOLGE MEINEM AMAZON AUTORENPROFIL!**
Lass dich von amazon über alle Neuerscheinungen informieren! www.amazon.de/Philippa-L.-Andersson/e/B00C5K5V52/